Suza Hensson

Am Ende des Spiels

Roman

Impressum

Herstellung und Verlag: BoD – Books on Demand, Norderstedt
ISBN: 978-3-7504-6134-5

Bibliografische Information der Deutschen Nationalbibliothek:
Die Deutsche Nationalbibliothek verzeichnet diese Publikation in der Deutschen
Nationalbibliografie; detaillierte bibliografische Daten sind im Internet über
http://dnb.dnb.de abrufbar.

„Nicht an den Steinen, die einem in den Weg gelegt werden, strauchelt man, sondern durch die Fantasielosigkeit, sie zu umgehen."

Prolog

Es war ein Sonntag im Spätsommer, September, und Peyton Bowman war zwölf Jahre alt, als er das letzte Mal in seinem Leben Football spielte. Er war groß für sein Alter, fast einen Meter siebzig, und konnte das ganze Spielfeld daher gut überblicken. Er sah den Coach in weißen Shorts und blauem Poloshirt am Spielfeldrand stehen. Direkt daneben seinen Vater mit schwarzer Schirmmütze und vor Aufregung zusammengezogenen Augenbrauen. Dann nahm er Blickkontakt zu seinem Zwillingsbruder auf, ebenfalls hochgewachsen, der als Wide Receiver auf der linken Seite spielte und schon unruhig von einem Bein auf das andere sprang. Taylor konnte Warten nicht ausstehen und hatte keinen Funken Geduld. Nicht ein bisschen. Dafür war er ziemlich schnell und konnte fast jeden Ball fangen. Peyton nickte Taylor ganz leicht zu. Sein weißer Helm bewegte sich und reflektierte die Sonnenstrahlen. Sie spielten in Hellblau und Weiß, ihre Gegner in Rot und Schwarz. Die anderen sahen gefährlicher aus, fand Peyton, aber seine Mannschaft würde trotzdem gewinnen.

Peyton konzentrierte sich auf Johnny, den Center, der mit dem Rücken zu ihm stand und sich mit einer Hand auf dem Ball abstützte. Er gab Johnny ein Zeichen und fing den Ball auf. Dann lief er sich frei so gut er konnte, scannte das Feld ab und warf den Ball im hohen Bogen auf Taylor zu, der schon weit nach vorne gelaufen war.

Es war sein letzter Spielzug und er resultierte im achten Touchdown des Spiels. Taylor fing den Ball auf, stieß dabei zwei Spieler der gegnerischen Mannschaft um, rannte und katapultierte sich mit einem weiten Sprung in die Endzone.

Peyton nahm den Helm ab und hörte über das Lärmen der Leute hinweg seinen Vater laut jubeln. Der Coach stieß beide Fäuste in die Luft und dann stürmte die eine Hälfte der Mannschaft auf ihn zu, die andere auf Taylor, der am Ende des Spielfeldes den Ball hoch in die Luft warf. Die Jungs schlugen ihm auf den Rücken, einer riss seinen Arm in die Höhe.

„He, lasst unseren Quarterback ganz", rief sein Vater laut, aber er lächelte und seine Augen strahlten.

Taylor kam aus der Endzone, in einer Hand den Helm, in der anderen den Ball, den er immer wieder hochwarf und auffing. Peyton grinste ihn breit an.

Der Coach winkte sie beide zu sich herüber. Er sackte sofort den Ball ein, legte Peyton einen Arm um die Schulter und schob ihn vor sich.

„Das ist Peyton Bowman. Und das sein Bruder Taylor. Peyton, das ist John Clay, der Co-Trainer und Scout der Cheetahs."

Er klang sehr zufrieden. Peytons Vater, der nicht von seiner Seite wich, schüttelte dem Besucher ebenfalls die Hand und stellte sich vor.

„Wie lange spielst du schon Football?", fragte der Scout.

„Sieben Jahre."

Der Scout nickte. Dann wandte er sich wieder dem Coach und dem Vater zu und sagte etwas von „außergewöhnlich talentiert" und „Aussicht auf Stipendium".

Taylor hatte seinen Helm auf der Trainerbank abgelegt und den Football schon wieder in der Hand. Grinsend warf er ihn hinter seinem Rücken Peyton zu und lief dann ein Stück von den Erwachsenen fort auf einen Skaterplatz, der an das Footballfeld angrenzte.

Die anderen Spieler verschwanden bereits nach und nach in den Kabinen, die Eltern waren in Aufbruchsstimmung. Peytons und Taylors Mutter war von ihrem Schattenplatz aufgestanden und gesellte sich zu ihrem Mann und dem Coach, die dem Scout zuhörten.

„…strategisches Talent, das ist deutlich zu sehen", sagte der gerade. Der Vater schob seine Schirmmütze vor und zurück und nickte unablässig, wie um den Scout zum Weiterreden zu animieren.

„Komm schon, wirf!" Taylor stand schon oben auf der Rampe.

„Wo wollt ihr denn hin?", wollte die Mutter wissen.

„Taylor will mit mir nur kurz auf den Platz dahinten."

Der Vater schaute zu Peyton herüber und dann zu den Rampen, nickte einmal und wandte sich wieder dem Scout zu.

Die Mutter schaute auf die Uhr. „Aber geht nicht zu weit, wir fahren in einer halben Stunde zurück und ihr müsst euch noch umziehen."

Obwohl Peyton den Erwachsenen gerne weiter zugehört hätte, zog es ihn zu Taylor auf den Skaterplatz. Niemand war hier und die Sonne schien heiß auf die Rampen, die mit Graffiti beschmiert waren und offensichtlich schon bessere Zeiten gesehen hatten.

„Wie bist du da hoch gekommen?" Peyton legte eine Handkante an die schweißfeuchte Stirn und blinzelte zu Taylor hinauf.

„Einfach hochgelaufen. Komm, ich will dir was zeigen." Taylor kniete sich hin und streckte eine Hand nach unten aus. Peyton warf ihm erst den Football zu, dann lief er los, packte den Unterarm seines Bruders und ließ sich von ihm nach oben ziehen.

„Siehst du die Ruine da?", fragte Taylor, noch bevor Peyton wieder zu Atem gekommen war, und wies auf das durch einen Bauzaun abgesperrte Nachbargrundstück.

„Was ist damit?"

„Wollen wir uns die mal ansehen?"

Peyton richtete sich auf. Sein Kopf drehte sich etwas von der Wärme und dem Spiel, das sie gerade hinter sich hatten. Er hatte Lust zurückzugehen und sich eine Cola zu holen. Aber Taylors Augen leuchteten.

„Wozu?", fragte Peyton und klopfte sich den Staub von seiner weißen Hose.

„Wozu? Es sieht aus, als ob es ein altes Krankenhaus oder sowas ist."

„Wir sollen nicht zu weit gehen."

„Gehen wir doch nicht. Komm schon. Vielleicht sind noch Leichen oder so im Keller." Taylor sprang von der Rampe und war schon am Bauzaun.

„Warte!" Peyton nahm den Ball und rutschte ihm hinterher. Als er am Zaun angekommen war, brannte seine Kehle vor Durst. Obwohl es einfach gewesen wäre, eine Lücke im Zaun zu finden, zog es Taylor vor, darüber zu klettern.

Peyton warf ihm den Ball über den Zaun zu und so spielten sie eine Weile hin und her und Peyton musste an den Scout denken, der gesagt hatte, dass er *außergewöhnlich talentiert* sei. Vielleicht konnte er ja wirklich mal ein NFL-Spieler werden, wie sein Vater. Bei dem Gedanken wurde ihm ganz leicht ums Herz.

Sein Bruder schnappte sich den Ball und lief auf das Gebäude zu und Peyton fand eine Lücke im Zaun und folgte ihm. Ein paar Schilder waren mit Draht am Zaun befestigt, auf denen stand, dass es verboten war, das Grundstück und das Gebäude zu betreten.

„Ty, warte!"

Peyton betrat das Gebäude durch eine Öffnung, in der es wahrscheinlich mal eine Tür gegeben hatte, und lief eine baufällige Holztreppe hinauf, auf der so dick der Staub lag, dass er Fußspuren hinterließ.

„Taylor!"

„Ich bin hier oben. Ich glaube, es war wirklich mal ein Krankenhaus."

Peyton folgte der Stimme seines Bruders und lief eine weitere Treppe in das zweite Stockwerk unter dem Dach hinauf. Der Staub biss in seiner Lunge. Durch große Löcher schien die Sonne herein, von der Decke rieselte Staub. Die hölzernen Fußbodenbretter wirkten morsch und von Termiten zerfressen.

Taylor lief aufgeregt zwischen den alten Eisengestellen herum.

„Wir sollten nicht hier sein." Peyton blieb auf dem Treppenabsatz stehen. „Lass uns zurückgehen."

„Jetzt noch nicht. Schau mal, die Betten haben Gitter. Vielleicht war es sogar eine Psychiatrie. Wollen wir den Keller suchen?"

„Hast du die Schilder nicht gesehen?"

Peyton hörte es im Holz unter sich krachen und bekam Angst. Er wollte sich mit beiden Händen am Geländer festhalten, aber an der Stelle, an der er stand, gab es keines mehr und er fasste ins Leere.

„Welche Schilder?", fragte Taylor und es klang weit weg.

„Scheiße, Ty!" Peyton schrie, als die Treppe unter ihm nachgab. Er griff nach den Fußbodendielen, als sie auf seiner Höhe waren, aber er riss sie mit sich in die Tiefe. Er schrie weiter, bis er mit dem Rücken auf Holz knallte, das krachend unter ihm brach, und ihm die Luft wegblieb. Er fiel tiefer und tiefer, Holz und Schutt hagelten zu allen Seiten neben ihm nieder und rissen ihm Wunden in Arme, Beine und Gesicht, überall war Staub. Und dann umfing ihn die Dunkelheit.

Teil 1

I

Zehn Jahre später

„Wir sollten woanders lernen." Emilia sah aus dem Fenster. Es war ein Abend im April und bereits dunkel. Der Regen prasselte gegen die Scheibe und auf dem Trainingsplatz des Footballteams, der von den harten Flutlichtern beleuchtet wurde, trainierten noch zwei Leute. Immer wieder schrillte die Pfeife ihres Trainers über den Platz bis zu ihnen nach oben.

„Warum?"

„Du konzentrierst dich nicht, sondern schaust immer wieder raus." Emilia sah sich nach Vorhängen oder einem Rollo um, aber im Übungsraum des Trainingszentrums, in dem die Tutorien stattfanden, gab es keinerlei häuslich anmutendes Equipment. Kahle Wände, blaugrüner Linoleumboden, nackte Fenster.

„Dieser Tisch sollte besser vor der Wand stehen", überlegte Emilia laut.

Ihr zweiter Schüler von heute, ein Footballspieler mit blonden Haaren und sonnengebräuntem Gesicht namens Shea McGee, zog eine Braue hoch. „Ist das dein Ernst?" Er wirkte, als würde er nur auf ihr Nicken warten, damit er aufstehen und die Möbel umstellen konnte.

„Nein", entgegnete sie etwas ruppiger als sie eigentlich wollte. „Hör einfach auf, dich von denen da unten ablenken zu lassen."

Sie wartete, bis sich Shea wieder auf seine Aufgabe konzentrierte, und ließ den Blick aus dem Fenster schweifen. Sie hatte das Tutorenprogramm erst in diesem Semester ergänzend zu ihrem Mathematikstudium begonnen, um zusätzliche Punkte zu sammeln, und schon ein paar Schüler wie Shea gehabt. Sie interessierten sich allesamt nicht sonderlich für Mathe, bemühten sich im Tutorium jedoch einigermaßen, da sie einen gewissen Notendurchschnitt vorweisen mussten, um weiter Football spielen zu dürfen.

Die Trillerpfeife des Coaches gellte abermals. Der Spieler, den sie antrieb, lief unermüdlich über den Platz, seit mindestens zwei Stunden schon, und fing immer wieder die Bälle, die der Quarterback ihm zuwarf.

Er konnte nicht mehr, das war ihm selbst von hier oben anzumerken, aber sobald er stehen blieb, ertönte wieder die Pfeife.

Emilia begann das allmählich auf die Nerven zu gehen.

Der Quarterback gestikulierte und schien mit dem Trainer zu diskutieren, während der, der seine Bälle fing, völlig abgekämpft auf allen Vieren auf dem Spielfeld kniete. Es regnete wie aus Kübeln und beide Spieler waren von Schweiß und Regen durchnässt.

Emilia kniff die Augen zusammen. „Ist das da draußen Cameron?"

Shea sah auf, dann reckte er sich, als müsste er nochmal nachsehen. „Ja."

Cameron war der Mitbewohner ihres Bruders und Quarterback der Imperial Eagles, des Footballteams der Aldridge Universität.

Der zweite Spieler schaffte es in diesem Moment, sich wieder hochzukämpfen. Der Trainer stand neben ihm und schien auf ihn einzubrüllen. Cameron hatte schon wieder den Ball im Anschlag. Der Spieler hob den Kopf und schaffte es, noch einmal loszulaufen. Er trug einen Helm und ein weißes, völlig verdrecktes Trikot.

„Warum tut er das?" fragte sie sich und merkte erst, dass sie laut gesprochen hatte, als Shea fragte: „Wen meinst du?"

„Warum brüllt der Trainer ihn so zusammen?"

Und warum lässt er sich das gefallen?

„Naja, das ist Taylor." Shea zuckte die Achseln.

Emilia konnte sich die restliche Stunde kaum auf Shea konzentrieren, so sehr lenkte sie das Geschehen auf dem Spielfeld draußen ab.

Als der Spieler nicht mehr laufen konnte, entließ der Trainer Cameron, aber von dem Zweiten schien er immer noch nicht genug zu haben. Er stand mit der Stoppuhr neben ihm, während er Liegestütze mit Gewichten machte, endlos lange, bis er auf dem Rasen lag und nicht mal mehr den Kopf heben konnte.

Emilia wurde der Brustkorb eng, als sie zusah, wie dieser große, starke Kerl dermaßen in die Knie gezwungen wurde.

Dann war es endlich vorbei. Der Trainer verließ das Spielfeld und kurz darauf erloschen die Flutlampen. Es war kurz vor einundzwanzig Uhr. Im schwachen Licht, das aus den Fenstern des Gebäudes fiel, erkannte Emilia, dass der Spieler im strömenden Regen schwer atmend rücklings auf dem Rasen lag, seinen Helm neben sich.

„Fertig." Shea stöhnte auf und reichte ihr zwei vollgeschriebene Zettel. Seine Haare standen nach allen Seiten ab, so oft war er während der vergangenen Stunde mit den Händen durchgefahren.

„Okay." Emilia überflog die Zettel. „Ich werde das auswerten und einen Plan aufstellen. Nächste Woche können wir ihn dann gemeinsam durchgehen."

„In Ordnung." Shea war bereits aufgesprungen und hatte sich seine Trainingsjacke geschnappt, die über der Stuhllehne hing. So schnell er konnte verabschiedete er sich und verschwand ins Wochenende.

Emilia packte ihre Unterlagen zusammen, schob sie in ihre Tasche und schaltete das Licht aus. Sie blickte noch einmal auf das Spielfeld hinunter und war froh, dass sie den Footballspieler nicht mehr dort liegen sah. Sie hatte zwar gewusst, dass es beim Leistungssport hart zuging, aber das konnte doch nicht normal sein?

Gedankenversunken ging sie den verlassenen Flur entlang, da hörte sie eine laute Stimme aus einem der Büros dringen. Sie verharrte kurz, dann ging sie langsam weiter und erkannte, wessen Büro das war. Das des Cheftrainers John Bowman. Des Mannes, dem sie gerade zwei Stunden lang auf dem Spielfeld zugesehen hatte.

Taylor betrat das Büro seines Coaches.

Der Coach stand hinter seinem Schreibtisch, den Blick unter zusammengezogenen Brauen auf die Zettel geheftet, die vor ihm lagen. Taylor wusste, es waren seine Statistiken für diese Woche und er wusste, was ihm bevorstand. Diese sogenannte *Lagebesprechung* im Anschluss an die Extraeinheiten Training war immer das Schlimmste.

„Hat Nolan dir heute den Plan für die kommende Woche ausgehändigt?"

„Ja, Coach."

Der Coach streckte die Hand aus und Taylor zog den Zettel aus der Tasche und legte die drei Schritte zum Schreibtisch zurück, um ihm den Plan zu reichen. Er war der Dekan der Fakultät für Sportwissenschaften und der Cheftcoach der Imperial Eagles, dementsprechend groß war sein Büro.

Der Coach studierte den Plan, dann setzte er sich an seinen Tisch und zog einen Kugelschreiber aus der Brusttasche seines grauen Jacketts.

„Gewichtsreduktion nur um drei Prozent." Er strich auf dem Plan herum. „Und montags, mittwochs und donnerstags bleibst du ab sofort nach dem Feldtraining ab achtzehn Uhr da und wir arbeiten weiter daran, deine verfluchten Fehler auszumerzen."

Taylor schwieg. Er wusste genau, was Tim Nolan, der Offensive Koordinator, zu einer solchen Erweiterung seines sorgsam angepassten, individuellen Trainingsplans sagen würde.

„Du weißt, wofür diese Einheit heute war?" Der Coach krakelte etwas in den übervollen Plan und schaute dann auf.

Taylor nickte.

„Sieh mich gefälligst an, wenn ich mit dir rede, und antworte vernünftig. Respektlosigkeit habe ich heute Morgen schon genug ertragen müssen."

Taylor zwang sich, den Blick zu heben. Es kostete ihn das letzte Fünkchen Kraft. „Ja, Coach."

„Also? Wofür?"

„Fürs Zuspätkommen", sagte Taylor, weil das die offizielle Antwort war, die der Coach hören wollte.

„Denkst du, du kannst es dir erlauben, nicht pünktlich zum Training zu erscheinen? Denkst du, du kannst es dir erlauben, nicht hundert Prozent zu geben? Was sollte diese dermaßen schwache Vorstellung heute von dir, Taylor? Denkst du, du hast irgendeine Sonderstellung im Team?" Er schlug mit den Fingerknöcheln auf einen der Zettel vor ihm, als wäre darauf seine Leistungskurve des heutigen Tages abgebildet. Taylor schluckte und konnte sich nur mit Gewalt daran hindern, nicht wegzusehen.

„Nein." Es klang wie ein Krächzen.

„Wie bitte?"

„Nein, ich denke nicht, dass ich eine Sonderstellung im Team habe." Taylor merkte, dass er anfing zu zittern. Ganz leicht, aber er wusste, dass es stärker werden würde, wenn er es nicht schaffte, sich zu beruhigen. Das kam von der körperlichen Erschöpfung, gefolgt von dem emotionalen Stress. Etwas, das der Coach genau einkalkulierte, um ihn während seiner Ansprachen im Büro so klein wie möglich zu halten.

„Ganz genau. Die hast du auch nicht. Du bist ein Niemand. Und das wird sich auch nicht ändern, solange du nicht alles gibst und dich hier heraus arbeitest. Du musst es dir verdammt nochmal verdienen, in der

Profiliga zu spielen." Der Coach schlug mit der flachen Hand auf den Tisch und Taylor hatte alle Hände voll zu tun, das elende Zittern zu unterdrücken. Er hatte das Gefühl, sich dringend setzen zu müssen, aber in diesem Büro gab es keine Stühle für Leute wie ihn.

„Heute habe ich es gesehen. Dass es genau richtig war, dich aus dem Draft zu nehmen und noch ein Jahr hierzubehalten. Du bist ein undiszipliniertes Kind, nichts weiter."

Taylor konnte dem Blick des Coaches nicht mehr standhalten und senkte die Augen wieder zum Boden. Er wusste, dass der Coach ihn nicht für das Zuspätkommen bestrafte. Cameron war heute Morgen wie der Teufel gefahren und sie waren noch mit den letzten Spielern auf das Feld gekommen. Sie waren im Training mit Abstand die Besten gewesen.

Aber gestern hatte der Draft stattgefunden, die Veranstaltung, bei der die Teams der obersten Football-Liga ihre neuen Spieler auswählten. Es war sein oberstes Ziel gewesen, in diesem Jahr teilzunehmen. Und eigentlich auch das des Coaches. Der Grund, warum sie all das taten. Doch er war nicht dabei gewesen.

Ein Muskel im Kiefer des Coaches zuckte, während er aufstand und langsam um den Schreibtisch herumkam. Er hatte raspelkurze, graue Haare und hellblaue Augen, mit denen er Taylor scharf ansah. Wie immer trug er zum Sakko eine dunkelblaue Schirmmütze mit dem Logo der Imperial Eagles, einem grimmig bis aggressiv dreinblickenden Adler.

„Nicht nur du hast Extra-Trainingseinheiten für die Combine geschoben, sondern ich auch. Ich war bei dir. Jede. Verdammte. Stunde. Und du setzt alles aufs Spiel, weil du denkst, deinen Schwanz ungeschützt in eine Cheerleaderin stecken zu müssen?"

Der Coach stand jetzt nah vor ihm. Sie waren beide gleich groß und obwohl der Coach ein richtiger Schrank war, war Taylor durch das jahrelange Training noch breiter gebaut als er. Dennoch fühlte er sich stets körperlich unterlegen, wenn der Coach ihm so bedrohlich gegenüberstand. Ein Gefühl, das er von ganzem Herzen verabscheute.

„Ich dulde keine Fehltritte mehr, Taylor. Dein zusätzliches, letztes Jahr hier werden wir nutzen. Ich werde dich noch härter rannehmen als bisher. Die Einheit heute war nur ein Vorgeschmack."

Er hatte den vollgeschriebenen Trainingsplan in der Hand und schlug ihn Taylor hart vor die Brust. „Und jetzt geh. Und tu, was ich dir sage."

Als Taylor das Büro verließ, stand etwas entfernt im Gang ein Mädchen und sah ihn an. Sie war klein, hatte dunkle, halblange Haare, und trug eine Schultertasche über der Kapuzenjacke.

Sie hatte sicher gehört, was im Büro gesprochen worden war. Er wollte den Kopf senken, aber das Mädchen hielt ihn mit ihrem Blick fest. Betroffenheit lag darin.

„Taylor", durchschnitt die Stimme des Coaches die Stille. „Verschwinde endlich. Und schließ die Tür hinter dir."

Taylor erwachte aus seiner Starre und machte, dass er die Tür hinter sich ins Schloss zog. Er wich dem Blick des Mädchens aus und ging an ihr vorbei Richtung Treppenhaus. Er spürte die unglaubliche Müdigkeit in seinen Knochen und in seinem Kopf und wollte nur noch zu seinem Auto, in sein Bett und diesen Tag hinter sich lassen.

Er hörte, dass das Mädchen ihm durch den Gang und die Treppen hinunter folgte. Es war ein leises, unaufdringliches Folgen in einigem Abstand, aber doch so, dass er es bemerkte.

Die letzten Stunden waren heftig gewesen. Sie hatten ihn an eine Grenze gebracht. Als er die Glastür aufstieß und in den dunklen Park trat, blieb er stehen und schloss für ein paar Sekunden die Augen. Es hatte aufgehört zu regnen und die Luft war angenehm kalt.

Das Mädchen war immer noch da.

Sie stand neben ihm, das schmale Gesicht mit den hohen Wangenknochen und den großen dunklen Augen von einer der matt orangeleuchtenden Laternen beschienen.

„Warum geht dein Trainer so mit dir um?" Ihre Stimme klang leise.

Taylor antwortete nicht. Noch nie hatte ihm jemand diese oder eine ähnlich direkte Frage gestellt.

„Warum fragst du so etwas?"

Sie zuckte die Achseln. „Ich kenne mich überhaupt nicht mit Football aus. Ich bin etwas überrascht, dass es so…hart ist."

Taylor fragte sich, was genau sie mit *hart* meinte. Aber eigentlich spielte es keine Rolle. Er blickte über ihren Kopf hinweg in Richtung des imposanten Stadions, das in südlicher Richtung im Dunkeln dalag. An die vielen Spiele, die er darin schon gespielt hatte.

„Es ist nicht immer so, okay? Das solltest du nicht denken."

Sie folgte seinem Blick, dann wandte sie sich ihm wieder zu. „Das kann ich mir auch kaum vorstellen."

Taylor musste schlucken. Er wusste nicht warum, aber hier zu stehen und über diese Dinge zu reden, trat irgendetwas in ihm los. Er spürte eine neuartige Wut auf den Coach. Darüber, dass er einem völlig unbeteiligten Mädchen, das sich anscheinend in das Trainingszentrum der Uni verirrt hatte und sich *überhaupt nicht mit Football auskannte*, diesen völlig kranken Einblick in eine Sportart beschert hatte, die bisher sein ganzes Leben bestimmt hatte.

Natürlich hatten schon viele Leute tyrannische Trainingseinheiten, Schreiattacken und anders geartete Ausfälle des Coaches ihm gegenüber miterlebt. Fast die ganze Mannschaft wusste davon. Aber diese Jungs waren Teil dessen und dazu gezwungen, das Verhalten des Coaches irgendwie mitzutragen. Meistens traten sie in heiklen Momenten betreten den Rückzug an und beobachteten das Geschehen aus der Ferne. Wenn er dann völlig erschlagen in der Dusche erschien, wichen sie ihm lieber aus. Niemand hatte ihn jemals gefragt, was der Coach eigentlich für ein gottverdammtes Problem mit ihm hatte.

Außer dieses Mädchen, das er noch nie zuvor gesehen und das auf einmal vor der Bürotür des Coaches gestanden hatte. Ausgerechnet.

Sie reichte ihm gerade mal bis zur Brust, stand hier vor ihm und sah ihn mit einer Offenheit und Unschuld an, die ihn dazu brachte, ihrem Blick auszuweichen.

„Ich muss jetzt los", sagte er und nickte zum Parkplatz hinüber.

„Klar."

Er nahm noch wahr, dass sie ihn anlächelte, bevor er sich abwendete und sich beeilte, zu seinem Wagen zu kommen.

II

Die Fahrt vom Campus nach Haisley, wo ihr Bruder Hank mit seiner Freundin Iris und Cameron zusammen wohnte, dauerte nur zehn Minuten. Emilia parkte ihren weinroten Ford auf der Straße vor dem Haus und stieg aus. Sie war erst wenige Male hier gewesen. Zuletzt vor etwa zwei Monaten, als Hank eine Party gegeben und alle möglichen Leute eingeladen hatte. Für eine Studenten-WG war das Haus mit seinen vier großen Zimmern, zwei Bädern und dem Pool im Garten absolut überkandidelt. Zumal es in Uninähe lag und sie nur zu dritt darin wohnten. Kein Wunder, dass Hank es nicht sonderlich eilig hatte, sein Studium abzuschließen. Ihr Bruder hatte angefangen Pharmazie zu studieren, jedoch nach drei Semestern zu Medizin gewechselt, was er seitdem mehr oder weniger ehrgeizig verfolgte. Angeblich *lohnte es sich nicht*, allzu viel Energie in das Studium zu stecken.

„Guten Morgen, Süße." Cameron lehnte mit einer Kaffeetasse in der Hand im Türrahmen und grinste freundlich. Er war unrasiert, trug nur eine ausgewaschene, etwas zu tief sitzende Jogginghose und sah aus, als wäre er gerade erst aus dem Bett aufgestanden.

„Wieso bist du noch nicht angezogen?", erwiderte Emilia statt einer Begrüßung.

„Entspann dich." Er winkte ihr, ihm in die Küche zu folgen, die von einem großen, zerschrammten Holztisch dominiert wurde, um den acht verschiedenfarbige Stühle, Hocker und Sessel herumstanden. In dem bequemsten davon saß Hank und drehte sich sorgsam eine Zigarette. Ihm gegenüber saß Iris im Schneidersitz, einen Teller Rührei mit Toast auf dem Schoß.

„Hi", sagte sie, als sie Emilia sah.

Der Tisch war aufwendig mit Brotkorb, Marmelade und Kerzen gedeckt. Nichts an dieser ganzen Szenerie suggerierte in irgendeiner Weise Aufbruchsstimmung.

Emilia blieb in der Nähe der Tür stehen. „Sagt mal, geht's noch?" Sie warf einen demonstrativen Blick auf die Uhr, die neben dem Flaschenregal an der Wand hing. „Wir hatten verabredet, um neun Uhr loszufahren. Ich habe keine Zeit für sowas."

Cameron öffnete den Kühlschrank. „Man kann sich darauf verlassen: Wenn Emilia kommt, geht die Sonne auf", sagte er vor sich hin. „Mach's dir gemütlich. Willst du was trinken? Oder ein paar Eier?"

Emilia versuchte mühsam, ihren aufkommenden Ärger zu unterdrücken. Was sie in dieser Zeit alles erledigen könnte. Die knifflige erste Aufgabe ihres Übungszettels rechnen, den sie nächste Woche abgeben musste, zum Beispiel. Schlimm genug, dass sie wegen des anstehenden Wochenendtrips zu ihren Eltern die Lerngruppe morgen verpassen würde.

Hank sammelte die verstreuten Tabakkrümel vom Tisch und zündete sich an einer der Kerzen seine Zigarette an. „Jetzt werd nicht gleich wieder nervös. Komm her, setz dich auf deinen Lieblingshocker." Er zog einen wackligen Holzhocker neben sich und klopfte darauf. „Du wirst schon früh genug zu Mamas Feier kommen."

Emilia gab auf und ließ sich halbherzig auf dem Hocker nieder. Hank hatte Recht. Es war egal, ob sie um zwölf oder um eins in Portland ankamen. Aber es war etwas an dieser ganzen Szenerie mit den Kerzen, den Kissen auf den Sesseln und der Käseplatte, die da auch noch auf dem Tisch stand, das sie ärgerte. Das Gefühl, in etwas Vertrautes hinein geplatzt zu sein.

Cameron hatte an der Stirnseite des Tisches Platz genommen, die Füße in weißen Sportsocken auf dem Stuhl neben sich platziert, und wischte auf seinem Handy herum.

„Und? Was macht das Campusleben? Irgendeine Party, von der ich wissen sollte?", sagte er.

Emilia wohnte in einem Apartment im Studentenwohnheim auf dem Ost-Campus, einem riesigen, alten Klinkerbau aus rotem Backstein. Das tat sie in erster Linie, um möglichst konzentriert arbeiten zu können und nicht täglich wertvolle Zeit mit Fahrerei zu vergeuden. Auch wenn Leute wie Cameron dachten, dass es von unglaublichem Vorteil sei, sich stets am Puls des Geschehens zu befinden.

Sie warf ihm einen Blick zu. „Da fragst du immer noch die Falsche,"

Es war schon fast Mittag, als sie in Hanks dunkelgrünem Landrover auf der Landstraße nach Portland unterwegs waren. Es regnete immer wieder und die Straßen waren nass, dann hörte es plötzlich auf und die Sonne kam heraus.

Emilia saß hinter Hank auf dem Rücksitz, die Beine angezogen, die Schuhe im Fußraum liegend, und schaute aus dem Fenster, wo die felsigen Hügel und Nadelwälder an ihnen vorüberzogen.

Obwohl sie zu viert waren, herrschte Stille. Hank, der Einzige von ihnen, der ausgeschlafen zu sein schien, pfiff leise vor sich hin. Iris saß im Schneidersitz auf dem Beifahrersitz und las ein Buch und Cameron hatte sein Handy in der Hand, Kopfhörer in den Ohren und schien zu schlafen.

Emilia dachte an das Footballtraining vom Vortag zurück, dem sie eher unfreiwillig zugesehen hatte. Das Bild, wie dieser Taylor im strömenden Regen unten im Stadion auf dem Rasen gelegen hatte, ging ihr nicht mehr aus dem Kopf. Dazu die Stimme seines Trainers.

Du bist ein Niemand.

Er hatte auf dem Spielfeld gekämpft. Er hatte alles gegeben, sie hatte es selbst gesehen. Und doch hatte er nichts bekommen als Erniedrigungen.

Sein Blick, als er aus dem Büro gekommen war, war vollkommen leer gewesen.

„Was ist?" Cameron hatte die Augen geöffnet und sie merkte, dass sie ihn die ganze Zeit angesehen hatte.

Sie zögerte, dann sagte sie: „Ich habe euch gestern Abend trainieren sehen."

„Ach ja?" Er nahm sich einen Stöpsel aus dem Ohr.

„Es war ganz schön heftig, oder?" Sie machte eine Pause. „Dein Mannschaftskamerad hat auf dem Boden gelegen und es sah aus, als hätte euer Trainer ihn trotzdem weiter angeschrien."

Cameron sah auf das weiße Kopfhörerkabel hinunter, das er sich um einen Finger wickelte. Emilia bemerkte überrascht, dass er verlegen war.

Er zuckte die Achseln, aber es sah ziemlich halbherzig aus. „Man muss über seine Grenzen gehen, um Erfolg zu haben."

Emilia runzelte die Stirn. „Für mich sah das nicht nach gesundem Grenzen überschreiten aus." Sie beobachtete ihn, wie er mit gesenktem Kopf dasaß, und dachte daran, wie er stundenlang die Bälle für Taylor geworfen hatte. Er musste auch fix und fertig sein.

Sie holte tief Luft. „Ich habe zufällig mitbekommen, wie euer Trainer ihn danach im Büro total klein gemacht hat."

Durch den Rückspiegel fing sie Hanks Blick auf. „Mach dir keinen Kopf", warf er vom Fahrersitz aus ein. „Footballspieler stehen auf Folter."

Cameron zog seine dunklen Brauen zusammen. „Halt die Klappe."

„Und auf Bankdrücken, Eiweißshakes, Tackling, Frühaufstehen,..."

„Ich mein's ernst, *halt die Klappe!* "

Hank hob entwaffnend die Hände vom Lenker. „Ich meine ja nur. Ihr habt ein verdammt hartes Leben. *Mir* gefällt das."

Cameron streckte den Arm aus und schlug Hank härter als nur zum Spaß gegen die Schulter.

„Aua! Heh, ich bin der Fahrer!"

Iris schaute alarmiert von ihrem Buch hoch und auf die Straße. „Hört auf damit! Wir wollen alle lebend ankommen."

Cameron lehnte sich wieder zurück. Ein Schatten lag über seinen Augen. „Der Coach ist verrückt, wenn es um Ty geht", sagte er an Emilia gewandt. „Er will unbedingt, dass aus ihm ein NFL-Star wird. Und er hat es fast geschafft, wenn ihr mich fragt. Wenn er dieses Jahr im Draft gewesen wäre…"

„Ist er aber nicht", fiel Iris vom Beifahrersitz aus dazwischen. „Weil er große Scheiße gebaut hat."

Cameron sah demonstrativ aus dem Fenster. „Ja, ja, Iris. Wir wissen es."

Iris drehte sich zu Emilia um. „Er hat Kate geschwängert", sagte sie, als hätte Emilia nachgefragt. „Und dann nie wieder von sich hören lassen. Nie wieder." Sie warf Cameron einen kurzen Seitenblick zu. „So ein erbärmlicher Feigling."

Cameron sagte nichts, aber Emilia konnte sehen, wie seine Kiefer mahlten.

„Letzte Woche hat sie es dann getan", fuhr Iris an Emilia gewandt fort. „Und die Schwangerschaft beendet."

Emilia zog die Brauen hoch. „Oh man", murmelte sie, wusste aber nicht, was sie sonst dazu sagen sollte. Sie hatte Taylor gestern Abend vor dem Trainingszentrum erlebt. Er hatte ausgelaugt und verschlossen gewirkt. Ihr Kopf hatte Mühe damit, das Bild von ihm weiter zu vervollständigen.

Iris hatte sich wieder nach vorne gedreht. „Seitdem hat sie nur geheult", teilte sie der Allgemeinheit im Wageninneren mit. „Sie ist aus dem Cheerleading-Team geflogen. Und Cheerleading war ihr Leben. Und was tut Taylor? Gar nichts. Es interessiert ihn überhaupt nicht. *Sein* Leben ist ja nicht zerstört. *Er* kann ja fröhlich weiterspielen."

„Er weiß, dass er auf dieser Party einen verdammten Fehler gemacht hat. Und dass es nicht in Ordnung ist, wie er mit Kate umgegangen ist, okay?", fuhr Cameron dazwischen und es war offensichtlich, dass er hoffte, das Thema damit beenden zu können. „Der Coach hat ihn aus dem Draft ausgeschlossen. Er ist gestraft genug."

„Gestraft genug?", echote Iris.

„Cameron, ganz ehrlich", mischte sich Hank auf einmal ein. „Ich kapiere einfach nicht, wieso du diesen Typen ständig verteidigst."

Cameron drehte den Kopf vom Fenster weg und sah Hank an, als wäre er schwer von Begriff. „Taylor ist in der Mannschaft."

„Ja, und?"

„Ich bin für ihn verantwortlich."

„Das ist doch Schwachsinn, Cam."

„Ihr versteht das nicht. Taylor hat wie ein Besessener trainiert. Er hat auf der Combine super abgeschnitten. Er wäre als einer der Ersten gewählt worden. Dass der Coach ihn wegen der Sache mit Kate aus dem Draft ausgeschlossen hat, ist für ihn…"

„Wegen der *Sache* mit Kate", rief Iris dazwischen. „Du kannst das Kind ruhig beim Namen nennen, Cameron. Aber ihr Footballspieler seid anscheinend alle gleich."

Cameron verstummte. Seine Schulter zuckte und er sah aus, als würde er Iris ebenfalls eine runterhauen wollen. Er hielt sich jedoch zurück und steckte sich mit grimmigem Gesichtsausdruck den Kopfhörer zurück ins Ohr.

Kurz darauf war wieder Stille eingekehrt. Cameron hatte die Augen geschlossen und Iris las in ihrem Buch. Nur Hank hatte aufgehört zu pfeifen und rieb sich ab und zu die Schulter.

Nach etwa vier Stunden Fahrt setzten sie Cameron in Arbor Grove ab, einem der reichen Vororte Portlands, und sagten seinen Eltern Hallo. Die freuten sich wie verrückt, als Cameron zur Tür hereinkam. Sie verstanden den Hype um ihren Sohn, den Quarterback eines Division-I-Footballteams, zwar überhaupt nicht, hatten sich von dem Wunsch, Cameron möge mal ihre Pumpentechnikfirma übernehmen, jedoch einvernehmlich verabschiedet und versuchten sogar, zu den wichtigen Spielen anzureisen.

Den kurzen Rest der Fahrt legten sie schweigend zurück. Emilia spürte, dass Hanks Anspannung proportional zu ihrer Vorfreude wuchs, je näher sie ihrem Ziel kamen. Sie hatte bis vor einem halben Jahr noch Zuhause gewohnt und immer noch Heimweh; er war ausgezogen, so früh es ging, und kehrte nur wenn es unbedingt sein musste zu möglichst kurzen Stippvisiten zurück.

Heute musste es sein.

Ihre Mutter stand in einem Kleid in buntem Botanikprint in der Auffahrt und strahlte über das ganze Gesicht. Hank ließ sich von ihr drücken und küssen und überreichte ihr einen Blumenstrauß, den er an ihrem Tankstellenstopp gekauft hatte, kurz nachdem sie Aldridge hinter sich gelassen hatten. Dann machte er, dass er ins Haus kam, ehe ihre Mutter es schaffte, ihn einer eingehenden Musterung zu unterziehen.

„Alles Gute zum Geburtstag, Mama." Emilia ließ sich ebenfalls umarmen, bevor sie den Staffelstab an Iris weiterreichte.

„Iris, wie schön, dass du auch mitgekommen bist. Das weiß ich wirklich zu schätzen."

Iris hatte sich ins Zeug gelegt und eine CD mit der Lieblingsmusik ihrer Mutter zusammengestellt, die sie freundlicherweise im Namen von Emilia und ihr selbst überreichte.

Sie feierten im Wohnzimmer und angrenzenden Wintergarten und Emilias Mutter hatte anscheinend jeden eingeladen, den sie kannte. Hanks Tankstellen-Blumenstrauß thronte mitten auf dem Buffettisch und die Mutter reichte einem ihrer Neffen, der sich neben der Anlage hinter seinem Bierglas verbarrikadiert hatte, die frisch gebrannte CD von Iris hinüber. Emilia suchte sich einen ruhigen Platz neben einem Pfirsichbäumchen und freute sich, ihre Tante aus Toledo wiederzusehen, die alles über ihr Mathematikstudium an der Aldridge Universität hören wollte.

Sie beobachtete ihre Mutter, die wie ein übergroßer Schmetterling im Gewächshaus herumflatterte und sehr glücklich wirkte. Sie tanzte mit Emilias Vater, ihren beiden Schwagern und sämtlichen anwesenden Neffen. Bestimmt hätte sie gerne auch ihrem Sohn die Ehre gegeben, aber

Hank ließ sich den gesamten Abend lang nicht blicken. Nur sein Blumenstrauß erinnerte daran, dass er eigentlich hier sein sollte.

Er hätte ihr lieber Pralinen schenken sollen, dachte Emilia. Die hätte er unauffällig auf dem Geschenketisch verscharren können.

Als weit nach Mitternacht die meisten Gäste gegangen waren, halfen Emilia und Iris der Mutter beim Aufräumen. Sie gingen gerade alle hintereinander mit Tabletts voller schmutziger Gläser durch die Schwingtür in die Küche, da sahen sie Hank wieder. Die schulterlangen, blonden Haare feucht vom Regen, die Hände in den Taschen seiner etwas zu großen Windjacke, auf dem Rücken den alten, orangeroten Rucksack, den er seit Jahren nicht mehr benutzt hatte, kam er von draußen durch die Terrassentür herein.

Die Mutter stellte ihr vollbeladenes Tablett auf der Anrichte ab. „Wo kommst du denn her?"

Hank blieb in der Tür stehen. Er schaute von einer zur anderen und antwortete nicht. Offensichtlich hatte er gehofft, unauffällig durch die Küche in sein Zimmer unter dem Dach verschwinden zu können.

„Was ist ausgerechnet heute Abend so wichtig, dass du meine Feier schwänzt?", fragte die Mutter nach ein paar Sekunden, als sie sicher war, keine Antwort mehr zu bekommen.

Iris senkte den Blick und fing an, die Gläser in die Spülmaschine zu räumen.

„Was hast du da in deinem Rucksack?" Die Stimme der Mutter wurde heller und lauter. Durch die geöffnete Tür drangen Dunkelheit und ein kalter Luftzug. Emilia verschränkte die Arme.

„Gar nichts." Hank trat in die Küche und schloss die Tür. Er machte Anstalten, den Raum zu durchqueren. Die Mutter stellte sich ihm in den Weg.

„Hank!" Sie hielt ihn an den Unterarmen fest. In ihrem Blick flackerte Angst, aber Hank schien es nicht zu bemerken.

Mit einer Bewegung, die heftiger war als nötig, entzog er sich ihrem Griff. „Lass mich vorbei!"

„Gib mir deinen Rucksack!"

Hanks Blick sprang von Emilia zu Iris, die aufgehört hatte, die Maschine einzuräumen, und zurück zu Emilia. „Was soll das hier?" Seine Stimme klang scharf und Emilia spürte, wie die Spannung in der Küche anstieg. Sie hatte keine Ahnung, was das hier sollte und das wollte sie ihrem Bruder gerade mitteilen, da machte die Mutter eine schnelle Bewegung auf Hank zu und wollte ihm den Rucksack entreißen, aber der wich weit genug zurück.

„Spinnst du?!"

„Ich will sofort wissen, was du in deinem Rucksack hast." Die Mutter versuchte weiter, an Hank heranzukommen, aber der hielt sie auf Abstand.

„Hört auf!" Emilia versuchte, sich zwischen ihre Mutter und Hank zu stellen, aber ihre Mutter schob sie zur Seite.

„Misch du dich da nicht ein. Du weißt doch längst, was er da macht und tust nichts dagegen."

„Wie bitte?"

„Tu doch nicht so." Der Blick ihrer Mutter und ihre Worte trafen Emilia wie Schläge. „Du steckst doch mit ihm unter einer Decke."

„Hör auf, Mama." Hank klang hart. „Halt Emilia da raus."

„Sie weiß es wirklich nicht", mischte sich eine Stimme ein. Emilia und ihre Mutter fuhren herum und sahen Iris immer noch neben der geöffneten Spülmaschine stehen. Sie blickte quer durch den Raum zu Hank hinüber.

„Du musst damit aufhören. Jennifer und ich machen uns Sorgen um dich."

Emilias Gedanken rasten. Sie versuchte nachzuvollziehen, wovon genau Iris redete. Sie wandte sich wieder zu Hank um, der einen Moment sprachlos schien.

„Wie bitte? *Du* machst dir Sorgen um mich?"

„Deine Mutter auch."

„Meine Mutter macht sich Sorgen um mich, seit ich lebe. Das ist weiß Gott nichts Neues für mich." Hank hatte die Stimme erhoben. Er schien zu kochen.

„Ich habe dir gesagt, dass ich es tun würde." Iris sah Hank eindringlich an. „Ich habe dich gewarnt. Was du in letzter Zeit tust, geht einfach gar nicht."

„Iris, du redest einen Haufen Scheiße."

„Tu ich nicht."

„Und mit diesem Haufen Scheiße rennst du ausgerechnet zu *ihr*?" Er wies mit einer Armbewegung in Richtung seiner Mutter, die in seiner Nähe stand und nichts mehr sagte.

„Ich war verzweifelt."

„Ach ja? Du wirst bald noch viel verzweifelter sein, das verspreche ich dir."

„Hank!", fuhr die Mutter dazwischen.

Iris stemmte die Hände in die Hüften, ihr Blick verfinsterte sich.

Emilia verstand überhaupt nichts mehr. Waren das etwa der Hank und die Iris, mit denen sie jahrelang den Frühstückstisch geteilt hatte? Wann hatte sie dermaßen den Kontakt zu ihnen verloren, dass sie nicht einmal mehr ihren Dialogen folgen konnte?

„Iris, es ist besser, du gehst jetzt." Hanks Gesicht war eine Maske, so sehr versuchte er, die Fassung zu bewahren. Als niemand auf diese Forderung reagierte, packte Hank den linken Rucksackriemen mit beiden Händen, schlängelte sich an den dreien hindurch bis zu Treppe und verschwand polternd nach oben. Niemand versuchte ihn aufzuhalten.

Am nächsten Morgen war Iris verschwunden.

Emilia saß mit ihren Eltern am Frühstückstisch. Ihre Mutter butterte sich etwas zu energisch ihr Brötchen und verschüttete beim Trinken etwas zu viel Kaffee auf der Untertasse. Ihr Vater hatte sich hinter seiner Sonntagszeitung verschanzt.

„Wo ist Iris hin?", versuchte Emilia die letzten Stunden vor ihrer Abfahrt noch etwas Konversation zu machen.

„Sie hat im Gästezimmer geschlafen und heute früh eine andere Mitfahrgelegenheit nach Aldridge gefunden."

Emilia rührte in ihrem Kaffee. „Hat sie dir wirklich erzählt, dass Hank etwas mit Drogen zu tun hat?"

Die Mutter hatte in letzter Zeit schon Andeutungen in diese Richtung gemacht. Sie hatte Emilia mehrmals angerufen, behauptet, mit Hank stimme etwas nicht und sie gebeten, ihn im Auge zu behalten. Emilia hatte das nicht sonderlich ernst genommen. Normalerweise war ihr herzlich egal, was Hank so trieb. Er war ihr älterer Bruder und tat ohnehin, was immer er wollte.

Die Mutter stellte klirrend ihre Porzellantasse ab, als Hank angekleidet und mit Reisetasche bepackt die Treppe hinunterkam. Er nahm sich ein Brötchen aus dem Korb auf dem Tisch, biss hinein und warf nebenbei einen Blick auf sein Handy.

„Bist du fertig?", sagte er an Emilia gerichtet und ignorierte seine Mutter völlig.

Emilia sah auf ihr halb aufgegessenes Frühstück hinunter. Der Gedanke, jetzt schon wieder zurückzufahren, bedrückte sie. Sie hatte bisher nicht ein Gespräch mit ihrer Mutter gehabt. Genau genommen hatte sie nicht mehr als einen Satz am Stück mit ihr gewechselt.

„Beeil dich, bitte. Ich will los."

Ihr Vater raschelte mit seiner Zeitung, räusperte sich und ließ sie sinken. „Hank, setz dich."

Hank seufzte theatralisch und zog sich einen Stuhl heran.

„Können wir mal sowas wie ein vernünftiges Gespräch mit dir führen?", fragte der Vater und faltete zum Zeichen, dass er es ernst meinte, die Zeitung zusammen.

„Wenn es nicht zu lange dauert. Wir haben heute noch eine weite Strecke zu fahren."

„Was ist dran an der Sache, die Iris erzählt hat? Dass du Drogen nimmst?"

Emilia beobachtete ihren Bruder genau, aber entweder war er ein verdammt guter Schauspieler, oder die Informationen ihrer Mutter waren falsch. Sein leicht genervter, müder Gesichtsausdruck veränderte sich nicht im Geringsten.

„Ich verkaufe keine *Drogen*."

„Wie kommt Iris dann dazu, so etwas zu erzählen?"

„Ich vertraue ihr", warf die Mutter ein. „Sie hat bei mir Alarm geschlagen, weil sie mit der Situation überfordert ist. Hank, du solltest sie anrufen und dich bei ihr entschuldigen. Sie ist heute früh völlig aufgebracht von hier abgereist."

„Aber sicher doch."

„Sie liebt dich sehr und sie hat dich wirklich immer…" Die Mutter stockte.

„Für dich im Auge behalten?", half ihr Hank auf die Sprünge und seine Stimme klang kalt. „Das hättest du wohl gerne gehabt."

„Hör schon auf", rief die Mutter. „Wir wissen doch nicht, was du so treibst, da oben in Washington."

„Ach, nein? Und was treibt Emilia so?"

Emilia hielt in ihrer Kaubewegung inne. Sie schaute vom Teller hoch und sah, dass Hank mit verschränkten Armen dasaß.

„Jetzt lenk mal nicht vom Thema ab", sagte ihr Vater.

„Was hat Emilia damit zu tun?", sagte ihre Mutter.

„Was sie treibt, wisst ihr doch genauso wenig."

„Wir wissen, dass sie lernt und sich nicht mit den falschen Leuten abgibt. Mehr brauchen wir nicht zu wissen."

„Seid ihr euch da ganz sicher? Habt ihr sie jemals gefragt? Oder habt ihr ebenfalls einen Spion auf sie angesetzt? Ups, da gibt es überhaupt niemanden, der sie für euch im Auge behalten kann, was? Kein Freund, keine Freundin, Bruder nicht vertrauensvoll genug. So ein Mist aber auch."

Emilia stockte der Atem. Hank saß immer noch völlig ungerührt da und warf ihr einen kurzen Blick zu.

„Was soll das werden, Hank? Wieso reden wir jetzt plötzlich über Emilia? Sie telefoniert jede Woche mit eurer Mutter, im Gegensatz zu dir." Die Augenbrauen des Vaters bildeten beinahe eine durchgehende Linie, so sehr hatte er sie zusammengezogen.

Emilia behagte die Richtung, in die sich das Gespräch entwickelte, überhaupt nicht. Kurzentschlossen stand sie von ihrem Stuhl auf. „Ich wäre dann soweit", sagte sie an Hank gerichtet, der sich sofort erhob und seine Tasche schnappte.

Die Eltern folgten ihnen nach draußen. Hank umarmte beide Eltern zum Abschied, ohne sie wirklich anzusehen. Die Mutter kämpfte mit den Tränen.

„Vertrag dich wieder mit Iris, bitte."

Hank antwortete nicht.

Sie umarmte Emilia. „Stimmt es, was Hank erzählt? Dass du alleine bist an der Uni?", fragte sie leise.

„Schon gut, Mama." Emilia ließ die Mutter los und beeilte sich, neben Hank in den Wagen zu steigen. Sie winkte, als sie die Auffahrt verließen und auf die Straße einbogen.

Eine ganze Weile schwiegen sie. Emilia betrachtete die vertraute Umgebung, die an ihnen vorbeizog; ihre alte Schule, die Bücherei, die Häuser ihrer früheren Freundinnen. Sie merkte, dass ihr der Abschied von Zuhause nicht mehr ganz so schwer fiel wie die ersten Male.

„Sorry, dass ich angefangen habe, über dich zu sprechen", sagte Hank irgendwann, als sie fast Arbor Grove erreicht hatten.

„Es ist nur so, dass unsere Mutter mir tierisch auf den Senkel geht, während sie dich vollkommen in Ruhe lässt." Er sah sie von der Seite an. „Oder hat sie dich einmal gefragt, was du so treibst?"

Emilia zuckte die Achseln, obwohl sie es ganz genau wusste.

Ihr war klar, dass ihre Mutter sich hilflos fühlte. Der Tag, an dem Hank von Zuhause ausgezogen war und von dem an sie nicht mehr jeden Tag sein Zimmer hatte kontrollieren können, war ein ziemlich schwarzer für sie gewesen.

„Tut dir Mama gar nicht leid?", fragte sie nach einer kurzen Pause.

Hank runzelte die Stirn und bog in die Straße ein, in der Camerons Eltern wohnten. Die weißen Fassaden der Häuser glänzen in der Sonne. „Wieso sollte sie mir leidtun?"

„Sie hat fast geweint. Warum hast du ihre Party geschwänzt? Das war doch der einzige Grund, warum wir nach Portland gefahren sind. Oder?"

Hank warf ihr einen unwilligen Blick zu. „Das alles geht Mama überhaupt nichts an. Und dich auch nicht."

Emilia merkte, wie Ärger in ihr aufstieg. „Wie bitte? Sie denkt, dass du Drogen nimmst und dealst. Sie ruft mich ständig an deswegen. Also reiß dich gefälligst zusammen."

Hank schüttelte nur den Kopf. „Sie muss damit aufhören. Und du auch."

„Nein, du musst damit aufhören. Hör gefälligst auf so zu tun, als wärst du allein auf der Welt."

Hank biss nur die Zähne zusammen. Er sah aus dem Fenster und winkte Camerons Eltern, die auf der Veranda standen und ihren Sohn verabschiedeten.

Cameron kam den Weg entlang, warf sein Gepäck in den Kofferraum und stieg in den Fond des Rovers.

„Hi, Leute."

„Hi", erwiderte Emilia, während Hank den Wagen wendete.

„Oh, dicke Luft?", sagte Cameron. Als niemand antwortete, blickte er sich im Wagen um. „Wo ist Iris?"

Taylor erwachte, als die Nachmittagssonne hell in sein Schlafzimmer schien. Er wusste zunächst nicht, welcher Tag war, aber als sein Blick auf die offenen Bücher und seinen Collegeblock fiel, wusste er wieder, dass Sonntag war. Er war beim Lernen eingeschlafen.

Er setzte sich auf, rieb sich das Gesicht und nahm das Arbeitsblatt in die Hand, das seine Tutorin ihm am Dienstag mitgegeben hatte. Eine der sechs Aufgaben hatte er sogar hinbekommen. Vielleicht war das Tutorium, das ab sofort dienstag- und freitagabends auf seinem Plan stand, ja nicht vollkommen umsonst.

Er schob die Matheunterlagen beiseite, stand auf und ließ seine Schultern probehalber kreisen. Nachdem er die letzten beiden Tage völlig platt praktisch nur mit Essen, Schlafen und einer lockeren Laufeinheit verbracht hatte, hatte er sich nun erholt. Die Schwere und Trägheit nach dem Straftraining am Freitag waren verschwunden.

Er durchquerte seine sonnendurchfluteten Dachgeschosszimmer in Richtung Bad, zog sich dabei das T-Shirt über den Kopf und warf es auf den Wäschehaufen, der sich auf einem seiner Sessel türmte. Bevor er in die Dusche stieg, schrieb er Cameron an. Vielleicht war der ja von seinem Wochenendtrip in die Heimat wieder zurück. Er hatte mordsmäßigen Hunger und keine Lust auf den Inhalt eines weiteren Containers mit der Aufschrift *Taylor Bowman: Reis, Hähnchen, Broccoli.*

Es wurde definitiv Zeit für etwas Richtiges.

Während er unter der heißen Dusche stand, merkte er, wie dringend er das freie Wochenende gebraucht hatte. Nachdem der Coach ihm vor drei Wochen verkündet hatte, dass er noch ein weiteres Jahr bei ihm zu bleiben hatte, war Taylor eine Zeitlang ganz schön neben der Spur gelaufen. Zum krönenden Abschluss hatte er sich am Tag des Drafts, als alle Welt zum Public Viewing im Stadion gewesen war, zusammen mit Cameron in der Notaufnahme abgeschossen, einer Bar in Haisley. Und es am nächsten Morgen nur mit Ach und Krach pünktlich zum Training geschafft, was ihnen beiden das Straftraining eingehandelt hatte.

Es war lange her, dass er dermaßen über seine Grenze getrieben worden war. Er war am Freitag so lange gelaufen, dass er geglaubt hatte, seine Lunge müsste platzen. Er hatte auf dem Rasen gelegen, völlig am Ende, und war sich sicher gewesen, nicht mehr aufstehen zu können. Und dennoch hatte er es irgendwie geschafft und auch noch den nächsten Ball gefangen. Und den übernächsten.

Nach all den Jahren, die er ihn nun schon trainierte, kannte der Coach Taylors Grenze besser als er selbst und hatte es perfektioniert, ihn an dieser entlang zu treiben. Und kontrolliert darüber hinaus. Doch dieses Mal war er weiter gegangen als sonst.

Taylor wusste, um dieses zusätzliche Jahr zu überstehen, half nur, was schon immer geholfen hatte: in der Reihe bleiben, sein Bestes geben und schlafen, sobald sich die Gelegenheit bot.

Er drehte das Wasser ab und angelte sich ein Handtuch vom Haken. Sein Handy piepste eine Antwort von Cameron: *„Halleluja!"*

Er lief die Treppen hinunter und wollte gerade das Haus verlassen, da hörte er die Stimme seines Vaters. „Taylor."

Er stellte die Schuhe, die er gerade anziehen wollte, ins Regal zurück, richtete sich auf und ging durch den Flur. Im Torbogen zum weitläufigen Wohn-Essbereich blieb er stehen. Sein Vater saß an der blankpolierten Theke, vor ihm eine aufgeschlagene Zeitung und eine Tasse Tee.

Er blätterte eine Seite um. „Wo willst du hin?"

„Zu Cameron."

Der Vater blätterte weiter und sagte nichts mehr, darum trat Taylor einen Schritt in den Flur zurück.

Sein Vater sah auf und warf ihm einen scharfen Blick zu.

Taylor biss sich auf die Innenseite seiner Wangen, um ja nichts zu sagen. Er würde nicht drumherum kommen. Er sollte, am besten vor den Augen seines Vaters, seine vierte von insgesamt acht Mahlzeiten für den heutigen Tag einnehmen.

Sein Vater war besessen davon, dass er sich reichhaltig ernährte, davon, dass er viel schlief und am allermeisten davon, dass er hart trainierte.

Taylor drehte sich bei dem Gedanken an eine weitere vom sportwissenschaftlichen Institut für ihn zusammengestellte Mahlzeit der Magen um. Aber der Gedanke an eine Diskussion mit seinem Vater, die er ohnehin niemals gewinnen konnte, war noch unerträglicher.

Auf Socken überquerte er den hellen Steinboden der Wohnküche, umrundete den Tresen, an dem sein Vater saß und mit der Zeitung raschelte, und öffnete den Kühlschrank. In der Tür standen die vorbereiteten Plastikcontainer, von denen er mechanisch einen herausnahm, den Inhalt auf einen Teller kippte und in die Mikrowelle stellte. Als das Essen warm war, aß er es neben der Anrichte stehend auf, so zügig er konnte.

Sein Vater faltete die Zeitung sorgfältig zusammen und legte sie weg.

„Weißt du, ich hatte mich wirklich darauf gefreut." Er blickte auf und sah Taylor an, fast freundlich, und Taylor musste schlucken.

Verunsichert sah er weg, öffnete die Spülmaschine und stellte die Plastikbox und den Teller hinein.

„Ach ja?"

„Ja. Darauf, über dich zu lesen. Über den besten Tight End der Pec-12-Conference." Die letzten Worte spuckte er förmlich aus und Taylor schloss für eine Sekunde die Augen.

Um zu seinem Wagen zu kommen, musste er wieder an diesem Mann vorbei und das würde schwierig werden, wenn der zunächst über den verpassten Draft reden wollte. Deshalb blieb er stehen wo er war, zwischen Kühlschrank und Spülmaschine.

„Und jetzt?", fuhr sein Vater fort. „Nichts. Gar nichts. Jetzt muss ich mir irgendwelche Lobeshymnen auf Wimbush von den Tigers reinziehen." Er biss beim Sprechen immer wieder die Zähne aufeinander. Taylor wusste, dass er irgendwas sagen musste, um zu verhindern, dass er sich vollends in Rage redete.

„Ich habe die erforderlichen Leistungen erbracht. Ich bin hoch bewertet worden."

„Ja, das bist du. Du hast geackert, Tag für Tag, monatelang. Du warst in der Combine verdammt noch mal unter den Besten. Und dann?" Sein Vater war aufgestanden, die Stimme erhoben. „Dann machst du alles zunichte, indem du rumläufst und eine Cheerleaderin schwängerst, die dann abtreibt. Ausgerechnet eine Cheerleaderin, Taylor!" Er atmete ein paar Züge lang heftig, dann rang er um Fassung, trat wieder an die Theke heran und nahm seine Teetasse und die Zeitung auf.

„Wir können nur hoffen, dass es Kelly gelingt, den Vorfall aus den Medien herauszuhalten."

Taylor konnte nicht anders als den Blick zu senken. Das alles hatte er schon gehört und er konnte nicht leugnen, dass etwas Wahres daran war.

Die vielen hundert Stunden Training, der Stress um die Combine, alles umsonst. Er würde ein weiteres Jahr hier festsitzen. In dieser Mühle. Mit *ihm.*

„Ein weiteres Jahr also", hörte er seinen Vater sagen, der genau wusste, was in ihm vorging. Taylor konnte nicht aufsehen, denn bei diesen Worten spürte er deren Gewicht regelrecht auf seinen Schultern lasten. Das Seltsame war, dass er meinte, es bei seinem Vater ebenfalls spüren zu können.

„Es liegt viel Arbeit vor dir, Junge. Verdammt viel Arbeit."

Er konnte hören, wie sein Vater den Küchenbereich Richtung Wohnraum verließ und wusste, dass er damit entlassen war.

III

Emilia saß im Übungsraum des Trainingszentrums, ihr gegenüber ein Riese namens Lewis von der Defensive, der seit zwanzig Minuten konzentriert an seinem Aufgabenblatt arbeitete und ihr nur ab und zu mit leiser Stimme eine Frage stellte.

Sie kaute auf dem Ende ihres Fineliners herum; eine Angewohnheit, die sie selbst störte, jedoch nicht schaffte abzulegen. Sie war sich darüber bewusst, dass Mathematik eines der schwierigsten Studienfächer war. Was auch der Grund dafür war, dass sie es studierte. Mathe war ihr schlechtestes Fach an der Schule gewesen, die einzige Zwei auf ihrem ansonsten tadellosen Abschlusszeugnis, die sie fast wahnsinnig gemacht hatte. Jetzt erst recht, hatte sie sich gesagt und beschlossen, sich selbst zu beweisen, dass mit genügend Fleiß und Einsatz jedes Studienfach zu schaffen war.

Sie schaute auf die Uhr. „Die Zeit ist um."

Lewis hob den Kopf, schob ihr sein akribisch vollgeschriebenes Blatt rüber und seufzte.

„Danke, Lewis." Sie überflog seine Rechenwege, während er seine Sachen einpackte. Gleichzeitig standen sie auf und gingen zur Tür.

„Bis Freitag." Lewis lächelte sie an und nickte dann ihrer Studienkollegin Paige zu, die eine Brille und einen brünetten Pixie trug und mit ihrem Schüler gerade aus dem Übungsraum nebenan kam.

Gemeinsam gingen die beiden davon, während Paige zu Emilia ins Zimmer trat, die gerade die Fenster öffnete. Sie hatten eine kurze Pause von fünf Minuten, bevor es mit der zweiten Stunde für heute weiterging.

„Na, wie war's?", fragte Paige.

„Echt gut. Lewis macht große Fortschritte." Lewis war ruhig, ziemlich ehrgeizig und fleißig. Außerdem war er nicht so ein unerträglicher Poser wie manch anderer Footballspieler.

„Du Glückliche." Paige zog die Nase kraus. „Ich habe gleich den Schlimmsten von allen. Taylor."

„Aha?" Emilia ging an Paige vorbei zur Tür, öffnete sie weit und trat in den Flur hinaus. Sie merkte, dass es ihr widerstrebte, sich Lästereien über Taylor anzuhören. Aber Paige folgte ihr und lehnte sich gegen den Türrahmen, während Emilia sich im Gang ein wenig die Füße vertrat.

„Er sitzt die Stunden total lustlos ab und hat unverschämte Sprüche drauf. Außerdem kommt er immer zu spät." Demonstrativ sah sie auf ihre Armbanduhr. Ihre Stimme kletterte einige Tonlagen höher. „Letzten Freitag ist er einfach überhaupt nicht gekommen."

Stimmt, dachte Emilia. Letzten Freitag hatte es in Strömen geregnet und Taylor hatte völlig fertig unten auf dem Spielfeld gelegen.

„Vielleicht war er…verhindert?"

„Das glaubst du doch selbst nicht. Dem sind Noten und Prüfungen einfach völlig egal. Er bekommt seinen Abschluss sowieso, denkt er, weil er ein *Footballstar* ist…"

Emilia hörte nicht mehr zu. Mit einem Ruck drehte sie sich zu Paige um. „Wenn du willst, nehme ich ihn dir ab", hörte sie sich sagen.

Überrascht zog Paige die Brauen in die Höhe. „Was?" Sie musterte Emilia misstrauisch. „Warum?"

Emilia zuckte die Achseln. Sie wusste selbst nicht, warum sie Paige dieses Angebot gemacht hatte.

„Willst du etwa Shea loswerden? Hat er dich angemacht?", fragte Paige, in dem Moment, in dem Shea pfeifend die Treppe hinaufkam. Er trug seinen sichtlich zu leichten Rucksack locker über einer Schulter und sah mit seinen zerzausten blonden Haaren und den schwarzen Shorts einfach unverschämt gut aus.

„Hi, Mädels."

Paige und Emilia tauschten einen kurzen Blick. Als Shea wie gewohnt durch Emilias Tür treten wollte, stieß sich Paige vom Rahmen ab und trat ihm in den Weg.

„Du bist ab jetzt bei mir. Wir sind nebenan." Sie nickte mit dem Kinn nach rechts hinüber und Shea machte achselzuckend kehrt. Während er Paige durch die Tür des Nachbarraumes folgte, wandte er sich Emilia zu und hob in einer hilflosen Geste die Hände.

Nachdem die beiden verschwunden waren, war es still im Gang. Um diese späte Uhrzeit fanden eigentlich nur noch die Tutorien der Leistungssportler statt, die tagsüber keine Zeitfenster zum Lernen hatten.

Emilia fragte sich, ob es nicht vorschnell gewesen war, mit Paige zu tauschen. Der Chefcoach hatte ihnen die Schüler zugeteilt und erlaubte es vielleicht nicht, dass sie die Zuordnung eigenmächtig änderten. Höchstwahrscheinlich erlaubte er es nicht.

Und ob es klug war, sich mit ihm anzulegen?

Und Taylor? Vielleicht wollte er überhaupt nicht Emilia als Tutorin haben und würde sauer werden?

Er erschien mit etwas mehr als zehn Minuten Verspätung und schien es überhaupt nicht eilig zu haben, während er den Gang entlang auf sie zuschlenderte. Er war groß, fast zwei Köpfe größer als sie, hatte breite Schultern und blaue Augen. Die kurzgeschorenen, dunklen Haare und sein breiter Hals verliehen seinem Aussehen etwas Aggressives. Emilia musste daran denken, was Iris im Auto über ihn erzählt hatte. Dann daran, wie er von seinem Trainer angebrüllt worden war. Sie versuchte, beides von sich zu schieben. Er war jetzt ihr Schüler. Sie sollte ihm neutral begegnen.

Er blieb stehen, sein Blick streifte kurz Paiges geschlossene Tür, bevor er an Emilia hängen blieb. Ihr Herzschlag beschleunigte sich.

„Hi, ich bin Emilia." Sie versuchte, ihre Stimme fest klingen zu lassen. „Paige und ich haben getauscht. Du bist ab jetzt bei mir."

Obwohl es Taylor im Grunde egal war, bei wem er Tutorium hatte, und es eher begrüßte, die öde Paige mit ihrer eingebildeten Lehrerinnenstimme los zu sein, fand er es doch ein wenig schade um Emilia. Sie hatte etwas Ruhiges an sich, fand er, und einen sanften Blick. Er mochte sie ganz gerne und er befürchtete, dass zwei Stunden Mathe-Tutorium in der Woche das ziemlich schnell im Keim ersticken könnten.

Er ließ seine schwere Trainingstasche neben dem Tisch am Fenster fallen, setzte sich auf den freien Stuhl, der, wie alle Stühle an dieser Uni, ein bisschen zu klein für ihn war, und streckte die Beine von sich. Er hatte gerade zwei Stunden Feldtraining plus eineinhalb Stunden Sondertraining hinter sich und war froh, es überhaupt die Treppen nach oben geschafft zu haben.

Er sah zu, wie sie ihm gegenüber Platz nahm und ihren Laptop aufklappte. Sie fuhr über das Mousepad, klickte herum und strich sich die Haare hinter die Ohren. Sie waren dunkel und halblang und fielen ihr immer wieder ins Gesicht, wenn sie den Kopf senkte.

„Also, ich stelle dir als Erstes ein paar Fragen." Sie warf ihm über den Monitor hinweg einen Blick zu. Ihre Augen waren tiefbraun und von dichten schwarzen Wimpern umrahmt. „Dazu würde ich dir jetzt eigentlich einen Einschätzungsbogen geben, aber den habe ich heute nicht dabei." Sie lächelte beinahe entschuldigend. Taylor kam der Gedanke, dass der Studententausch anscheinend eine spontane Aktion zwischen Paige und Emilia und keine vom Coach angeordnete gewesen war. Noch ehe er Zeit hatte, darüber nachzudenken, ob sie von Paige oder eher von Emilia initiiert worden war, legte sie mit ihren Fragen los.

„Fällt es dir leicht, den Inhalten während der Vorlesung zu folgen, oder musst du Zuhause das Skript noch einmal durchlesen, um sie verstehen zu können?"

Während sie sprach, tippte sie auf ihrem Laptop herum, dann schaute sie auf und wartete auf seine Antwort.

„Ähm", sagte Taylor, der gerade damit anfing, die Frage zu verstehen. Ja, doch, dachte er, hätte er sich das Skript runtergeladen und durchgelesen, vielleicht hätte er die Inhalte verstanden.

„Die Antwort können wir vorerst offen lassen", sagte sie ohne eine Spur von Ungeduld. „Helfen dir Diagramme und Graphen, den Sachverhalt besser zu verstehen?"

Taylor dachte kurz nach und zuckte die Achseln. „Ich denke schon." Er fragte sich, worauf sie mit ihren Fragen hinaus wollte, aber sie schien zu wissen was sie tat. Taylor entspannte sich zunehmend, während sie weiterredete und ihn zwischendurch anlächelte.

Er antwortete, so gut er konnte, aber als sie anfing, die Inhalte abzufragen, kam er ins Straucheln. Welche Verwandte der Normalverteilung er mit Paige bereits durchgenommen hatte? Keine Ahnung. Vielleicht sollten sie nebenan mal anklopfen und nachfragen?

Emilia öffnete eine Datei auf ihrem Laptop und schob ihren Stuhl neben seinen, so dass sie gemeinsam auf ihren Monitor schauen konnten. Er nahm ihren Duft wahr, eine Mischung aus Erdbeeren und etwas, das er noch nie gerochen hatte und ihn aus dem Konzept zu bringen drohte. Ihre Haare fielen ihr wieder ins Gesicht und sie strich sie beiseite.

Sie schob den Laptop noch ein wenig in seine Richtung. „Das ist das Skript zu der Vorlesung zu dem Thema." Er spürte ihren Blick auf sich, während er das Skript ansah. „Kommt dir das bekannt vor?"

Gute Frage.

„Ich kann es dir gerne schicken. Deine Mailadresse steht auf der Tutorienliste."

Sie gingen die Themen gemeinsam durch. Taylor sah zu, wie sie die Begriffe *Intervallschätzung* und *Punktschätzung* notierte. Darüber stand *Visueller Lerntyp.*

Aha. Von *megafaul* konnte er Gott sei Dank nichts lesen.

Emilia klappte ihren Laptop zu und ging zum Whiteboard hinüber, das an der Wand zwischen den Fenstern und der Tür hing. Sie schien Schaubilder und verschiedenfarbige Whiteboard-Marker zu lieben und hatte es gegen Ende der Stunde nicht nur geschafft, dass er wusste, was Intervallschätzung war, sondern auch, ihn dazu zu bringen, am Whiteboard eine Aufgabe richtig zu berechnen. Er konnte sich nicht daran erinnern, wann ihm so etwas zuletzt gelungen war.

Später standen sie nebeneinander am Tisch und packten ihre Taschen ein.

„Hier sind noch weitere Aufgaben zu unserem heutigen Thema." Sie reichte ihm ein Aufgabenblatt und Taylor schwor sich, es bis zur nächsten Stunde zu bearbeiten, während er es in dem Zettelchaos seines Collegeblocks verstaute.

Sie gingen gemeinsam zur Tür und sie schaltete die Lichter aus.

„Warum hast du eigentlich mit Paige getauscht?", fragte er.

Emilia zog sich den Taschengurt über den Kopf und wandte sich beim Hinausgehen zu ihm um.

„Ach, ich weiß gar nicht genau." Sie lächelte, wirkte aber etwas aus dem Konzept gebracht und irgendwie verließ sie ihre selbstsichere Professionalität praktisch im selben Augenblick, in dem sie über die Türschwelle des Übungsraumes trat.

„Wahrscheinlich hat Paige ein Auge auf Shea geworfen", bemerkte er ironisch, als nebenan die Tür geöffnet wurde und Paige mit ihrem Schüler hinaus trat.

IV

Taylor lag auf der Hantelbank und war darauf konzentriert, seinen Körper dazu zu bringen, die hundertfünfzig Kilogramm immer wieder in die Höhe zu bugsieren.

Er hatte die Hantel gerade mithilfe von Noah wieder abgelegt, da bemerkte er Cameron, der offensichtlich darauf wartete, dass Taylor seinen Satz beendete.

Hat der nichts zu tun, dachte Taylor, konnte die Frage aber noch nicht aussprechen. Mit heftig bebendem Brustkorb blieb er noch eine Minute auf der Bank liegen, griff nach dem unteren Saum seines T-Shirts und wischte sich das Gesicht ab.

„Hey, power dich heute mal nicht zu sehr aus." Cameron stand mit den Händen in den Hüften geduldig neben der Bank und sah auf ihn herab. Er sah noch ziemlich frisch aus. Taylor hatte nicht den Eindruck, dass er schon viel gearbeitet hatte.

„Halt´s Maul", brachte er heraus, als er wieder Luft bekam, nahm noch ein paar Atemzüge und griff wieder nach der Stange.

„Noch dreißig Sekunden", sagte Noah, der sich mit ihm beim Bankdrücken abwechselte. Noah war der zweite Tight End der Mannschaft und Taylors Trainingspartner. Momentan hatte er die Aufgabe aufzupassen, dass die Gewichte Taylor nicht den Oberkörper zerquetschten, sollte er sie nicht mehr halten können. Außerdem zählte er die Wiederholungen und stoppte die Pausenzeiten.

Taylor ließ die Arme wieder sinken und schloss kurz die Augen. „Was ist los, Cam? Passt Hanson etwa nicht auf euch auf?"

Cameron drehte den Kopf in Richtung der Quarterbacks und winkte dann ab. „Der ist gerade rausgegangen." Er wandte sich Noah zu. „Mach ruhig Pause, ich übernehme einen Moment."

Noah reichte Cameron die Stoppuhr und verschwand, während Cameron hinter Taylor trat und ihm dabei assistierte, die Hantelstange wieder aus der Halterung zu heben.

„Heute Abend schon was vor?", fragte er, wartete Taylors Antwort aber gar nicht ab. „Ich habe ein paar Leute eingeladen. Dachte, wir könnten eine kleine Party steigen lassen. Die letzten Wochen waren echt etwas *zu* ruhig."

Taylor ging durch Camerons Gequatsche die Konzentration abhanden und er wusste, er würde die zehn Wiederholungen diesmal nicht packen.

„Du lernst und trainierst wirklich wie blöde, Ty, die ganzen letzten Wochen schon. Komm schon, heute ist Freitag. Wir wollen mal wieder ein bisschen Spaß haben. Ich habe auch ein paar Mädels am Start."

Er zählte die Wiederholungen nicht mit, während er redete, und Taylor gelang es ebenfalls nicht, deshalb gab er auf. Er grunzte irgendwas, legte die Stange wieder ab und setzte sich schwer atmend auf. Cameron kam um die Bank herum in seinen Sichtbereich und reichte ihm seine Wasserflasche.

„Und? Was meinst du? Du könntest nach dem Tutorium doch rumkommen, oder? Wie lange musst du das eigentlich noch machen?"

Taylor nahm einen langen Schluck aus der Flasche und nickte zustimmend. Dann wies er mit dem Kinn in Richtung des hinteren Hallenteils, wo Coach Hanson gerade wieder hereinkam.

Cameron schlug Taylor auf die schweißnasse Schulter. „Prima, dann bis später", sagte er und mischte sich unauffällig wieder unter seine Trainingsgruppe.

Später versammelte sich die Mannschaft im Theorieraum. Er war eingerichtet wie ein Schulungsraum mit Bankreihen für etwa achtzig Studenten und wurde vor allem für theoretischen Unterricht und Strategiebesprechungen genutzt. An der Stirnseite hing ein großes, interaktives Whiteboard, das Emilia vor Neid erblassen ließe. Taylor und sie lernten jetzt seit drei Wochen miteinander und Taylor hatte das Gefühl, in den Tutoriumsstunden mit ihr mehr Stoff verinnerlicht zu haben als in sämtlichen Vorlesungen zusammen.

Er steuerte die hinterste Bankreihe an und setzte sich zwischen Noah und Lamar, den dritten Tight End. Die Sitzordnung im Theorieraum offenbarte die unterschiedlichen Schwerpunkte der Spieler am deutlichsten: Die Quarterbacks saßen in den ersten Reihen, in der Nähe des Trainerstabs, die Receiver dahinter und die Offensive Linemen trafen die Tight Ends in den letzten beiden Reihen. Dazwischen machte sich die Defensive breit.

Die Trainer kamen herein und der Geräuschpegel im Raum ebbte ab. Tim Nolan stellte sich vor die Tafel und begrüßte die Mannschaft, während der übrige Trainerstab in der vordersten Reihe Platz nahm. Kurz darauf schwang die Tür ein weiteres Mal auf und der Chefcoach betrat den Raum. Er nickte den Spielern zu, dann begann er zu berichten, was in den nächsten Wochen anstand.

„So", schloss er nach etwa vierzig Minuten seinen Vortrag und verschränkte die Hände auf dem Rücken. „Anfang nächster Woche steht verstärkt Feld- und Geschwindigkeitstraining auf dem Plan. Das Krafttraining wird vorerst runtergeschraubt. Für das Trainingsspiel am Mittwoch erwarte ich absolute Disziplin und dass ihr euer Bestes gebt." Er machte eine Pause. „Am Besten gebt ihr noch mehr als das, denn wir werden die ersten Scouts zu Gast haben. Das wäre alles für heute."

Mit diesen Worten wandte er der Mannschaft den Rücken zu. Er ignorierte die Diskussionen, die auf seine Verkündung hin entbrannten, während die Spieler Stühle rückten und nach und nach den Raum verließen. Taylor blieb sitzen, bis sich die Reihen etwas gelichtet hatten, dann nahm er seine Tasche und seine Trainingsjacke. Er hatte jetzt Tutorium und war wie immer spät dran, weil der Coach zu spät angefangen und überzogen hatte. Aber Emilia hatte sich mittlerweile darauf eingestellt und sie hatten die stille Übereinkunft getroffen, dass sie eine Viertelstunde später anfingen.

„Taylor."

Taylor blieb im Türrahmen stehen, dann drehte er sich um. Der Coach stand neben dem Pult und winkte ihn zu sich heran. Die Co-Trainer waren gerade dabei, den Raum zu verlassen.

Taylor machte kehrt und fragte sich, was der Coach wohl von ihm wollte. Seit dem Sondertraining nach dem verpassten Draft vor einem Monat hatte er die Reihe garantiert um keinen Zentimeter verlassen. Er war pünktlich und angepasst gewesen, hatte sehr viel trainiert und sehr viel gelernt, niemanden körperlich oder auch nur verbal angegriffen, nicht gefeiert und nicht getrunken. Wie Cameron schon gesagt hatte: Die letzten Wochen waren ruhig gewesen.

„Wie läuft das Tutorium?" Der Coach verschränkte die Arme, den Blick auf Taylor ruhend.

„Gut."

„Das hoffe ich."

Taylor nickte.

„Ich erwarte, dass du diese Prüfung bestehst, Taylor. Du weißt, was dir ansonsten blüht."

„Ja." Er würde seine Berechtigung, Football zu spielen, verlieren.

„Und das ist keine Option, das ist dir hoffentlich klar."

Taylor nickte wieder.

„Wie ist deine Tutorin? Paige?"

Taylor schluckte kurz, aus dem Konzept gebracht. Der Coach wusste also nach wie vor nichts von dem Tausch und würde ihn auch garantiert nicht billigen. Er hatte die Tutorin für Taylor mit Sicherheit sorgfältig gecastet und dabei nicht nur auf didaktisches Talent geachtet, damit Taylor auch ja bei der Sache blieb.

Naja, *er* würde jedenfalls nicht derjenige sein, der dem Coach die frohe Botschaft verkündete. Das durften die Mädels schön selber machen.

„Ehm", sagte er, um die Sekunden der Stille zu überbrücken. „Sie ist ganz okay."

Der Coach ließ Taylor nicht aus den Augen und verzog einen Mundwinkel. „Ach ja?"

„Ja, doch. Sie...gibt sich Mühe."

„Aha." Der Coach holte tief Luft. „Taylor, ich warne dich. Du gehst zum Tutorium. Du lernst den Stoff. Und du bestehst diese Prüfung."

Emilia lief den Weg durch die abschüssige, ordentlich angelegte Parkanlage Richtung Mensa hinunter. Es war Mittagszeit und auf den Wiesen saßen Studenten in Gruppen zusammen, aßen Eis, lernten oder lagen einfach nur im Gras. Emilia wunderte sich, wie viel Zeit und Muße sie scheinbar hatten. Sie schaute auf ihre Armbanduhr und versuchte, trotz ihrer schweren Büchertasche das Tempo anzuziehen. Sie musste in einer Viertelstunde ein Referat halten und wollte die Inhalte vorher unbedingt noch einmal in Ruhe durchgehen.

„Emilia!"

Anscheinend war sie die Einzige hier, der das so ging.

Sie wandte sich um und sah Paige und deren Mitbewohnerin Charlotte auf der Wiese in ihrer Nähe sitzen. Sie aßen plastikverpackte Sandwiches aus dem Mitnahmeregal der Mensa und winkten sie zu sich heran. Emilia ging ein paar Schritte auf sie zu.

„Ich habe gerade überhaupt keine Zeit", ebnete sie sich direkt den Weg für einen zeitnahen Rückzug. Charlotte, die mit Rock und lilafarbenem Oberteil eher wie eine blühende Pfingstrose als eine Mathematikstudentin aussah, winkte nur ab.

„Schon klar. Die hast du ja nie."

Ganz genau. Komisch, dass du das trotzdem nicht kapierst.

„Wie war's gestern?", fragte Charlotte.

Emilia zog nur fragend die Brauen hoch.

„Mit Taylor."

„Du meinst, beim Tutorium?" Charlotte hatte überhaupt nichts mit Tutorien am Hut. Außer, dass sie sich im höchsten Maße für Footballspieler interessierte.

„Ganz okay." Emilia wich Charlottes Blick aus und wollte sich schon wieder zum Gehen wenden. Die Stunde war wie immer gut gewesen. Sehr gut sogar. Taylor war ruhig und entspannt und sie hatte den Eindruck, dass er in den wenigen Wochen, die sie zusammen lernten, gute Fortschritte gemacht hatte.

„Ganz okay?", echote Paige. „Hängt er bei dir etwa nicht nur ab und drückt dir unverschämte Sprüche rein?"

„Ach kommt, Mädels, eigentlich ist das doch egal." Charlotte streckte ihre weißen Beine aus, drehte das Gesicht Richtung Sonne und schloss die Augen. „Er muss kein Mathe können. Hauptsache, er sieht heiß aus. Eigentlich", fuhr sie fort, öffnete die Augen und blinzelte Emilia entgegen, „wollten wir dich fragen, ob du uns Taylor, Cameron und Co für nächstes Wochenende klar machen könntest. Du hast doch über deinen Bruder so einen guten Draht zu Cameron…"

Paige verschluckte sich an ihrem Sandwich und hustete.

Emilias Handy begann zu klingeln und sie wich einen Schritt zurück. „Ehm, fragt sie doch einfach selbst, okay? Ich muss jetzt echt los."

Sie wandte sich ab und fischte ihr Handy aus der Tasche. Es war eine unbekannte Nummer.

„Heißt das etwa, du hilfst uns nicht?", rief Charlotte hinter ihr her.

Emilia ignorierte sie, ging auf den gepflasterten Hauptweg zurück und nahm den Anruf entgegen. Es war ihr Vermieter. Er fragte, wann sie gedachte, ihr Apartment zu räumen. Die Warteliste sei lang.

Emilia blieb stehen und musste sich mit einer Hand an einem Laternenpfahl festhalten.

„Was haben Sie gesagt?"

„Ich habe Sie *gefragt*, wann Sie ausziehen. Ich habe viele Interessenten für die Wohnung, die auch zahlen. Sehr viele."

„Ausziehen? Aber…ich ziehe gar nicht aus."

„Also zahlen Sie wieder?"

„Ich verstehe nicht…"

„Es ist für den Mai keine Zahlung für Ihr Apartment eingegangen. Wussten Sie das etwa nicht?"

„Das…das muss ein Missverständnis sein. Meine Mutter hat einen Dauerauftrag eingerichtet." Das hatte sie getan, noch bevor Emilia überhaupt nach Aldridge gekommen war, dessen war sie sich sicher. Wenn für Mai tatsächlich keine Zahlung eingegangen war, dann hieß das entweder, dass ihre Mutter pleite war, oder dass sie den Dauerauftrag absichtlich eingestellt hatte.

Oder dass ihre Bank gehackt worden war.

„Klären Sie das mit Ihrer Mutter", sagte ihr Vermieter, jetzt im versöhnlicheren Ton. „Sagen Sie ihr, wenn bis zum Letzten diesen Monats kein Geld eingegangen ist, wird das Apartment Mitte Juni anderweitig vermietet. Diese Zimmer sind wirklich sehr begehrt."

Nachdem sie aufgelegt hatte, ließ sich Emilia auf eine Bank sinken. Ihre Gedanken rasten. Sie spürte fast so etwas wie Panik aufkommen. Ihre Mutter würde nicht tatsächlich absichtlich die Mietzahlung einstellen. Oder? Warum sollte sie so etwas tun?

Ein Verdacht keimte in ihr auf und noch bevor er weiter wuchs, nahm sie ihr Handy wieder zur Hand. Sie ließ es lange klingeln, aber ihre Mutter nahm nicht ab. Sie versuchte es bei ihrem Vater, danach bei Hank, aber sie erreichte niemanden.

Sie fühlte Tränen aufsteigen, aber sie wischte sich über die Augen und stand auf. Auf keinen Fall würde sie hier, mitten im Park, umgeben von Studenten, auf einer Bank sitzen und heulen.

Garantiert war es ein Missverständnis. Irgendwas, was sich ganz einfach aufklären ließ. Sie würde ihre Mutter schon noch erreichen und dann würde sie sich tausendmal entschuldigen und so schnell sie konnte das Geld überweisen, damit ihrer Tochter solch peinliche Anrufe ihres Vermieters erspart blieben.

Es konnte gar nicht anders sein.

Die nächsten Stunden zogen wie im Nebel an ihr vorüber. Sie schaffte es irgendwie, ihr Referat über die Bühne zu bringen und bei der anschließenden Vorlesung bei Warrender zumindest die wichtigsten Punkte mitzuschreiben. Während der ganzen Zeit schwebte die Hiobsbotschaft ihres Vermieters wie ein Damoklesschwert über ihr.

Als sie am Abend den Übungsraum betrat, fühlte sie sich völlig erschöpft. Sie blieb in der Nähe der Tür stehen, als sie sah, dass Taylor bereits da war. Das war noch nie vorgekommen. Er saß zurückgelehnt auf einem gekippten Stuhl an der Wand, die langen Beine ausgestreckt, die Arme hinter dem Kopf verschränkt. Er trug ein enganliegendes graues Shirt und seine Oberarmmuskeln wölbten sich gewaltig. Als er den Stuhl nach vorne fallen ließ und die Arme herunter nahm, machte sie sich von seinem Anblick los und ging zu dem Tisch in seiner Nähe.

„Hi", sagte er.

„Hallo." Sie packte ihren Laptop aus und stöpselte ihn in die Steckdose ein. Dann fing sie an, in ihrem Collegeblock zu blättern. Heute waren die bivarianten Datensätze dran und sie hatte sich Aufzeichnungen dazu gemacht. Ihr Suchen wurde fahrig, als sie Taylors Blick auf sich spürte. Aus den Augenwinkeln nahm sie wahr, dass er sich wieder zurücklehnte. Normalerweise störte sie sich an seiner selbstbewussten Körpersprache nicht, aber heute reizte sie sie.

„Hast du die Aufgaben für heute gerechnet?"

„Jaha", antwortete er, machte aber keine Anstalten, seine bequeme Position zu verlassen. Emilia schlug ihren Block wieder zu und hob den Kopf. „Würde es dir vielleicht etwas ausmachen, sie mir zu geben?"

Er kniff die Augen leicht zusammen, wandte dann aber den Blick ab und holte seine Unterlagen hervor. Emilia schnappte sich das vollgeschriebene Blatt. Da sie ihre Aufzeichnungen für heute sowieso nicht fand, konnte sie sich genauso gut erst einmal seinem Aufgabenzettel widmen.

Sie begann zu lesen. Als sie in der zweiten Zeile war, holte sie bereits ihren roten Stift heraus.

„Falsch." Sie strich seinen Ansatz durch. „Das auch." Es folgten weitere rote Striche und Kringel. Obwohl sie die letzten Wochen gemeinsam hart gearbeitet hatten und sie seine Lernerfolge auf eine gewisse Weise stets auch als ihre eigenen verbuchte, taten ihr seine Fehler heute seltsam gut. Selbst als sie einige Patzer fand, von denen sie geglaubt hatte, sie bereits ausgebügelt zu haben.

„So, und das ist auch falsch." Sie ließ das nun ziemlich rot wirkende Blatt vor ihm auf den Tisch segeln. Zufrieden stellte sie fest, dass Taylor seine gemütliche Liegeposition aufgab und sich nun vorbeugte, um festzustellen, was er falsch gemacht hatte. Na bitte, es ging doch.

„Das sind alles Inhalte, die wir beim letzten Mal durchgegangen sind, Taylor. Das gibt's doch gar nicht. Du machst immer wieder dieselben Fehler."

Taylor blickte stirnrunzelnd von dem, was von seinen Hausaufgaben übrig war, zu ihr auf.

„Hier, in der dritten Zeile." Sie hatte sich jetzt in Fahrt geredet, schob das Blatt noch näher an ihn heran und tippte darauf. „In der Formel handelt es sich um ein *Produkt*, nicht um eine *Summe*. Warum verstehst du das eigentlich nicht? Das hast du in der letzten Stunde schon ständig verwechselt."

„Ich habe doch das Produkt gebildet."

„Und wieso schreibst du es dann nicht hin?" Ihre Stimme überschlug sich beinahe und sie wusste, dass sie wieder herunterfahren sollte, konnte es aber nicht. „Das ist ein *Summenzeichen*."

„Das ist doch nur ein…Flüchtigkeitsfehler. Danach berechne ich es doch richtig."

„Aha, du willst also über Flüchtigkeitsfehler reden?" Sie zog das Blatt wieder zu sich heran. „So wie diesen hier? Oder den? Oh, warte, da ist ja noch einer. Das sind also auch alles nur Flüchtigkeitsfehler?" Sie stieß mit dem Ende ihres Stiftes auf die entsprechenden Stellen des Übungsblattes. „Du machst es dir ganz schön einfach, meinst du nicht?"

„Emilia…"

„Du weißt schon, dass nächste Woche die Prüfung ist, um die es hier geht? Und wenn ich das hier sehe, deine ganzen *Fehler*!"

„Es reicht langsam." Sein Tonfall war warnend, aber sie ignorierte ihn und merkte, dass sie heftiger atmete. Wie sie es hasste! Immer wieder diese Fehler, die doch zu vermeiden waren. Die Fehler zu sehen und diese lapidare Art, damit umzugehen, machten sie regelrecht wahnsinnig.

„Du wirst es nicht schaffen, Taylor. Mit dieser Einstellung wirst du es nicht schaffen."

„Emilia, jetzt hör auf damit!" Taylor schlug mit der flachen Hand auf den Tisch. Seine Stimme knallte durch den Raum und Emilia zuckte zusammen. Erst jetzt sah sie ihn richtig an. Sein Blick war durchdringend, seine Brauen zusammengezogen.

„Was soll das? Was ist hier verdammt noch mal los?"

Taylor wollte sie weiter anfahren, sie fragen, wie zum Teufel sie dazu kam, so mit ihm zu reden, aber die Worte blieben ihm im Hals stecken, als sie den Kopf zur Seite drehte und sich ärgerlich mit dem Handrücken über die Augen fuhr.

Was war nur mit seiner netten, kleinen Tutorin passiert? Es war doch bisher so gut zwischen ihnen gelaufen. Hatte er irgendwas verpasst?

Sie wandte sich ihm wieder zu, vermied es jedoch, ihn direkt anzusehen. „Es tut mir leid."

Taylor lehnte sich zurück und atmete bewusst aus, um sich zu beruhigen. „Schon gut", sagte er und versuchte so zu klingen, als ob er es auch so meinte. Verdammt, sie hatte zwischendurch fast geklungen wie der Coach.

Hatte er wirklich so viele Fehler bei den Aufgaben gemacht?

„Nein, ist es nicht." Endlich sah sie ihn wieder an. Ihre Augen waren gerötet. „Ich hätte heute gar nicht herkommen sollen. Ich hätte die Stunde absagen und direkt zu ihm fahren sollen. Aber wegen der Prüfung nächste Woche dachte ich…"

„Es ist wirklich okay, Emilia."

Ihm dämmerte allmählich, dass ihr Ausbruch mit dem Rotstift und ihre Tränen nicht allzu viel mit ihm zu tun hatten.

Eine Weile schwiegen beide. Taylor wartete, ob sie etwas erzählen wollte.

„Ich muss ganz dringend mit Hank sprechen", sagte sie irgendwann in die Stille hinein und fing seinen Blick auf. „Ich habe ihn vorhin nicht erreicht. Meine Eltern auch nicht. Meine Mutter scheint die Miete für mein Zimmer hier am Campus nicht mehr zu bezahlen und ich weiß nicht, warum. Deswegen hat mich mein Vermieter vorhin angerufen und gesagt, dass ich ausziehen soll. Dabei will ich nicht ausziehen. Und ich wüsste auch gar nicht, wohin…"

Sie schien durcheinander zu sein und Taylor konnte dem, was sie erzählte, nicht ganz folgen, aber er nickte.

„Was, wenn ich jetzt wirklich ausziehen muss?", sagte sie nach einer kurzen Pause mehr zu sich selbst. „So schnell bekommt man doch gar kein Zimmer. Es gibt Wartezeiten von mindestens einem Semester."

Taylor sah sie an. „Was ist mit der WG von Cam und deinem Bruder? Da ist doch jetzt ein Zimmer frei."

Emilia antwortete nicht. Dann schüttelte sie den Kopf. „Ich muss wissen, warum meine Mutter die Miete nicht mehr bezahlt."

Kurz darauf stand Emilia mit Taylor auf dem Parkplatz des Trainingszentrums und sah zu, wie er ihr Rennrad auf die Ladefläche seines Ford Pickups lud. Da sie weder ihre Eltern noch Hank erreichte, hatte er vorgeschlagen, sie mit zur WG nach Haisley zu nehmen.

Sie stieg auf der Beifahrerseite ein und schaute aus dem Fenster, während er den Wagen vom Campusgelände lenkte. Sie hatte ein dermaßen schlechtes Gewissen, weil sie ihren Frust an ihm ausgelassen hatte, dass sie ihn kaum ansehen konnte. Außerdem hatte sie die Stunde vorzeitig abgebrochen, obwohl die Prüfung nächste Woche stattfand, auf die sie ihn unbedingt vorbereiten musste. Aber sie fühlte sich auch furchtbar wegen des Anrufes ihres Vermieters. Und irgendwie noch mehr, weil sie ihre Mutter nicht erreichte.

„Cam gibt heute Abend eine Party", sagte Taylor, als sie fast schon in Haisley waren.

„Na, super." Emilia stöhnte innerlich auf. Das hatte sie völlig vergessen. Sie würde kaum ein vernünftiges Gespräch mit ihrem Bruder führen können, wenn in der WG gerade die Hölle los war. Außerdem konnte sie Partys nicht ausstehen. Einer von vielen Gründen, warum es für sie keine Option war, in die WG einzuziehen.

Taylor parkte seinen Wagen hinter Camerons dunkelgrauem Mustang und sah sie von der Seite an.

„Na komm, das wird schon."

Die Party schien hauptsächlich im Wohnzimmer stattzufinden, von wo Lärm und laute Musik drangen. Im Flur standen ein paar Leute mit Drinks herum und in der Küche saß eine kleine Gruppe Jungs bei einem Trinkspiel um den großen Tisch herum. Emilia sah sich nach Hank um, entdeckte ihn aber nirgendwo. Sie befürchtete, dass er nicht da war und ging den Flur entlang auf sein Zimmer zu. Die Tür stand offen und als sie näher kam, hörte sie Iris´ Stimme. Kurz darauf auch Hanks.

„...nein, Iris. Diese Abigail ist für mich definitiv nicht vertrauenswürdig. Wir lassen das. Außerdem verstehe ich nicht, was du heute überhaupt hier zu suchen hast. Ich habe dich rausgeschmissen, schon vergessen?"

Die beiden standen einander mitten in seinem unaufgeräumten Zimmer gegenüber. Hank gestikulierte mit einem halbvollen Whiskeyglas in der Hand. Als er Emilia bemerkte, verfinsterte sich der Ausdruck in seinem Gesicht.

Iris packte ihre Tasche und drängelte sich an ihr vorbei. „Mit ihm ist nicht zu reden, hau lieber gleich wieder ab", sagte sie an Emilia gewandt und marschierte den Flur entlang auf die Haustür zu.

„Ja, genau. Verschwinde, du Verräterin!" Hank folgte ihr ein paar Schritte. Dicht vor Emilia blieb er stehen. „Was hat *sie* heute hier zu suchen?", rief er und wies mit seinem Glas schwungvoll hinter Iris her.

Obwohl ihr Bruder in Größe und Statur etwa denen eines Wikingers entsprach und offensichtlich alkoholisiert war, wich Emilia keinen Zentimeter zurück. Sie spürte nichts als Wut auf ihn. Darüber, wie er mit Iris umging, und dass er heute Nachmittag nicht erreichbar gewesen war, als sie ihn dringend gebraucht hatte.

„Ich habe mit dir zu reden." Sie würde am liebsten die Tür schließen und mit ihm unter vier Augen sprechen, aber Hank stand wie ein Baum im Türrahmen und schien niemanden mehr in seinen allerheiligsten Räumen zu dulden.

„*Du* hast mit *mir* zu reden?" Er lachte auf, setzte das Glas an und leerte es mit einem für die kleine Menge übertrieben wirkenden Schluck. „Erstmal rede *ich* mit *dir*. Hast du Iris zu dieser Party eingeladen?"

Emilia glaubte, sich verhört zu haben. „Soll das ein Witz sein? Sie hat bis vor Kurzem noch hier *gewohnt*."

„Ich weiß, dass du mit ihr unter einer Decke steckst. Warum sollte sie sonst heute hier aufgetaucht sein?"

„Hör auf damit, Hank. Wenn du zur Uni gehen würdest, wüsstest du, dass es kein Geheimnis ist, wenn hier eine Party steigt."

Hanks Blick verfinsterte sich, seine Stimme kippte beinahe. „Niemanden geht es etwas an, ob ich zur Uni gehe oder nicht. Das hat euch alle nicht zu interessieren! Iris nicht, unsere Mutter nicht und dich auch nicht." Seine Augen waren gerötet und der Ausdruck darin war Emilia fremd. Hank war selten so aufgebracht. Normalerweise war er tiefenentspannt und abends ohnehin meistens high. Sie wusste, dass es jetzt Zeit war, den Rückzug anzutreten. „Ich weiß, dass unsere Mutter dich auf mich angesetzt hat", fuhr Hank fort. „Was ist los mit dir? Brauchst du ihre Liebe wirklich so dringend, dass du alles tust, was sie dir sagt?"

Er gestikulierte mit seinem Glas und stieß es ihr gegen die Schulter. Nicht fest, aber Emilia durchfuhr ein Stich bei seinen Worten. Sie wich einen Schritt zurück und stieß gegen eine harte, warme Wand, wo eigentlich offener Flur hätte sein sollen. Noch ehe sie begriff, gegen wen sie gelaufen war, spürte sie eine Hand, die sich um ihren Oberarm schloss. Taylor stand hinter ihr. Sie spürte die Hitze, die sein Körper abstrahlte und seine Brustmuskeln, sie sich bewegten, als er sie zur Seite und damit aus Hanks blutunterlaufenem Blickfeld schob. „Was soll denn das hier werden?"

Hank fokussierte Taylor und sein Gesicht lief rot an.

„Taylor. Tu mir doch einen Gefallen und kümmere dich um deinen eigenen Scheiß, okay?" Er versuchte halbherzig, an Taylor vorbei zu Emilia zu gelangen, aber der stand nach einer kaum merklichen Bewegung zwischen Emilia und ihrem aufgebrachten Bruder und versperrte ihm den Weg.

„Sobald du wieder ein bisschen runter kommst und Emilia in Ruhe lässt."

Hank gab seine Versuche auf. „Runterkommen? Ausgerechnet du willst mir was von Runterkommen erzählen?" Er lachte auf und Emilia merkte an seinem Tonfall und daran, wie er sich auf Taylor einschoss, dass er gerade nicht vorhatte, einem Konflikt aus dem Weg zu gehen.

Sie berührte Taylor am Unterarm. „Lass ihn einfach, okay?"

Hanks Augen wurden schmal. „Was hast du denn jetzt auf einmal mit diesem Kerl zu schaffen?", blaffte er Emilia an. Und an Taylor gewandt: „Sag bloß, du hast keine eigenen Geschwister, denen du auf die Nerven gehen kannst."

Mit diesen Worten schien er sich abwenden zu wollen, da versteifte sich Taylor neben ihr. Er ballte die Hände zu Fäusten und seine Kiefermuskeln zeichneten sich scharf in seinem Gesicht ab.

„Was ist los, Ty?" Hank musterte ihn mit neu erwachtem Interesse. „Du hast keine, stimmt's? Sonst könnte sich *Daddy* ja nicht voll und ganz auf dich konzentrieren."

Taylors Brauen zogen sich fast schmerzvoll zusammen. „Was hast du gerade gesagt?"

Hank legte den Kopf schräg. Mit einem waghalsigen Grinsen streckte er den Arm aus, als wollte er Taylor freundschaftlich auf die Schulter klopfen. „Mach dir nichts draus. Nicht jeder kann…"

Weiter kam er nicht, denn in der Sekunde, in der Hanks Hand ihn berührte, packte Taylor seinen Arm und stieß ihn in einer schnellen Bewegung durch den Flur und in ein Regal an der gegenüberliegenden Wand hinein.

Es krachte laut, als die hölzernen Regalbretter unter Hanks Gewicht nachgaben und die Footballtrophäen darauf zu Boden fielen. Hank knallte mit dem Rücken gegen die Flurwand, eine Mischung aus Überraschung und Schrecken im Gesicht. Taylor setzte mit seinem ganzen Körper nach und drückte seinen Unterarm gegen Hanks Hals. Japsend schnappte er nach Luft. Sein Gesicht lief rot an, an seinem Hals traten die Adern hervor.

„Taylor, nicht! Lass ihn los!", schrie Emilia. Am Rande nahm sie wahr, dass der Flur voller Leute war, die Taylor anstarrten wie ein tollwütiges Tier. Niemand wagte es, einzugreifen.

In diesem Moment tauchte Cameron auf. Mit zwei großen Schritten war er bei Taylor, packte ihn an den Schultern und riss ihn von Hank herunter.

„Es reicht, Taylor!" Er stellte sich direkt vor ihn und stieß ihn gegen die Brust, so dass er einen Schritt zurückwich.

Schwer atmend stand Taylor mitten im Flur. Alle Muskeln angespannt, die Kiefer fest aufeinander gepresst, wandte er sich von Cameron und Hank ab.

Mit einer Armbewegung fegte er die restlichen Trophäen von dem einzigen heil gebliebenen Regalbrett und ging durch den Flur auf die Haustür zu, ohne jemanden anzusehen. Die Leute wichen vor ihm zurück, als er nach draußen verschwand.

Ein Aufatmen ging durch die Partygäste. Emilia merkte erst jetzt, dass auch sie die Luft angehalten hatte.

Zwei Typen mit Bierflaschen in den Händen zogen Hank aus dem heraus, was einmal Camerons Flurregal gewesen war und das nun hinter seinem Rücken zu einem Haufen Holz zusammenfiel. Mit schmerzverzerrter Miene entfernte Hank die Holz- und Glassplitter aus seiner Kleidung und den Haaren. Auf dem Boden lagen die Trophäen, dazwischen Scherben und Hanks Whiskyglas, das überraschenderweise heil geblieben war. Hank hob es auf und reinigte es provisorisch mit einem Zipfel seines schwarzen T-Shirts.

Von irgendwoher hatte Cameron auf einmal eine Flasche in der Hand und schenkte ihm nach. „Alles okay, Kumpel?"

„Von wegen", giftete Hank, legte den Kopf in den Nacken, um sein Glas zu leeren und rieb sich dabei den Hals. „Dieser Scheißkerl ist völlig verrückt geworden."

„Du hast ihn provoziert. Absichtlich", platzte Emilia heraus, während sich Cameron mit der begehrten Whiskyflasche einer anderen Gruppe zuwandte und großzügig ausschenkte.

„Ach so? Willst du damit sagen, dass das hier *meine* Schuld ist?" Hank hob in raumgreifender Geste die Arme. „Was soll das eigentlich, dass du dich auf einmal auf die Seite von Taylor schlägst?"

„Ich schlage mich auf gar keine Seite. Aber darum geht es überhaupt nicht. Ich wollte eigentlich mit dir über…"

„Du hast doch gesehen, wie er gerade auf mich losgegangen ist."

Emilia schüttelte den Kopf und wendete sich ab. Es hatte keinen Sinn. Hank hing heute hoffnungslos in seinem Film fest.

Sie schlängelte sich durch die wieder munter palavernden Partygäste in Richtung Haustür und überlegte, mit dem Fahrrad nach Hause zu fahren. Sie hoffte, dass Taylor es von seinem Pickup geladen hatte, bevor er gefahren war, aber als sie in der Dämmerung zur Auffahrt hinüberging, stand er mit dem Rücken zu ihr neben seinem Wagen, die Hände in die Hüften gestemmt, den Kopf gesenkt. Obwohl er einfach nur dastand, wirkte er erschöpft und irgendwie niedergeschlagen und hatte nichts mehr mit dem Mann zu tun, der da drinnen gerade auf ihren Bruder losgegangen war. Sie musste daran denken, wie er sich zwischen sie und Hank gestellt, sich mit dieser kleinen Bewegung Hanks Zorn ausgesetzt und sie davon befreit hatte. Einfach so. Obwohl sie ihn zuvor im Tutorium richtig runtergemacht hatte.

Taylor versuchte mühsam, sich wieder zu beruhigen. Gottverdammt, was hatte er da drinnen gerade veranstaltet? Wieso ließ er sich dermaßen von diesem elenden Hank provozieren? Die Wut hatte ihn einen Moment lang richtiggehend übermannt. Er hatte alles um sich herum vergessen und nur noch gesehen, wie Hanks selbstgefälliges Grinsen aus seinem Gesicht gefallen war.

Er atmete tief ein und aus. Die abendliche Luft war kühl und klärte seine Gedanken. Er wollte in seinem Zustand nicht losfahren und blieb neben seinem Pickup stehen, der immer noch hinter Camerons Wagen stand, als ob nichts gewesen wäre. Apropos, wieso war der überhaupt mit so einem unfassbaren Idioten befreundet?

„Alles okay?", sagte eine Stimme hinter ihm.

War sie ihm etwa nach draußen gefolgt?

Er konnte ihr nicht ins Gesicht sehen und blieb mit dem Rücken zu ihr stehen. Er hatte nur aufhören können, weil ihre Schreie ihn daran erinnert hatten, dass er auf einer Party in Camerons Haus war. Und dass es ihr Bruder war, dem er gerade die Luft abdrückte. Und jetzt stand sie hier draußen bei ihm und fragte ihn, ob er okay war, anstatt drinnen die Glassplitter von Hanks Shirt zu zupfen.

„Es tut mir leid, was Hank zu dir gesagt hat. Er hat so eine Art, andere zu provozieren, sobald er herausgefunden hat, wie es funktioniert."

Taylor drehte sich zu ihr um. Sie stand vor ihm, die großen, dunklen Augen auf ihn gerichtet, die Brauen ein wenig zusammengezogen mit einem Ausdruck im Gesicht, als wäre sie Schuld an alldem.

„Das muss dir nicht leidtun." Taylor presste die Kiefer aufeinander. „Ich hätte deinen Bruder nicht ins Regal stoßen dürfen. Ich weiß auch nicht, ich…" Er wich ihrem Blick aus und sah an ihr vorbei zum Haus hinüber.

Die Tür öffnete sich und Licht, Musik und ein Schwung Menschen drangen heraus, die begannen, im Vorgarten herumzulärmen.

Wie auf ein Stichwort wandte sich Emilia um. „Kannst du mich und mein Fahrrad vielleicht mitnehmen und nach Hause bringen?", fragte sie.

Taylor nickte und öffnete die Beifahrertür für sie.

V

Produktive Samstage waren Emilias absolute Lieblingstage. Normalerweise stand sie früh auf, schrieb sich bereits beim Müsliessen eine Erledigungsliste, verbrachte den ganzen Tag mit Lesen, Lernen und Aufgabenzetteln in ihrem Apartment und schaffte bis zum Abend unheimlich viel. Heute jedoch würde sie nach Portland fahren müssen, um mit ihrer Mutter zu sprechen. Das bedeutete, sie würde den Tag hinter dem Steuer verbringen und überhaupt nichts schaffen.

Emilia schaute auf die Uhr. Es war fast halb neun. Eine durchaus humane Zeit, bei jemandem anzurufen.

Sie würde einen letzten Versuch starten, ihre Mutter zu erreichen und versuchen, um den Oregon-Trip herumzukommen. Samstags stand ihr Vater um diese Zeit oft schon mit dem Rasenmäher im Garten und ihre Mutter packte ihr Zeug zusammen, um auf den Markt zu gehen. Nicht, dass sie diesen Moment noch verpasste.

Sie aß den letzten Löffel Müsli auf, stellte die Schale in die kleine Spüle neben dem aufklappbaren Esstisch und wählte die Nummer ihrer Mutter.

Nach dem zweiten Klingeln nahm sie ab.

„Hey, Mama, ich bin's."

„Emilia." Ihre Mutter klang überrumpelt. „Es ist total ungünstig gerade, ich bin auf dem Sprung zum Markt…"

„Ja, ich weiß. Es geht auch ganz schnell und es ist total wichtig…"

„Wenn man nach neun kommt, sind die ganzen guten Salate schon weg."

„Der Vermieter hat angerufen."

Ein Atemzug zu lange herrschte Stille auf der anderen Seite. Ein leises Seufzen. „Ach, Schätzchen. Darüber wollte ich noch mit dir sprechen."

Emilia hielt den Atem an und merkte, wie sich ihr Herzschlag beschleunigte. „Wieso hast du das gemacht?"

„Emilia…"

„Warum, Mama?"

„Ich…es ist einfach zu teuer…"

„Wie bitte?"

„Es kostet fast eineinhalb tausend Dollar."

„Das habt ihr doch vorher gewusst! Ihr habt die Bürgschaft unterschrieben!"

„Uns ist inzwischen klar geworden, dass es unverhältnismäßig ist. Das Zimmer in Haisley kostet weniger als die Hälfte. Und jetzt, wo Iris ausgezogen ist..."

Emilia spürte, wie das Entsetzen einer Wut Platz machte. Mit allem hatte sie gerechnet. Mit Ausreden, einem Versehen, einer Entschuldigung, wirklich mit allem. Aber nicht damit.

„Ich soll zu Hank und Cam nach Haisley ziehen?" Ihre Stimme überschlug sich fast. „Das ist nicht dein Ernst. Du hast keine Ahnung, was da los ist!"

Sie stockte, als ihr klar wurde, was sie gesagt hatte. Sie hörte ihre Mutter am anderen Ende tief durchatmen. Die guten Salate waren vergessen.

„Was ist denn da los?"

Emilia versuchte, sich zu beruhigen. Sie hatte ihre Mutter an der Strippe. Und sie war ehrlich. Das war doch wirklich schon mal ein Fortschritt zu gestern. Jetzt galt es, an sich selbst zu denken und die Mutter davon zu überzeugen, dass sie nicht nach Haisley ziehen konnte. Und wenn Hanks guter Ruf dabei über den Jordan gehen sollte – sei´s drum. Dieses Grab hatte er sich am Vorabend selber geschaufelt.

„Cameron hat fast jeden Abend das Haus voll. Die halbe Uni macht da Party. Da kann ich mich nicht konzentrieren und ordentlich lernen."

Die Mutter schwieg ein paar Sekunden, als müsste sie verdauen, was Emilia da sagte. Schließlich hörte sie diese Version des WG-Lebens das erste Mal.

„Dann ist es erst recht gut, wenn du dort einziehst und für Ordnung sorgst." Es klang auf unheilvolle Art abschließend.

Was sollte sie tun?

Bei dem Gedanken daran, dass sie auch nur den Hauch eines Einflusses auf Camerons allwöchentliche Trinkspielrunden in der Küche und Hanks Kiffgelage in der Sofaecke hatte, musste sie auflachen. „Das…das kann ich nicht."

„Du bist Hanks Schwester, natürlich kannst du das."

„Ich muss meine Prüfungen schaffen!" Emilia stand mitten in ihrem Lernzimmer und sah ihren Schreibtisch, ihre Bücher, ihr Whiteboard und spürte, wie sich ihr das Müsli im Magen umdrehte. Sie würde all das verlieren. Sie würde diesen Raum verlieren und all die Ruhe und Struktur, die er mit sich brachte.

Wut und Hilflosigkeit trieben ihr die Tränen in die Augen. „Ist dir eigentlich vollkommen egal, was ich will und wie es mir dabei geht?"

„Es geht dir gut, Emilia. Hank ist der, der…"

„Du hättest ihn gestern mal sehen sollen, deinen Hank. Er war stockbesoffen und hat sich Iris und mir gegenüber wie der letzte Arsch verhalten. Er hat…"

„Er hätte sich niemals von Iris trennen dürfen. Wir beide wissen das."

Emilia war sich dessen nicht mehr so sicher. Nach ihrer letzten Begegnung mit Hank fragte sie sich, ob Iris ohne ihn nicht besser dran war.

„Emilia?"

„*Was?*"

„Wir zahlen dir das Zimmer in Haisley. Und im Gegenzug passt du darauf auf, dass dein Bruder nicht weiter aus der Spur gerät."

Emilia schwieg und ihre Mutter beendete den Anruf ohne ein weiteres Wort.

Emilia konnte einen wütenden Aufschrei gerade noch unterdrücken. Sie knallte ihr Smartphone auf ihren aufgeräumten Schreibtisch und ließ sich auf ihren Stuhl fallen. Der Anruf hatte sie mehr geschlaucht als eine Radtour von Aldrige nach Haisley.

Was sollte sie tun? Sich einen Job in einer der Bars oder Läden in der Umgebung suchen und selbst entscheiden, wo sie wohnte? Die Gehälter der hiesigen Studentenjobs reichten gerade mal dazu, sich ein Auto zu finanzieren und sie schaffte das Unipensum auch ohne Job nur mit Ach und Krach.

Das Studium aufgeben und für den Rest des Lebens als Kassiererin bei Walmart arbeiten?

Sie konnte es drehen und wenden wie sie wollte, aber solange sie studierte, war sie von ihren Eltern abhängig. Und wenn die wollten, dass sie bei Hank einzog, dann hatte sie bei Hank einzuziehen, so einfach war das.

Eine halbe Stunde später ging sie den gepflasterten Weg von ihrem Auto zu dem Haus entlang, das sie vor zwölf Stunden erst verlassen hatte. Sie wunderte sich nicht darüber, Camerons dunkelgrauen Ford Mustang einträchtig neben Hanks zerschrammtem Landrover in der Einfahrt stehen zu sehen. Sie war sich sicher, dass die Party noch bis in die Morgenstunden weitergegangen war, nachdem Taylor und sie schon früh wieder gefahren waren. Wahrscheinlich konnte sie froh sein, wenn Hank seinen Rausch bereits ausgeschlafen hatte.

Sie wollte gerade klingeln, als die Haustür geöffnet wurde und ein schwarzhaariges, zerzaust aussehendes Mädchen mit verschmierter Schminke heraustrat, das Emilia noch nie zuvor gesehen hatte. Sie murmelte Emilia einen kurzen Gruß zu, ließ die Haustür offen und schien es eilig zu haben, zu ihrem Wagen zu kommen. Emilia stand ein paar Sekunden lang reglos auf dem oberen Treppenabsatz und versuchte sich vorzustellen, dass sie das nun täglich erleben würde: irgendwelche Erstsemesterinnen, denen sie morgens an der Kaffeemaschine oder, noch schlimmer, im Badezimmer begegnete, deren Namen sie nicht kannte und die sie einmal und nie wieder sehen würde.

Sie betrat das Haus und als sie langsam durch den Flur Richtung Küche ging, fielen ihr Dinge auf, die sie noch nie wahrgenommen hatte: die überladene Garderobe im Flur, auf der, anscheinend über Jahre, Jacken, Trikots und sogar Jeans und Sporthosen einfach abgeladen worden waren; leere und halbvolle Flaschen, Gläser und Pappbecher, die auf sämtlichen Oberflächen und auf dem Fußboden herumstanden. In manchen schwammen Kippen und andere Dinge herum. Die Luft war rauchgeschwängert. Das zertrümmerte Regal war immer noch da, irgendjemand hatte die zerbrochenen Bretter und zerstörten Trophäen notdürftig mit dem Fuß Richtung Wand geschoben.

In der Küche saß Hank in Jogginghose an dem klebrig wirkenden, mit dreckigem Geschirr, Aschenbechern und anderem Zeug übersäten Tisch, eine Tasse Kaffee vor sich, und sah aus, als wäre er noch gar nicht richtig wach.

Cameron stand an der Anrichte und schüttete gerade eine Ladung Kaffeebohnen in seinen Kaffeeautomaten. Er trug nichts außer dunkelblauen Boxershorts und Emilia fragte sich, mit wem die Schwarzhaarige in der vergangenen Nacht wohl das Bett geteilt hatte.

Er klappte den Deckel zu, als sie die Küche betrat. Die Maschine nahm gurgelnd ihre Arbeit auf.

„Morgen." Er wirkte müde, aber er lächelte, nahm die Tasse aus der Maschine und reichte sie ihr. „Wo kommst du denn her?"

Emilia lehnte kopfschüttelnd ab. Sie wollte irgendwas von sich geben, wenigstens eine Begrüßung, aber die ganze Situation, das Mädchen an der Tür, der Flur und dieser Küchentisch, von dem man nicht einen Quadratzentimeter der Platte sah, mit der Schnapsleiche daran, die ihr Bruder war, verschlug ihr die Sprache.

Cameron runzelte die Stirn. „Alles okay?"

Emilia schüttelte abermals den Kopf. Sie wünschte sich, jemand wäre hier, irgendjemand, mit dem sie reden konnte.

„Ich...ich soll hier einziehen", brachte sie heraus und hörte selber, wie verrückt es klang. Und falsch.

Cam wurde sein Stirnrunzeln gar nicht mehr los. „Äh, was?"

In Hank schien jetzt etwas Leben zu kommen. Er rappelte sich auf und strich sich die Haare aus dem Gesicht. „Das ist nicht ihr Ernst."

Emilia bemerkte, dass er wieder ganz normal klang. Dennoch wandte sie sich weiterhin Cameron zu. Das Haus gehörte seinen Eltern. Sie hatten es vor ein paar Jahren gekauft, damit ihr Sohn ganz entspannt seinen Traum verwirklichen und an der Aldridge Sport studieren konnte. So lange er wollte. Und dabei seine besten Freunde um sich scharen konnte, natürlich.

„Meine Mutter bezahlt die Miete für das Studentenwohnheim nicht mehr", erklärte sie Cameron im fast entschuldigenden Tonfall. „Sie möchte, dass ich hier einziehe."

Cameron schwieg ein paar Sekunden lang und musterte Emilia, während Hank im Hintergrund Unverständliches vor sich hin knurrte.

„Und...du willst das aber nicht", stellte Cameron irgendwann fest. Er wirkte immer noch einigermaßen verwirrt.

Emilia spürte, wie ihr bei dieser Frage wieder die Tränen kommen wollten, aber sie schluckte sie hinunter, schüttelte den Kopf und zuckte der Höflichkeit halber die Achseln.

„Cameron, ganz ehrlich..." Sie konnte nicht anders, als ihren Blick durch die Küche wandern zu lassen, verkniff sich aber jeden Kommentar.

Cameron sah zu Hank herüber und schien herausfinden zu wollen, was der von der ganzen Sache hielt. Dann wandte er sich wieder Emilia zu. „Wann musst du in Aldridge raus sein?"

„Spätestens Freitag."

„Nächsten Freitag?"

„Emilia, das ist doch große Scheiße", schaltete sich Hank von rechts ein.

„Du misch dich da nicht ein", entfuhr es Emilia. „Dir habe ich diesen ganzen Mist doch zu verdanken."

„Okay, ich geh mir dann mal was anziehen", sagte Cameron stoisch und machte einen Schritt Richtung Tür, aber Emilia streckte eine Hand aus und hielt ihn auf.

„Nein, bitte. Wir besprechen das jetzt."

Cameron wandte sich achselzuckend wieder seiner Kaffeetasse zu. „Das fängt ja gut an."

„Wir dürfen uns das nicht gefallen lassen." Hank klang eindringlich. „*Wir?*"

„Ja! Sie will doch nur, dass du hier wohnst, damit du mich für sie im Auge behalten kannst."

„Allerdings."

„Das geht doch nicht."

Es ist seine Schuld, dachte Emilia. Und irgendwie auch nicht.

„Soll ich mal mit ihr reden?", fragte er.

„Das hat doch keinen Sinn." Emilia hatte schon unzählige Gespräche zwischen Hank und ihrer Mutter erlebt und die waren ausnahmslos ergebnislos gewesen. Sie wusste, dass Hank sich lediglich versöhnlich zeigen wollte.

„Du könntest mir beim Umzug helfen."

Hank griff nach seiner Zigarettenschachtel und dem Feuerzeug. Emilia wünschte sich, er würde das lassen. Sie hasste Zigarettenrauch ebensosehr wie Chaos.

„Wann?", fragte er, nachdem er den ersten Zug genommen hatte.

Emilia zuckte die Achseln. Sie wusste genau, wann sie umziehen musste. Sonntags war Lerngruppe und unter der Woche hatte sie Kurse, Vorlesungen und Tutorium.

„Heute."

„Heute?" Er hustete. „Heute kann ich nicht."

„Wie, du kannst nicht?"

„Ich hab zu tun. Deine Anfrage kommt aber auch ganz schön kurzfristig."

Emilia wusste nicht, ob er die Wahrheit sagte oder nicht, aber eigentlich spielte es auch keine Rolle.

Sie seufzte und ließ sich auf einen der Hocker sinken. „Könntest du, was auch immer du zu tun hast, vielleicht verschieben? Du weißt, ich muss wirklich…"

„Nein, Emilia, kann ich nicht." Hank aschte in einen leeren Joghurtbecher. „Aber vielleicht kannst du deinen Umzug ja verschieben. Zum Beispiel auf Sonntag, Montag, Dienstag, Mittwoch, Donnerstag oder Freitag. Ob du's glaubst oder nicht, aber die Welt geht nicht unter, wenn man mal einen halben Tag Uni oder eine Lerngruppe oder sonst was verpasst."

„Komm schon." Cameron setzte sich ebenfalls an den Tisch und räumte sich ungerührt einen Platz für seine Kaffeetasse frei. „Jetzt mach sie doch nicht so an." Er wandte sich Emilia zu. „Ich kann dir heute helfen."

„Wirklich?"

„Ja, sicher. Wie viel Zeug hast du denn? Hast du schon einen Wagen organisiert?"

Emilia warf Hank über den Tisch hinweg einen langen Blick zu. Cameron schien ihren Ärger zu spüren.

„Jetzt lass ihn doch." Er nahm sein Handy zur Hand. „Er ist doch eh viel zu faul und verbreitet nur schlechte Stimmung." Er zwinkerte Hank zu. „Stimmt´s?"

„Wir könnten ihn und sein Auto aber gut gebrauchen." Emilia verschränkte die Arme. „Mein Board ist doch viel zu groß für deinen Wagen."

Cameron sah auf. „Dein was? Ich wusste gar nicht, dass du surfen gehst."

„Mein Whiteboard. Es ist zwei mal ein Meter."

„Du hast ein Whiteboard? Gibt es noch weitere Überraschungen, von denen ich wissen sollte? Eine Pole-Dance-Stange? Ein Andreaskreuz?"

„Nichts weiter. Ein Sessel."

„Ich bin gespannt." Er grinste, während er sein Handy entsperrte. „Stille Wasser sind ja bekanntlich tief."

Es klingelte am anderen Ende der Leitung.

„Taylor hat eine Riesenkarre", sagte er zu Emilia, während er wartete. „Der kann heute auch was machen. Er muss noch richtig viel Energie übrig haben, so früh wie er gestern abgehauen ist."

Emilia merkte, wie sich ihre Laune bei dem Gedanken an Taylor und seinen Pickup gleich ein wenig hob.

„Ty", rief Cameron, als am anderen Ende abgehoben wurde. „Was sollte das gestern Abend? – Ja, wie, was? Dass du schon so früh abgehauen bist, natürlich. – Ja, klar bin ich sauer, ich hatte dir extra ein Mädel organisiert. Diese süße Schwarzhaarige. Amy, Anne oder so ähnlich. Tja, um die musste ich mich jetzt kümmern – Was?" Cameron lehnte sich zurück, legte die Füße auf einen Stuhl in seiner Nähe und wechselte einen Blick mit Hank. „Da kann ich doch nichts dafür. Der wohnt hier. Und übrigens ist das noch lange kein Grund, meine schöne Trophäensammlung zu zertrümmern. – Ja, danke, angenommen. Emilia ist übrigens gerade hier. Und sie möchte heute gerne umziehen."

„Muss", warf Emilia ein.

„Und sie hat allerhand schweren Kram. – Ja, genau, ein Whiteboard. Woher weißt du das?" Mit hochgezogenen Brauen sah Cameron zu Emilia herüber.

„Frag ihn mal, ob er zwei Decken hat, oder drei, für den Transport. Oder besser noch Luftpolsterfolie. Die Oberfläche ist total empfindlich."

Cameron verdrehte die Augen. Er reichte Emilia das Handy über den Tisch und stand auf.

„Weißt du was? Klärt das doch am besten selbst. Ich geh mal eben duschen."

Emilia nahm das Handy entgegen. „Hi", sagte sie und merkte, dass sich ihr Herzschlag ein wenig beschleunigte.

„Hi." Taylors Stimme klang tiefer als sonst, so als hätte Cameron ihn wach geklingelt und er läge noch im Bett. Bei der Vorstellung stieg ihr die Hitze ins Gesicht.

„Also jetzt doch?", sagte er.

„Sieht so aus."

„Tut mir leid."

„Ja...mir auch", brachte Emilia heraus. „Also, wahrscheinlich hast du heute wirklich Besseres zu tun, aber es wäre super, wenn du mir..."

„Mach dir keinen Kopf. Ich habe Cam schon gesagt, dass ich dir helfe." Sie hörte, dass er aufgestanden war und im Zimmer herumlief. „Ich muss gleich zum Training und danach komme ich vorbei."

„Du musst zum Training? Heute?" Ein ungutes Gefühl beschlich sie. Samstagstraining war doch sicher so ein Sonderding nur für Taylor. Und sie fragte ihn auch noch zum Möbelschleppen an.

„Hör mal, wenn dir das zu viel ist, dann..."

„Ach was." Ein Hauch von Ungeduld schwang in seiner Stimme mit. „So ein Umzug ist wirklich kein Ding. Und das Training geht nicht lange. Sag Cameron, dass ich um zwei da bin."

Nachdem sie aufgelegt hatten, legte sie Camerons Handy auf einer möglichst sauberen Stelle der Tischplatte ab.

„Was sollte das denn?" Hank musterte sie mit gerunzelter Stirn.

„Wieso?"

„Was läuft da zwischen Taylor und dir?"

„Zwischen Taylor und mir? Er hilft mir heute beim Umzug, im Gegensatz zu dir."

„Ich bin nicht blind, Emilia. Und auch nicht taub."

„Ich weiß nicht, wovon du redest." Sie stand vom Hocker auf.

„Du weißt genau, wovon ich rede. Er ist total unberechenbar. Und aggressiv. Und trotzdem tauchst du hier gemeinsam mit ihm auf, hängst mit ihm rum und wirst ganz rot und nervös, wenn du mit ihm telefonierst."

Emilia spürte, dass ihre Wangen immer noch warm waren und senkte den Kopf. „So aggressiv ist er gar nicht", hörte sie sich sagen.

„Wie bitte?" Ruckartig wies Hank mit einem Arm Richtung Küchentür. „Schaust du dir bitte das zertrümmerte Regal und den Scherbenhaufen im Flur an und sagst das dann noch einmal?"

Emilia wandte sich ab, als sie Cameron aus dem Badezimmer kommen hörte. Jetzt würde sie sich erst einmal ihr neues Zimmer anschauen. Und dafür sorgen, dass dieser Müllberg aus dem Flur verschwand.

Cameron und Taylor zogen um wie sie Football spielten: Cameron hatte den Überblick und machte die Ansagen und Taylor räumte das Apartment leer. Nach knapp zwei Stunden hatten sie Emilias sämtliche Besitztümer in das freie Schlafzimmer im oberen Stockwerk geschafft. Es hatte noch kein Bett und keinen Schreibtisch, nur eine Matratze auf dem Boden, und nachdem ihr Regal aufgebaut war, gab es keine Wand, die groß genug war für ihr Whiteboard. Es lehnte unter dem Fenster an der Wand und sah ziemlich unglücklich aus. Genau wie sie.

Taylor lehnte mit verschränkten Armen in der Tür. „Kommst du klar?", fragte er und merkte selber, wie lahm es klang. „Ich verhungere nämlich."

„Sicher", sagte sie mit ungewohnt hoher Stimme und lächelte ihn an. Oh man, es fühlte sich gar nicht richtig an, sie jetzt hier allein zu lassen, aber er hätte auch nicht gewusst, was er in dieser Situation für sie tun konnte. Cameron war nach der erfolgreichen Regal-Aufbauaktion abgehauen und von ihrem Bruder war auch nichts zu sehen.

Er wandte sich ab und wollte die Treppe nach unten laufen, da rief sie: „Warte!"

Er blieb stehen und drehte sich um.

Sie stand mitten im Zimmer und zuckte die Achseln. „Also, kann ich nicht vielleicht…mitkommen?"

Taylor wusste im ersten Moment nicht, was er sagen sollte, so überrascht war er.

„Naja, und dir einen ausgeben." Sie schaute sich im Zimmer um. „Du hast heute meinen Umzug geschmissen."

Sie nahmen sein Auto und fuhren zu Ahmo's Gyros & Deli ein paar Straßen weiter. Der Abend hatte noch nicht begonnen und es war noch nicht viel los in dem kleinen, hellen Laden. Sie setzten sich an einen der Fensterplätze mit Blick auf die Straße und als Emilia ihn anlächelte, dachte er, wie merkwürdig es war, dass er nach all den Jahren, die er nun schon mit Frauen verkehrte, noch nie mit einer ausgegangen war. Wahrscheinlich fühlte sich so ein Date an.

„Bist du nicht vollkommen k.o.?", sagte Emilia.

„Wieso?"

„Du hattest heute Training und dann hast du eine Stunde lang Kisten und Möbel aus dem fünften Stock runtergeschleppt und danach eine Stunde lang wieder hochgeschleppt, deshalb."

Taylor musste ein Grinsen unterdrücken. Anscheinend wusste sie nicht, wie ein normaler Tag mit zwei Trainingseinheiten im Kraftraum und auf dem Feld während der spielfreien Saison für ihn aussah.

Ahmo kam an den Tisch und brachte Essen und Getränke. Als er die Gyrosplatte vor Taylor hinstellte, zwinkerte er ihm mit Blick auf Emilia vielsagend zu.

Okay, anscheinend war es doch so etwas wie ein Date.

„Wird dir das eigentlich nie zu viel?", fragte sie, nachdem Ahmo abgezogen war.

„Was?"

„Ihr trainiert so unheimlich viel. Dann die Spiele, sogar am Wochenende. Und der ganze andere Stoff so nebenbei, abends noch Tutorium…"

Taylor aß ein paar Gabeln Gyros. „Ach, es geht schon. Das Training heute war fast wie Wellness. Die Hälfte der Zeit habe ich rumgelegen und mich massieren lassen." Er schaffte es nicht, vollkommen ernst zu klingen und sie legte den Kopf ein wenig schief.

„Ist dir Mathe jemals zu viel?", erwiderte er.

Sie zögerte, dann zuckte sie die Achseln. „Also…manchmal schon", gab sie zu.

Er hielt in der Bewegung, sein Glas zum Mund zu führen, inne und musterte sie einen Moment lang.

Eine Weile schwiegen sie. Taylor leerte zügig seinen Teller und sein zweites Glas und lehnte sich dann zurück. Er merkte, dass er sich an Emilias Anwesenheit gewöhnt hatte, die etwas länger für ihr Essen brauchte.

„Glaubst du, du wirst in der WG klarkommen?", fragte er, als er daran dachte, dass er sie gleich wieder dorthin zurückbringen würde.

Emilia verzog das Gesicht. „Ich glaube nicht. Du hast es doch gerade gesehen. Alles ist verdreckt und verklebt. Überall liegt Zeug herum, niemand räumt jemals auf."

Taylor hob eine Schulter. Das war es eigentlich nicht, was er mit seiner Frage gemeint hatte. Sie passte einfach nicht da rein, zu Cameron und Hank.

„Würde dich das etwa gar nicht stören?", unterbrach sie seine Gedanken.

„Was?"

„Diese Unordnung."

„Nicht besonders." Seine Zimmer sahen nicht viel anders aus. Er schwor sich, sollte sie ihn jemals besuchen kommen, würde er vorher aufräumen.

Sie beobachtete ihn eine Weile und schien nachzudenken. „Was ist da zwischen dir und Hank los?"

Von dem Themenwechsel überrumpelt, zuckte Taylor die Achseln. „Nichts Besonderes, eigentlich."

Zwischen ihren Augenbrauen bildete sich eine Falte und er wusste, dass sie eine Erklärung für seinen Ausraster von gestern Abend von ihm wollte. Er holte tief Luft und stieß sie wieder aus. Er hatte keine.

„Warum hast du das gemacht?"

„Warum?", erwiderte Taylor heftiger als beabsichtigt. „Weil er stock-besoffen war und sich dir gegenüber wie ein Arsch aufgeführt hat." Als die Erinnerung daran, wie Hank Emilia angelallt und gestoßen hatte, zu-rückkam, war auf einmal auch die Wut wieder da.

„Nein", sagte sie.

Taylor zog die Brauen hoch. „Nein?"

„Du hast ihn nicht angegriffen, weil er mir gegenüber ausfallend war. Da bist du total cool geblieben. Sondern erst, als er von diesem Ge-schwisterthema angefangen hat. Das hat dich aufgeregt."

Taylor zuckte die Achseln, überrascht davon, dass Emilia ihn so genau beobachtet hatte. „Kann sein."

Emilia begann mit dem Salzstreuer zu spielen, der zwischen ihnen auf dem Tisch stand. „Ärgert es dich wirklich so sehr, keine Geschwister zu haben? Sieh dir doch nur meinen Bruder an. Und jetzt *wohne* ich so-gar..."

„Wer sagt, dass ich keine Geschwister habe?" Er klang ziemlich ruppig und sie verstummte und ließ den Salzstreuer los. Taylor sagte sich, dass es keinen Grund gab, Emilia so anzufahren und zwang sich zur Ruhe. „Entschuldige...ich rede nur nicht gerne darüber."

Emilia nickte. „Okay."

Sie sah immer noch ein wenig erschreckt aus und er merkte, dass ihm das nicht gefiel.

„Es...gab einen Unfall, als wir noch Kinder waren", fuhr er fort und spürte, wie sich bei dem Gedanken alles in ihm zusammenzog. Eilig schob er die Bilder beiseite und fokussierte sich stattdessen auf Emilia. Sie wirkte überrascht und auch ein wenig betroffen.

„Taylor, du musst wirklich nicht darüber reden", sagte sie.

Und als wüsste sie, dass er jetzt gerne aufstehen und das Lokal verlas-sen würde, winkte sie Ahmo, der sich ihrem Tisch näherte und darauf zu warten schien, dass sie ihn frei machten. Es war bereits Abend geworden und es kamen so viele Leute ins Lokal, dass die Plätze knapp wurden.

„Wollen wir gehen?", sagte sie.

VI

In der WG in Haisley zu wohnen war weniger furchtbar als erwartet, stellte Emilia drei Tage später fest. Zumindest bisher. Sie hatte allerdings das Gefühl, dass sich Hank und Cameron ziemlich bemühten und fragte sich, wie lange das noch gut gehen würde. Es hatte bislang keine Partys oder sonstige Ausschweifungen gegeben, Hank hatte am Sonntag die Regaltrümmer im Flur weggeräumt, was sie wirklich nicht erwartet hatte, und Cameron hatte ihr Whiteboard im ersten Stock an eine freie Wand im Flur festgeschraubt. Das war zwar nett gemeint, jedoch konnte sie sich nur schwer vorstellen, zwischen dem unordentlichen Schuhregal, dem überfüllten Schrank mit Camerons Sportzeug und der vertrockneten Topfpflanze, die seine Mutter am Tag seines Einzugs vor drei Jahren dort abgestellt und die seitdem nie jemand angerührt hatte, jemals einen komplexen Lösungsweg erarbeiten zu können. Mason, Paige und Charlotte, mit denen sich Emilia seit diesem Semester sonntags in der Lerngruppe traf, konnten das ebenfalls nicht und hatten sich zudem geweigert, zum Lernen bis nach Haisley zu kommen.

Aber ansonsten ging es. Ein ganz klein wenig gefiel es ihr sogar, dass Cameron morgens vor ihr aufstand und seinen Kaffeeautomaten anwarf. Und dass Hank eine Tageszeitung abonniert hatte, in die sie zwischendurch einen Blick werfen konnte.

Sie sah auf die Uhr an der Wand im Übungsraum und fragte sich, wo Taylor blieb. Lewis war längst gegangen und Shea hatte bereits vor zwanzig Minuten seinen Kopf zur Tür reingesteckt und hallo gesagt, bevor er nach nebenan zu Paige verschwunden war.

Taylor und sie waren sich seit ihrem Umzug nicht mehr begegnet und sie freute sich darauf, ihn wiederzusehen. Sie hatte sogar ein wenig Herzklopfen, denn sie wusste, es würde nach allem, was gewesen war, schwierig sein, ihre gewohnt professionelle Lernatmosphäre aufrecht zu halten. Und in der hatte sie sich immer recht sicher gefühlt.

Sie stand auf und ging in den Flur hinaus, um sich ein wenig die Beine zu vertreten, da erschien er auf dem oberen Treppenabsatz. Er hielt den Kopf gesenkt und hatte sich seine schwarze Kapuze tief ins Gesicht gezogen. Als er sie bemerkte, hob er leicht den Kopf.

„Hey", sagte er.

„Hallo."

Er ging an ihr vorbei und betrat den Raum. Während Emilia zusah, wie er auf ungewohnt leise und langsame Art am Tisch Platz nahm, entschied sie, dass sie versuchen würde, im Umgang mit ihm genauso fortzufahren wie gehabt.

Sie setzte sich ihm gegenüber und er blinzelte gegen das helle Deckenlicht.

„Was war los?" Emilia zog sich ihren Laptop heran und öffnete die Unterlagen für die heutige Stunde.

„Was meinst du?"

„Heute ist die letzte Stunde vor der Prüfung."

„Ich weiß."

„Du bist so spät dran."

Sie versuchte, nicht vorwurfsvoll zu klingen, weil sie wusste, dass er normalerweise nicht absichtlich zu spät kam. Aber sie hasste Zuspätkommen grundsätzlich. Und heute war es besonders ärgerlich, da er diese Stunde wirklich brauchte.

Taylor fuhr sich mit der Hand über die Kapuze, als versuchte er, sie noch weiter über sein Gesicht zu ziehen. „Tut mir leid. Ich hatte bis gerade noch Sondertraining. Morgen ist ein Trainingsspiel und es kommen…"

„Und *über*morgen ist die Prüfung, für die wir seit Wochen lernen."

„Das weiß ich doch." Er rieb sich mit der Hand über die Augen und nahm dann den Übungszettel entgegen, den sie ihm reichte.

Sie sah zu, wie er einen Stift zur Hand nahm und spürte, wie leichte Panik in ihr aufkam. Er war nicht gut genug vorbereitet. Und es war ihre Aufgabe, dafür zu sorgen, dass er diese Prüfung bestand. Allerdings nur, weil sie eigenmächtig mit Paige getauscht hatte. Und vielleicht hätte die es ja besser hinbekommen.

Er hätte die letzte Stunde gebraucht, in der sie wegen des Anrufes ihres Vermieters neben sich gestanden hatte. Und er brauchte diese, in der er ganz offensichtlich nicht auf der Höhe war.

Fünf Minuten später hatte er immer noch nichts aufgeschrieben.

„Alles okay mit dir?"

„Jaaa, alles okay. Ich bin nur getackelt worden vorhin und hab einen Schlag gegen den Kopf bekommen, das ist alles."

„Das ist alles?", echote sie. „Das muss ein ganz schön heftiger Schlag gewesen sein, wenn du hier drinnen nicht mal gegen das Licht gucken kannst."

Taylor versuchte es, als hoffte er, dass ihm auf diese Weise ein Gegenargument zuflog, aber er drehte gleich darauf den Kopf zur Seite und verzog das Gesicht, halb vor Schmerz, halb vor Ärger.

„Das kommt nur von der dämlichen Gehirnerschütterung. Scheiß Darnell", brach es aus ihm heraus.

„Was?"

Taylor zuckte zusammen. „Ja, sorry", sagte er, als würde er sich für das Fluchen entschuldigen.

„Du kommst nicht wirklich mit einer Gehirnerschütterung zum Tutorium. Das bringt doch überhaupt nichts."

„Es ist nur eine leichte. Das hatte ich schon ein paar Mal. Ich muss eigentlich nur in Ruhe eine Runde pennen, dann geht es schon wieder."

Er sank ein paar Zentimeter im Stuhl nach unten, als würde er sofort damit anfangen wollen. Der Stift, mit dem er die Aufgaben rechnen wollte, fiel zu Boden und Emilia machte in Gedanken einen Haken an diese Stunde.

„Du hättest absagen und direkt nach Hause fahren sollen. Wahrscheinlich solltest du auch zu eurem Arzt gehen."

„Das geht nicht." Er wurde noch eine Spur blasser als er ohnehin heute war und sah mittlerweile richtig krank aus. Das Sprechen strengte ihn sichtlich an. „Wenn der Coach oder Cole mich so sehen, werde ich für das Spiel morgen gesperrt."

Emilia verdrehte innerlich die Augen, aber sie hütete sich davor, zu sagen, was sie darüber dachte. Wie oft erlebte sie, dass Leute verständnislos reagierten, wenn sie sich mit Grippe zu einer wichtigen Prüfung oder auch nur zu einem für sie wichtigen Lerntreffen schleppte.

Taylor hatte die Augen geschlossen und Emilia dachte einen Moment nach. „Willst du vielleicht mit nach Haisley kommen und bei uns schlafen?", fragte sie. „Ich glaube, Weiterlernen bringt heute nichts." Sie begann, die Dokumente auf ihrem Laptop zu schließen und ihn herunterzufahren.

„Heute ist die letzte Stunde vor der Prüfung", brachte Taylor heraus und sah dabei unglücklich aus.

Emilia packte ihre Sachen zusammen, hob den heruntergefallenen Stift auf und legte ihn vor ihm auf den Tisch.

Allerdings war es die letzte Stunde vor der Prüfung. Wieso wurden Footballspiele und wichtige Prüfungen eigentlich auf ein und dieselbe Woche gelegt? Beides erfolgreich zu absolvieren, setzte ja voraus, zu einem bestimmten Zeitpunkt körperlich *und* geistig voll auf der Höhe zu sein. Taylor jedenfalls würde eines von beidem vergeigen. Als er aufstand, so langsam, als trüge er etwas sehr Zerbrechliches am Körper, auf das er aufpassen musste, dachte sie, dass es wahrscheinlich die Prüfung sein würde.

„Ich fahre dich besser, okay?" Emilia hatte Taylor zu seinem Wagen begleitet und dabei nicht den Eindruck gewonnen, dass er sich heute noch hinter ein Steuer setzen sollte.

Taylor schien das genauso zu sehen, denn er nickte mit gesenktem Kopf und reichte ihr den Autoschlüssel.

Emilia war noch nie einen so großen Wagen gefahren und musste schlucken, als sie sich hinter das Steuer setzte und den Vordersitz einen halben Meter nach vorne ziehen musste, um überhaupt an das Gaspedal zu gelangen.

Schweigend legten sie die zehn Kilometer bis zur WG zurück. Taylor dämmerte weg, sobald sie den Parkplatz verlassen hatten, den Kopf gegen die Fensterscheibe gelehnt, und Emilia war darauf konzentriert, den Pickup unfallfrei über die abendlichen Straßen zu steuern.

Als sie ihn in der leeren Einfahrt vor dem geschlossenen Garagentor geparkt hatte, schlief Taylor. Er hatte die Arme vor der Brust verschränkt, die Beine soweit es ging in den Fußraum ausgestreckt und die Kapuze immer noch tief in die Stirn gezogen. Sein Gesichtsausdruck wirkte angespannt.

Emilia schaltete den Wagen aus und räusperte sich laut. „Taylor?"

Als er nicht reagierte, berührte sie ihn an der Schulter. „Taylor, wir sind da."

Er erwachte langsam und sah ein paar Sekunden lang abgrundtief verwirrt aus, sie am Steuer seines Wagens zu sehen.

„Ich glaube, es ist niemand Zuhause. Schaffst du es auszusteigen?"

Er sagte nichts, rappelte sich jedoch auf und folgte ihr durch den Flur bis ins Wohnzimmer, wo er sich auf das unordentliche Sofa fallen ließ.

Noch bevor sie ihn fragen konnte, ob er noch etwas brauchte, war er wieder eingeschlafen.

Taylor schrie. Es krachte und splitterte um ihn herum. Überall war Staub. Er wirbelte von weit unten bis zu ihm herauf und kroch ihm in die Lungen. Das ganze Gebäude zitterte und das Krachen von Holz hörte nicht auf, weil immer weitere Gebäudeteile einstürzten.

Taylor musste nach unten, aber da war keine Treppe mehr. Er hörte seinen Bruder schreien und er wusste, er musste zu ihm. Er begann zu klettern, aber sein Körper zitterte so stark, dass er nicht schnell genug voran kam.

„Ty! Hilfe! Es tut weh!"

„Ich komme! Beweg dich nicht!"

Peyton schrie und heulte weit unter ihm und er kam nur so langsam voran. Dann verstummte er plötzlich und Taylor begann zu weinen, während er weiterhin versuchte, einen Weg nach unten zu finden.

„Pete?"

Peyton antwortete nicht mehr und Taylor war endlich im Erdgeschoss angekommen und stolperte durch die Holztrümmer. Er konnte kaum etwas sehen.

„Pete!", schrie er so laut er konnte.

Da sah er ihn, eingeklemmt zwischen riesigen Holzbalken. Er sah klein und zerbrechlich aus, seine dunklen Haare waren von Staub und Sägespänen ganz weiß. Sein Gesicht ebenfalls. Seine Augen waren geschlossen und er bewegte sich nicht. Sein Unterkörper war unter einem riesigen, schweren Holzbalken begraben.

„Pete!", schrie Taylor. Er räumte sich seinen Weg zu Peyton frei. Er musste ihn befreien und hier rausbringen, so schnell wie möglich. Er packte Peyton, schob seine Arme unter den Achseln seines Bruders hindurch und versuchte, den leblosen Körper unter den Trümmern hervorzuziehen, aber er schaffte es nicht. Er ließ von Peyton ab und versuchte den Holzbalken beiseite zu schieben. Er schob und trat und zerrte, aber der Balken, der seinen Bruder zerquetschte, bewegte sich nicht einen Zentimeter.

Verzweifelt richtete er sich auf, rammte mit seinem ganzen Körper dagegen und schrie: „Nein! Wach auf, Pete! Wach auf!"

Taylor fuhr aus dem Schlaf hoch. Sein Herz raste, sein Körper war nassgeschwitzt und zittrig. Sein Kopf hämmerte, als wäre irgendein aggressives Tier darin eingesperrt, das unbedingt raus wollte.

„Oh Gott, Scheiße", stöhnte er. Verschwommen sah er den verdammten Billardtisch mit seiner Tasche darauf und wusste wieder, dass er in der WG war. Er zog sich das T-Shirt aus, wobei er merkte, dass ihm nicht mal das in einem angemessenen Zeitrahmen gelang, ließ sich wieder zurückfallen und legte sich einen Arm über die Augen, um das viel zu helle Licht auszusperren.

Darnell hatte ihn gerammt. Hatte sich mit seinen hundertvierzig Kilo in Taylors Kniekehlen geworfen und ihn zu Fall gebracht. Dabei hatte er einen Schlag gegen den Schädel bekommen, so heftig, dass er jetzt, am Tag des Spiels, hier lag, völlig fertig, schwach, mit gottverdammten Alpträumen, die er ewig nicht gehabt hatte und absolut nicht gebrauchen konnte.

Heute waren die Scouts da. Das war wichtig. Aber er würde das Spiel nicht schaffen. Und er würde auch die Prüfung morgen nicht schaffen, denn er hatte das gestrige Tutorium vergeigt.

Er biss die Zähne zusammen, setzte sich auf und versuchte sein Handy zu finden.

„Hey, guten Morgen."

Er fuhr zusammen und sah Emilia in der Wohnzimmertür stehen. Ihre dunklen Haare waren ungekämmt, sie trug ein weites T-Shirt und eine Kaffeetasse in beiden Händen. Sie lächelte ihn an und fragte ihn irgendwas, aber der Raum begann sich zu drehen und Taylor stöhnte wieder und ließ sich in die Polster sinken.

„Taylor? Geht es dir besser?"

„Wie spät ist es?"

„Kurz vor acht."

Plötzlich war sie bei ihm und hatte statt der Kaffeetasse ein Glas Wasser dabei, das sie neben ihn auf den Tisch stellte. War sie zwischendurch weg gewesen? War er wieder eingeschlafen? Er wusste es nicht.

„Ist immer noch acht?", brachte er heraus.

„Jetzt ist kurz nach acht."

Das Spiel war um zehn. Bis dahin musste er irgendwie wieder auf dem Damm sein. Er zwang sich, sich aufzusetzen, nahm das Glas und trank es in einem Zug leer. Emilia war wieder verschwunden und er hörte die

Dusche rauschen und die Kaffeemaschine zischen. Gerade als er beschlossen hatte, dass er versuchen wollte aufzustehen, kam Hank ins Wohnzimmer. Er war angezogen und sah frisch und ausgeschlafen aus. Fast so, als hätte er schon eine Runde um den Block gedreht und Brötchen geholt.

„Na, miese Nacht gehabt?" Er ließ sich in einem Sessel in der Nähe nieder und schlürfte an seinem frisch gebrühten Cappuccino.

Taylor antwortete nicht. Er konzentrierte sich darauf, dass sich der Raum nicht mehr unaufhörlich drehte, denn mit ihm rotierte sein Magen. Die Kopfschmerzen waren irgendwie auszuhalten, aber der Schwindel würde ihm heute das Genick brechen. In diesem Zustand würde er nicht einmal die Fahrt zum Stadion überleben.

Hanks Blick ruhte auf ihm. „Ohje. Ihr habt ein Spiel heute, nicht?"

„Was willst du?"

Hank hob beschwichtigend eine Hand und schlug ein Bein über das andere. „Reg dich bloß nicht auf. Ich bin nur hier, um mich zu entschuldigen."

Taylor schloss die Augen. Es war hoffnungslos. „Entschuldigen? Schlechter Zeitpunkt. Es sei denn, du willst mir den Kotzeimer halten."

„Okay, verstehe." Mit beneidenswerter Geschmeidigkeit erhob sich Hank und verschwand. Kurz darauf war er wieder da, ein kleines Cellophanbeutelchen zwischen Daumen und Zeigefinger, in dem gerade mal zwei kleine gelbe Tabletten Platz hatten.

Er hielt Taylor das Beutelchen vor die Nase, der es mit einer schwachen Handbewegung beiseitewischte. „Verpiss dich damit, du Arsch."

„Na gut." Schwungvoll steckte Hank sich das Tütchen in die Brusttasche seines schwarzen Shirts, setzte sich wieder in den Sessel und widmete sich seinem Getränk.

Taylor beobachtete ihn missmutig. „Wieso kommst du mir mit dieser Scheiße um die Ecke? Du weißt genau, dass ich deine Drogen nicht will."

Hank deutete ein Augenverdrehen an. „Das sind doch keine Drogen. Das ist Medizin. Du siehst total krank aus."

Taylor senkte den Kopf, als in diesem Moment der Schmerz durch seinen Kopf raste und ihm den Magen umdrehte. „Scheiße."

„Du könntest sie nehmen. Eine jetzt, eine direkt vor dem Spiel, dann kriegst du es hin. Danach wird es dir allerdings wieder so beschissen gehen wie jetzt. Sie helfen nur vorübergehend." Er zuckte entschuldigend die Achseln.

Taylor seufzte. Er hasste Medikamente jeglicher Art. Vor allem solche, die gelb waren und von einem gewissen Hank Moody in irgendeinem dubiosen Labor selbst hergestellt und ohne Beipackzettel ausgeliefert wurden.

Andererseits war gegen Gehirnerschütterung noch kein Kraut gewachsen, das es in einer Apotheke zu kaufen gab.

Als die nächste Schmerzsalve heranraste, presste er sich den Unterarm gegen die Augen und spürte, wie seine Entschlusskraft schwand.

„Nichts ist gefährlich, wenn man es nur einmal nimmt", sagte Hank in seine Kaffeetasse hinein.

„Hör auf zu quatschen." Er wartete ein paar Sekunden, bis der Schmerz abgeklungen war, dann nickte er erschöpft in Richtung Hanks Brusttasche hinüber. „Also gut."

Wahrscheinlich hatte Hank Recht. Einmal war wirklich keinmal. Wann würde er das nächste Mal so viel Pech haben und sich einen Tag vor einem Trainingsspiel, zu dem Talentscouts kamen, eine Gehirnerschütterung zuziehen?

Hank versuchte ein Lächeln zu unterdrücken, während er das Tütchen hervorholte und Taylor reichte. „Ich schenke sie dir", sagte er großmütig.

„Hmhm. Schon klar." Taylor nahm die Pillen entgegen und biss im selben Moment aus Wut über sich selbst die Zähne aufeinander. „Mich kriegst du nicht dran, Hank."

Hank stand auf und schlug Taylor dabei fast freundschaftlich auf den Oberschenkel. Eine Grenze, die er nur deshalb übertrat, weil Taylor wie ein Wrack auf dem Sofa hing, mit seinen Wunderpillen in der Hand.

„Natürlich nicht", sagte er, dann zog er ab.

Okay, dachte Taylor, nahm das leere Wasserglas vom Sofatisch und sammelte seine Kräfte. Jetzt musste er es nur noch schaffen aufzustehen, das Glas aufzufüllen und die verdammte Pille bei sich zu behalten.

Emilia verließ das Badezimmer in dem Moment, in dem Taylor aus dem Wohnzimmer kam. Er trug ein frisches T-Shirt und seine Tasche über der Schulter und schien sich wieder ganz normal zu bewegen. Seine Gesichtsfarbe wirkte nicht mehr ganz so aschfahl und sein Blick war nicht mehr schmerzvernebelt, sondern klar.

Emilia blieb wie angewurzelt stehen, als er auf sie zukam. Hatte er eben nicht noch halbtot auf dem Sofa gelegen?

„Äh, Taylor?"

„Hey." Er lächelte, legte ihr praktisch im Vorbeigehen den Arm um die Schulter und zog sie in eine Umarmung. „Du hast mich gerettet gestern, danke."

Ihr Herzschlag setzte eine Sekunde lang aus. „Schon gut", brachte sie an sein Shirt gedrückt hervor. Sie musste wieder daran denken, wie er gerade noch mit freiem Oberkörper im Wohnzimmer gelegen hatte. Er war in einem üblen Zustand gewesen, deshalb hatte sie versucht, dem keine weitere Beachtung zu schenken, aber sie hatte seinen durchtrainierten Körper und seine definierten Muskeln durchaus zur Kenntnis genommen.

Er ließ sie wieder los und eilte weiter den Flur entlang.

„Wohin gehst du?", rief sie mit erstickter Stimme hinter ihm her.

„Zum Spiel natürlich", erwiderte er, dann klappte auch schon die Haustür hinter ihm zu.

Emilia rieb sich geistesabwesend die Schulter, die Taylor in seinem Überschwang zu fest gedrückt hatte und versuchte, ihren Pulsschlag wieder zu drosseln.

Wie konnte Taylor von einer auf die andere Sekunde praktisch von den Toten auferstehen und gut gelaunt zu einem Footballspiel aufbrechen?

Stirnrunzelnd betrat sie die Küche, wo Hank mit einem Kaffee und seiner Tageszeitung am Tisch saß und mit einem Fuß auf und ab wippte.

Als sie hereinkam und sich eine Müslischale vom Regal nahm, sah er auf. „Was ist denn mit dir los? Du siehst aus, als wärst du gerade Stephen Hawking begegnet."

Emilia blieb mit dem Rücken zu ihm an der Anrichte stehen und schüttete sich Müsli und Milch in die Schale. Dann drehte sie sich um.

Hank war schon wieder in seine Zeitung vertieft. „Trump tickt ganz eindeutig nicht richtig", murmelte er.

„Ich bin Taylor begegnet. Ihm scheint es wieder richtig gut zu gehen."

Scheinbar unbeteiligt schlug Hank die Seite der Zeitung um. „Jepp", entgegnete er und konnte ein Grinsen nicht verbergen.

Emilia war einen Moment zu sprachlos, um etwas zu sagen.

„Du hast Taylor Drogen verkauft? Gerade eben? Als ich im Badezimmer war?" Sie konnte es nicht fassen. Am liebsten würde sie ihm ihre Müslischale ins Gesicht werfen, damit sein dämliches Grinsen verschwand.

Hank klappte seine Zeitung zu. „Quatsch. Ich habe ihm keine *Drogen verkauft.*"

„Sondern? Sag mal, willst du mich verarschen?"

„Ich habe ihm *Medikamente angeboten.* Die er freiwillig und dankbar angenommen hat. Der Junge muss heute auf der Höhe sein und Scouts von sich überzeugen."

Emilia stellte ihre Müslischale in der Spüle ab. Ihr war der Appetit vergangen. „Du hast seinen schwachen Moment ausgenutzt." Sie versuchte, alle Verachtung, zu der sie fähig war, in ihre Worte zu legen.

Hank wandte den Blick ab in dem Moment, in dem Cameron den Kopf durch die Küchentür steckte.

„Ciao, Leute. Ich bin jetzt weg."

„Warte, Cam", rief Emilia und stieß sich von der Anrichte ab. „Kannst du mich mitnehmen zum Campus?"

Taylor stand mitten auf dem Spielfeld und wartete darauf, dass der letzte Spielzug startete. Er hörte Cameron zu, der hinter ihm das Spiel organisierte und die Mannschaft mit verschlüsselten Botschaften strategisch auf dem Spielfeld verteilte, und genoss das Gefühl der völligen Schmerzfreiheit. Es war wirklich erstaunlich. Er war schwindelfrei, sah alles gestochen scharf und hörte Camerons Ansagen so klar, als hätte er einen Lautsprecher im Helm.

„Siebenundachtzig Denver", sagte Cameron und Taylor ging drei Schritte nach links und wusste, welchen Spielzug sie gleich durchführen würden. Darnell von der Defensive folgte ihm und Taylor schwor sich, dem Typen bei diesem letzten Spielzug einen mitzugeben.

Als die Mannschaft ausgerichtet war, schwieg Cameron ein paar Sekunden lang und das war immer der Moment, in dem die Spannung so schwer auf dem gesamten Spielfeld lag, dass es kaum auszuhalten war. Die Spieler erstarrten förmlich in ihrer gebückten Startstellung und hielten den Atem an, bis Cameron „Set!" und kurz darauf „Hut!" schrie und damit das Startsignal gab.

Taylor rannte direkt in Darnell hinein und rammte ihn um, so schnell und unmittelbar, dass der andere erst begriff, was geschehen war, als er schon am Boden lag. Dann ließ er in Sekundenschnelle die halbe Defensive hinter sich und hatte freies Feld vor sich. Er wusste genau, wohin der Ball fliegen würde, drehte sich in der allerletzten Sekunde um, um seine Gegner so lange wie möglich zu täuschen, und sah ihn wie erwartet nur ein paar Meter über sich in der Luft. Er verlangsamte, fing den Ball auf und zog das Tempo wieder an. Drei Typen von der Defensive näherten sich, aber Taylor senkte den Kopf und pflügte durch zwei von ihnen hindurch. Der dritte hatte ihn fast erreicht, da kam Jake, einer ihrer Wide Receiver, von rechts, warf sich dem Gegenspieler gegen die Beine und brachte ihn zu Fall.

Die letzten Meter bis in die Endzone konnte Taylor beinahe locker laufen und dann war der Spielzug vorbei. Jake war da und klatschte ihn ab, danach kamen die anderen und gratulierten ihm zum Touchdown. Weiter hinten auf dem Feld nahm Cameron den Helm ab und nickte ihm zu.

Taylor spürte noch das Adrenalin in seinem Körper, während er gemeinsam mit den anderen das Feld Richtung Umkleiden verließ, und war überrascht, seinen Namen zu hören.

„Taylor." Der Coach winkte ihn mit einer knappen Handbewegung heran. Neben ihm standen die Scouts in Jeans und Jacketts, mit Tablets in der Hand. Taylor hatte sie in der letzten Stunde vollkommen vergessen.

„Das sind Oswald Parker und sein Assistent Jerry Brown von den Chargers", sagte der Coach und schob seine Schirmmütze vor und zurück. Er wirkte, wie stets in Situationen wie diesen, ungewohnt aufgeregt.

Taylor packte umständlich seine Trinkflasche in seinen Helm, um eine Hand für die Begrüßung frei zu haben.

„Das war ein hervorragendes Spiel." Oswald bemühte sich nicht, seine Begeisterung zu verbergen. „Durchsetzungsstark, gute Laufrouten, sehr zielsicher…"

„Danke, Sir."

„Vor allem unheimlich stark im Zusammenspiel mit dem Quarterback."

Jerry nickte dazu und tippte irgendwas in sein Tablet und Oswald sagte: „Sie haben ja auch dieses Jahr an der Combine teilgenommen und sehr gut abgeschnitten."

„Ja, das stimmt."

„Aber dann nicht am Draft teilgenommen." Er schüttelte leicht den Kopf. „Aus welchem Grund?"

„Ehm…" Taylor versuchte zu überlegen, was er antworten könnte, doch sein Gehirn war auf einmal wie leergefegt. Er spürte die Sonne heiß in seinem Nacken und den Helm in seiner linken Hand, der sich anfühlte, als hätte jemand ein paar Wackersteine hineingelegt.

„Wir wollten ihm noch ein weiteres Jahr geben", sprang der Coach von der Seite ein, als hätte er nur auf diesen Moment gewartet.

„Ach ja? Und wofür genau?"

„Damit er sich in gewissen Bereichen, in denen wir noch Potenzial sehen, weiterentwickeln kann."

„Von welchen Bereichen sprechen Sie genau?"

„Wir arbeiten daran, sein Gewicht weiter aufzubauen, um es der Defensive noch schwerer zu machen, ein Mittel gegen ihn zu finden."

Taylor hatte Mühe, dem Gespräch zu folgen. Er blinzelte gegen das Licht und fand, dass Oswald und Jerry nicht mehr ganz so vertikal vor ihm standen wie noch während der Vorstellungsrunde.

Unbemerkt trat er einen Schritt zurück, um aus dem Fokus der Scouts zu rücken, während der Coach das Gespräch führte.

„Denken Sie, das ist sinnvoll?", fragte Oswald mit leicht gerunzelter Stirn. „Nicht, dass er dadurch an Geschwindigkeit verliert, eine seiner großen Stärken. An wie viel dachten Sie da?"

„Drei Kilo wären sicher noch drin. Natürlich nur unter der Voraussetzung, dass er nicht an Schnelligkeit einbüßt. Wir denken, dass das seinen Vorteil noch weiter ausbaut: die Schnelligkeit, gepaart mit dem Gewicht." Er drehte sich zu Taylor um, kurz überrascht davon, ihn im Hintergrund stehen zu sehen, und einen Moment lang betrachteten ihn alle drei Männer von oben bis unten; der Coach mit einer Selbstzufriedenheit im Blick, als wäre alles, was Taylor zu diesem Zeitpunkt war und noch sein würde, allein sein Verdienst.

„Sie haben Recht, das wäre durchaus vorstellbar", wandte sich Oswald mit einem neuen Leuchten in den Augen wieder dem Coach zu. „Wie lange braucht er im Schnitt, um zusätzliches Gewicht aufzubauen? Werden Sie das bis zum Saisonstart schaffen? Drei Kilo magere Muskelmasse sind eine Menge Arbeit."

Der Coach nickte mit leicht vorgeschobener Unterlippe. „Das bekommen wir hin. Taylor ist ein Arbeitstier."

Taylor wusste, wenn er nicht augenblicklich den Rückzug antrat, würde er den Scouts jeden Augenblick auf die Füße kotzen. Ihm brach der Schweiß aus und er wich einen weiteren Schritt Richtung Treppe zurück, die in die Katakomben unter die Tribünen führte. Als einen Moment lang niemand auf ihn achtete, machte er kehrt und lief die Treppe hinunter, durch die viel zu grell erleuchteten Gänge, die sich wie ein Ruderboot auf stürmischer See hin und her bewegten, in die Umkleideräume. Im letzten Moment schaffte er es bis in einen der Toilettenräume und erbrach sich.

Schweißüberströmt und zitternd wankte er gegen die Kabinenwand und rutschte daran hinunter. Alles drehte sich, sein Schädel hämmerte und sein Magen rebellierte wütend, obwohl er vollkommen leer war und vom Brechen schmerzte.

Was war das nur für eine gottverdammte Scheiße, die er geschluckt hatte? Es ging ihm dreckiger als gestern Abend, dreckiger als jemals zuvor. Er schloss die Augen und konzentrierte sich darauf, nicht zu kollabieren und wieder zu Atem zu kommen.

Als er das Gefühl hatte, dass es besser wurde, rappelte er sich auf und verließ die Toilettenkabine. Ein paar Leute waren im angrenzenden Umkleideraum und unterhielten sich, aber Taylor beachtete sie nicht. Er zog sich Trikot und Schulterpads aus und warf beides auf den Wäschehaufen, der neben dem Durchgang zu den Duschräumen auf den Fliesen lag. Er wankte zu den Waschbecken hinüber und schöpfte sich ein paar Ladungen Wasser ins Gesicht und in den Nacken.

Als er seinen Namen hörte, hob er den Kopf, die Hände auf dem Waschbeckenrand abgestützt. Durch den Spiegel sah er Cameron noch in voller Montur im Durchgang stehen.

„Was ist denn mit dir los? Du siehst aus wie der Tod."

Taylor schüttelte kraftlos den Kopf. „Nicht jetzt, Cam."

Cameron öffnete den Mund, um etwas zu entgegnen, doch in diesem Moment schwang die Tür zur Umkleide auf und der Coach kam mit großen Schritten herein.

„Alle raus hier!", bellte er in die verstummte Runde. „Sofort!"

Taylor ließ den Kopf sinken und schloss die Augen, während die Leute den Umkleideraum verließen. Als er sie in der Gewissheit, was als Nächstes kam, wieder öffnete, stand der Coach an der Stelle im Durchgang, an der zuvor Cameron gewesen war.

Ihre Blicke begegneten sich im Spiegel; in dem des Coaches loderte es.

„Dreh dich um." Seine Gesichtsknochen zeichneten sich scharf ab, so sehr presste er die Kiefer aufeinander. „Und sieh mich an."

Taylor drehte sich langsam um, wobei er zusah, den Kontakt mit dem Waschbecken nicht zu verlieren. Vor den Augen des Coaches ohnmächtig zu werden, war nie eine gute Idee.

„Was, in Gottes Namen, war das für ein Auftritt von dir gerade eben?" Der Coach sprach leise, aber deutlich, und kam ein paar Schritte in den Toilettenraum hinein. Taylor versuchte, normal weiter zu atmen. Sein Brustkorb hob und senkte sich, während der Coach immer näher kam.

Wie hatte er nur glauben können, er könnte diesem Mann irgendetwas verheimlichen? Er kannte ihn besser als er sich selbst.

„Ich…habe mich nicht gut gefühlt."

„Wir haben eiserne Regeln, wie du sehr genau weißt." Der Coach ließ nicht erkennen, ob er Taylors Antwort überhaupt gehört hatte. Er stand jetzt so dicht vor ihm, dass Taylor die feinen, roten Adern in seinem Gesicht sehen konnte.

„Eine der wichtigsten davon lautet: *Nichts*, aber auch gar nichts, gelangt in deinen Körper, ohne dass ich es zuvor abgesegnet habe." Er machte eine Pause, um seinen Worten Nachdruck zu verleihen. „Und diese Regel hast du heute gebrochen."

Taylor senkte den Blick. Mit den Händen tastete er hinter sich an den Rand des Waschbeckens, um sich schwer daran abzustützen und hoffte, dass es gut genug konstruiert war, um sein Gewicht zu tragen.

Der Coach streckte die Hand aus. „Hergeben."

Taylor wusste, dass er nicht mehr lange würde stehen können und hasste sich für seine Schwäche. Und dafür, dass er Hanks Angebot angenommen hatte, hasste er sich noch mehr.

„Ich…ich habe nichts."

„Lüg mich nicht an. Ich will auf der Stelle wissen, was du eingenommen hast." Die Stimme des Coaches, bislang mühsam beherrscht, wurde lauter.

Taylor versuchte ein paar tiefe Atemzüge. Reflexartig wollte er beteuern, dass es gar nichts gewesen war, aber er wusste, es wäre sinnlos.

„Es war wegen gestern. Ich wurde getackelt und…"

„Du bist aufgestanden", fiel ihm der Coach ins Wort. „Du sagtest, es ginge dir gut."

„Ich habe Kopfschmerzen bekommen und geglaubt, ich würde es heute nicht schaffen." Taylors Stimme war leise. Er konnte förmlich zusehen, wie der Blutdruck des Coaches bei seinen Worten weiter anstieg. Die Ader an seinem Hals pochte wie ein galoppierendes Pferd.

„*Was* hast du eingenommen?"

Taylor schüttelte langsam den Kopf. Sein Hals schmerzte von der Magensäure. „Ich weiß es nicht."

Der Coach schloss ganz kurz die Augen, seine Kiefer mahlten. Es schien ihn Mühe zu kosten, Taylor nicht körperlich anzugehen. Taylor dachte, wenn er ein Shirt angehabt hätte, hätte ihn der Coach bereits daran gepackt.

„Wie kommst du dazu, deine Kopfschmerzen zu ignorieren und irgendwelche Dopingmittel einzunehmen, die du nicht kennst?" Seine Stimme wurde durch die gefliesten Wände der Räume noch verstärkt. „Wie kommst du dazu? Dir ist es vielleicht immer noch nicht bewusst, aber *ich* entscheide, was mit dir passiert!"

Er hielt Taylors Blick fest, bis der nickte, dann wandte er sich mit einem Ruck ab. „Deine verdammte Schwäche ist einfach nicht zu ertragen", stieß er zwischen zusammengebissenen Zähnen hervor.

Im Durchgang zum Umkleideraum blieb er stehen und drehte sich noch einmal um. „Und jetzt gehst du zu Cole, damit der sich deinen Kopf anschaut. Und danach direkt nach Hause. Und kein Wort über diese Sache zu irgendjemandem. Wir brauchen nach dieser Abtreibungsgeschichte nicht noch einen Skandal."

Er riss die Tür der Umkleideräume auf und trat in den Flur hinaus, wo die Mannschaft halb bekleidet und verschwitzt darauf wartete, wieder eintreten und duschen gehen zu können. Die Männer wichen zurück und bildeten eine Gasse, als der Coach durch sie hindurch marschierte.

„Falcon", sagte er im Vorbeigehen, ohne Cameron direkt anzusehen. „Mitkommen!"

Als Taylor eine Stunde später zum Parkplatz kam, stand Cameron zwischen seinem Mustang und Taylors Pickup, kaute einen Eiweißriegel und wartete auf ihn. Taylor fühlte sich körperlich und mental völlig ausgelaugt und hatte überhaupt keine Lust auf Gesellschaft, aber Cameron streckte den Arm aus und hielt ihn auf.

„Lass mich in Ruhe."

„Ich fahre dich, okay? Du bist heute echt nicht auf der Höhe."

Taylor wollte allein sein, war aber zu erschöpft, um eine Diskussion mit Cam auszutragen. Und eigentlich auch, um zu fahren. Wortlos stieg er in Camerons Auto ein und sank in die Polster.

„Warst du bei Cole?", fragte Cameron, nachdem er den Wagen angelassen und das leere Riegelpapier zusammengeknüllt und ins Seitenfach gesteckt hatte, wo er seinen Müll sammelte.

Taylor nickte.

„Und?"

„Eine Woche Trainingsausschluss."

Cameron nahm eine Wasserflasche aus der Halterung, spülte den Rest des Riegels hinunter und verzog das Gesicht. „Das ist hart."

„Allerdings." Taylor sah aus dem Fenster. Als Cameron das Radio leise einstellte, schloss er die Augen. Mit Grauen dachte er an das letzte Mal, als er eine Woche lang zum Nichtstun verdammt gewesen war, ebenfalls wegen einer Gehirnerschütterung. Die Zeit war ihm endlos erschienen und er hatte sich in einen unleidlichen, depressiven Zombie verwandelt.

Als sie sein Zuhause erreicht hatten, stieß ihn Cameron mit dem Handrücken gegen den Oberschenkel, um ihn aufzuwecken.

„Ty?"

Taylor drehte müde den Kopf zu ihm herum. „Hm?"

„Du hast heute wie der Teufel gespielt."

„Ja, du auch."

Camerons grinste. „Unser Zug ist gerollt, oder?"

Es war Mittwochabend und Emilia war auf dem Weg nach Hause. Obwohl sie den ganzen Tag in der Uni gewesen war, hatte sie einen höchst unproduktiven Tag gehabt. Sämtliche Inhalte, die der Vorlesungen heute Vormittag und danach bei den Übungsstunden, waren einfach an ihr vorbeigerauscht. Das war ihr noch nie passiert.

Es ist wegen Taylor, dachte sie ärgerlich. Sie hatte den ganzen Tag nur an ihn gedacht. An Taylor, der völlig groggy und mit Gehirnerschütterung bei ihr im Tutorium saß. Der mit nacktem Oberkörper auf dem Wohnzimmersofa lag und schlief. Und der plötzlich, vollkommen genesen, im Flur stand, sie in seine Arme zog und an sich drückte.

Seine Arme und sein Oberkörper hatten sich warm und stark und so verdammt gut angefühlt. Sie hatte an nichts anderes denken können. Bis Paige sie in der Lerngruppe gerade eben an den Abgabetermin für den Übungszettel und die Klausurtermine nächste Woche erinnert und wieder zur Räson gebracht hatte.

Das muss aufhören, dachte Emilia, während sie in die Straße einbog, in der sie jetzt wohnte, und kurz darauf ihr Rennrad neben der Treppe zur Veranda abstellte. Sie war hier, um Mathematik zu studieren. Um diesen Studiengang, der sie mehr forderte, als sie gedacht hätte, mit sehr guten Noten abzuschließen und sich zu beweisen, dass sie alles erreichen konnte, was sie wollte. Und aus keinem anderen Grund. Daher lautete ihr Vorhaben für den restlichen Tag, einen kurzen Abstecher in die Küche zu machen, sich ein Müsli zubereiten und danach in ihrem Zimmer den Prüfungslernplan für die kommende Woche auszuarbeiten. So.

Sie betrat den Flur, verstaute ihre dünne Jacke irgendwie an der hoffnungslos überfüllten Garderobe und vernahm hitzige Stimmen aus der Küche.

„Ich fasse es einfach nicht, dass du das getan hast", hörte sie Cameron. „Wir haben hundertmal darüber gesprochen, dass Taylor tabu ist."

„Entspann dich." Hanks ruhiger Bass drang ungerührt aus der Richtung des Essbereiches. „Es ist doch nichts passiert."

„Nichts passiert?" Camerons Stimme überschlug sich beinahe. Emilia blieb in der Küchentür stehen. Sie hatte ihn noch nie so aufgebracht erlebt.

„Er hat mit Gehirnerschütterung Football gespielt! Ausgerechnet du solltest wissen, wie saugefährlich das ist. Er ist Tight End, Hank! Er hat jede Menge Kontakte. Der Coach hat ihm die Hölle heiß gemacht. Und mir auch!"

Emilia spürte, wie es ihr kalt den Rücken herunterlief. Hatte sich Taylor heute wirklich in dermaßen große Gefahr begeben?

„Cam, bitte, setz dich. Du machst mich ganz nervös", raunte Hank.

Tatsächlich ließ sich Cameron schwer atmend auf einen Stuhl fallen, den Blick weiterhin finster auf Hank gerichtet, der auf der anderen Seite des Tisches saß und sich mit vollkommen ruhiger Hand einen Joint drehte. Emilia nutzte den Moment und betrat die Küche. Zwar war es ihr unangenehm, in einen Streit zwischen Cameron und ihren Bruder hinein zu geraten, andererseits wollte sie wissen, was mit Taylor war.

Camerons Kopf ruckte bei ihrem Eintreten hoch und sein

Gesichtsausdruck verfinsterte sich um eine weitere Nuance.

„Du", rief er, ohne sich die Mühe einer erklärenden Einleitung zu machen, und war unvermittelt wieder auf den Beinen.

„Was ist mit mir?"

„Du hast es gewusst! Und als ich dich heute Morgen zum Campus mitgenommen habe, hast du übers verdammte Wetter geredet. Und über unaufgeräumte Küchen. Während Taylor mit Gehirnerschütterung zum Spiel gefahren ist. *Gedopt!*"

Emilia schwieg, zu betroffen, um direkt zu antworten. Es stimmte, sie hatte Cameron nichts gesagt. Sie hatte gedacht, die Entscheidung, ob und in welchem Zustand Taylor zum Spiel fuhr, sei allein seine eigene, in die sie sich nicht einmischen konnte.

Und sie war sich der Gefahr, in die er sich gebracht hatte, nicht bewusst gewesen.

„Cameron, sag mir eins", mischte sich Hank ein, noch bevor Emilia reagieren konnte, und drehte sich auf seinem Stuhl zu ihnen beiden herum. „Hat er das Spiel hinbekommen, oder nicht?"

„Natürlich hat er das Spiel hinbekommen. Darum geht es doch gar nicht."

„Doch, darum geht es." Hank wandte sich wieder seinem Joint zu, als würde ihn die Angelegenheit damit nichts weiter angehen.

„Cameron, hör zu", sagte Emilia, noch während Cameron Hank gegenüber zu einer Erwiderung ansetzte. „Ich dachte, es sei nicht in Ordnung, zu dir in den Wagen zu steigen und mit dir über Taylors Angelegenheiten zu reden."

„Ach nein? Aber dass er auf dem Spielfeld kollabiert, oder einen weiteren Schlag auf den Kopf bekommt und an einer Gehirnblutung verreckt, das ist in Ordnung, ja?"

„Nein, natürlich nicht." Emilia begann sich unbehaglich zu fühlen. Wenn es stimmte, was Cameron sagte, dann war es wirklich leichtsinnig gewesen, dass sie Taylor am Vortag in die WG gefahren hatte. Sie hätte ihm ins Gewissen reden und ihn zum Arzt bringen müssen.

„Ist ihm denn was passiert?", fragte sie.

„Quatsch", warf Hank ein. „Cameron dramatisiert wieder, weil es um Taylor geht, diese ewige Heilige Kuh."

Cameron ignorierte Hank geflissentlich. „Er hat sich nach dem Spiel die Seele aus dem Leib gekotzt", sagte er an Emilia gewandt. „Er sah aus wie der Tod auf zwei Beinen. Der Coach ist ausgerastet und jetzt ist er eine Woche aus dem Verkehr gezogen."

„Ach, Gott", rief Hank. „Das hat rein gar nichts mit den Pillen zu tun. Ich habe ihm gesagt, wenn das Spiel vorbei ist, lässt die Wirkung nach und genau so war es auch." Er zuckte übertrieben dramatisch die Schultern.

Cameron war mit zwei Schritten beim Tisch und beugte sich zu Hank hinüber, so dass der überrascht zurückwich.

„Wenn ich sage, Taylor ist tabu, dann ist er es auch. Du hast Scheiße gebaut. Du hättest ihm das Zeug nicht geben dürfen. Verstanden?"

Bedrängt hob Hank die Hände. „Ja, sorry, Mann. Dann dürft ihr solche Leute aber auch nicht herbringen. Ich hatte eben Mitleid mit ihm, wie er da so völlig fertig auf dem Sofa lag."

Wütend schlug Cameron mit der flachen Hand auf den Tisch, so dass die leeren Gläser klirrten und Hank seine Flasche festhalten musste. „Willst du uns eigentlich verarschen? Ich muss mich auf dich verlassen können!"

Stoisch nahm Hank seine Tabaktüte, wischte mit der Hand ein paar verstreute Krümel hinein und erhob sich.

„Okay, mir reicht´s. Wir reden weiter, wenn du dich wieder beruhigt hast, Kumpel." Er packte seinen Kram zusammen, schlug Cameron beim Hinausgehen auf die Schulter und verschwand. Emilia schaute ihm hinterher und hörte, wie seine Zimmertür ins Schloss fiel und kurz danach Rapmusik, die durchs Haus schallte.

Mit gesenktem Kopf und den Händen in den Hüften stand Cameron einige Sekunden lang mitten in der Küche. Emilia dachte, dass ihm die ganze Sache auch ganz schön an die Nieren gegangen sein musste.

„Sag mal", begann sie nach einer Weile, „wie hast du das eigentlich gemeint, Taylor ist tabu?"

Cameron hob den Kopf. „Was?"

„Das hast du eben zu Hank gesagt. Was meintest du damit?"

Cameron winkte ab. „Gar nichts."

Als Emilia ihn weiterhin abwartend ansah, fügte er hinzu: „Er soll Ty mit seinem Zeug vom Hals bleiben, das habe ich damit gemeint."

Emilia runzelte die Stirn, während er sich abwandte, den Kühlschrank öffnete und seinem Inhalt einer kurzen Inspektion unterzog. Sie wurde das Gefühl nicht los, dass er ihr etwas verschwieg und seine Sorge mehr galt als ausschließlich Taylors Gesundheit.

Unverrichteter Dinge schlug er die Kühlschranktür wieder zu und begegnete Emilias Blick.

„Schau mich nicht so an", fuhr er sie an. „Und sag mir das nächste Mal gefälligst Bescheid, wenn du Taylor im Delirium herbringst und er sich bei uns auf dem Sofa auskuriert."

VII

Emilia schloss ihr Rennrad an einem der zahlreichen Fahrradständer vor dem Trainingszentrum ab, schlang sich den Gurt ihrer Tasche über die Schulter und betrat das Gebäude. Sie hatte einen Gesprächstermin mit dem Chefcoach. Es ging um das Tutorium mit Taylor, hatte ihr Carrie, seine Sekretärin, freundlicherweise mitgeteilt. Es war wohl so etwas wie das Abschlussgespräch.

Emilia war nervös, während sie die Treppen in das erste Stockwerk nahm und den Flur entlang ging. Sie hatte Taylor seit fast einer Woche nicht mehr gesehen und auch nicht mit ihm gesprochen. Sie hatte ihn vermisst und zwischendurch überlegt, ihm zu schreiben, sich dann aber doch nicht getraut. Von Cameron hatte sie gehört, dass er sich gut von der Gehirnerschütterung erholte, aber sie wusste nicht, wie seine Prüfung letzte Woche gelaufen war. Und welchen Verlauf dementsprechend das Gespräch mit Bowman heute nehmen würde.

Zögerlich klopfte sie und trat ein. John Bowman, ein ziemlich großer, imposanter Mann mit raspelkurzen, grauen Haaren und eisigem Blick, stand hinter seinem Schreibtisch und schaute Unterlagen durch.

Emilia stand abwartend in der Nähe der Tür und je mehr Sekunden verstrichen, in denen er den Blick nicht hob, desto unsicherer und unbehaglicher fühlte sie sich.

Das ist seine Absicht, dachte sie und beschloss, sich von ihm nicht aus der Ruhe bringen zu lassen.

Aber als noch weitere Sekunden verstrichen, wurde der Druck zu groß.

„Sie wollten mich sehen?" Sie merkte, wie sich ihre Stimme irgendwo in den Weiten seines übergroßen Büros verlor.

Er sah auf und ließ sich Zeit, sie einmal von oben bis unten zu mustern. Dann hob er den Hörer seines schwarzen Bürotelefons ab, drückte eine Taste und winkte Emilia mit zwei Fingern in die Mitte des Raumes vor seinen Schreibtisch. Wie eine Marionette trat Emilia drei Schritte vorwärts.

„Sagen Sie Nolan, dass ich wie angekündigt in einer Stunde den Flieger nehme", sagte er in das Telefon, „der Flug wurde gerade bestätigt."

Er legte den Hörer wieder auf die Gabel und wendete sich Emilia zu. „Wie freundlich von Ihnen, dass Sie sich die Ehre geben, äh…" Er warf einen Blick auf sein Blackberry, als müsste er ihren Namen nachlesen. „Emilia."

Er setzte sich in den Ledersessel hinter seinem Schreibtisch. „Wie Sie vielleicht wissen, wollte ich Sie bereits letzte Woche sprechen, aber da waren Sie offensichtlich…verhindert."

Das stimmte. Der erste Termin, den Carrie ihr vorgeschlagen hatte, war am Freitagvormittag gewesen, aber Emilia hatte eine Vorlesung gehabt und so hatten sie sich auf diesen Termin geeinigt.

Bowman sah sie über seine gefalteten Hände hinweg an. Emilia wurde immer unruhiger. Sie konnte sich nicht erinnern, dass ihr vergangenes Gespräch zu Beginn des Tutoriums so unangenehm gewesen war.

„Emilia, lassen Sie uns doch gleich zur Sache kommen", sagte er mit einem Blick auf die Uhr. „Wenn Sie sich an unser Gespräch im April erinnern, habe ich Sie als Tutorin für Shea McGee eingeteilt. Und Paige Richardson habe ich für Taylor eingeteilt."

Er machte eine Pause, wie um ihr die Gelegenheit zu geben, seinen Ausführungen zu folgen. „Für diese Einteilung hatte ich meine Gründe."

Emilia schluckte und konnte nicht verhindern, dass sie feuchte Hände bekam. Diese Angelegenheit hatte sie fast vergessen. Sie war durch die Kündigung ihrer Wohnung, den Umzug und Taylors Gehirnerschütterung so weit in den Hintergrund gerückt, dass sie sich auf diesen eventuell eintretenden Gesprächsverlauf nicht vorbereitet hatte.

„*Gute* Gründe", legte der Chefcoach nach.

Emilia räusperte sich. „Es erschien uns, also Paige und mir, sinnvoller, dass sie mit Shea arbeitet und ich mit Taylor. Aus, ehm, pädagogischen Gründen."

Da Bowman nicht erkennen ließ, ob diese Begründung akzeptabel für ihn war, fuhr sie fort: „Da es zeitlich passte, haben wir getauscht und…naja, keine große Sache daraus gemacht", schloss sie lahm.

Bowman wandte sich von ihr ab und wieder seinen Unterlagen zu. Emilia fragte sich, was darauf wohl Spannendes zu sehen war. Es musste für ihn deutlich interessanter sein als sie oder das Gespräch.

„Keine große Sache", wiederholte er, wobei deutlich zu hören war, dass diese Floskel in seinem Wortschatz normalerweise nichts zu suchen hatte. „Und welches sind die *pädagogischen Gründe*, aus denen Sie eigenmächtig die Schüler getauscht haben?"

„Hm, also, das hat mit unseren unterschiedlichen Herangehensweisen an die Aufgabenstellungen zu tun. Ich hatte das deutliche Gefühl, dass Shea mit dem didaktischen Konzept, mit dem ich arbeite, nicht wirklich etwas…"

„Genug!", fuhr Bowman ihr so abrupt über den Mund, dass sie zusammenzuckte und verstummte. Der Stimmungswandel kam so plötzlich, dass ihr der Schweiß ausbrach.

„Sie als Tutorinnen haben nicht das *Recht*, nach Belieben meine Spieler unter sich durchzutauschen." Er stand auf, kam langsam um den Tisch herum und ließ sich auf der Kante nieder, ohne sie dabei aus den Augen zu lassen.

„Wussten Sie, Emilia, dass Taylor mein bester und damit wertvollster Spieler ist?" Es schien eine rhetorische Frage zu sein, deshalb nickte sie nur mechanisch.

„Er hat eine große Zukunft vor sich. Wenn er sich zwischenzeitlich nicht vom Kurs ablenken lässt." Bowman schwieg und sie konnte nur vage ahnen, was er von ihr wollte.

„Sie, Emilia, sind so eine Ablenkung."

Ihre Augen weiteten sich, so überrascht war sie über die Wendung des Gesprächs. „Ich?"

„Ja, Sie", erwiderte Bowman, urplötzlich zornig geworden. „Sie waren Taylor nicht zugeteilt. Aus gutem Grund. So jemanden wie Sie möchte ich nicht in seiner Nähe haben." Unwillig wedelte er mit der Hand in ihre Richtung, als wäre sie irgendein lästiges Insekt, das er loswerden wollte. Emilia war zu perplex, um zu antworten.

„Ich habe Sie ein paar Wochen lang gewähren lassen", fuhr Bowman, jetzt wieder etwas ruhiger geworden, fort. „Ich dachte, wenn der Junge Sie braucht, um seine Prüfung zu bestehen, dann ist es das Risiko wert. Ich dachte, der Lernerfolg obsiegt. Aber dann…"

Er machte eine Pause, als wäre das, was er gleich zu sagen hatte, zu ungeheuerlich, um es direkt anknüpfen zu können.

„Sie wussten, dass er eine Gehirnerschütterung hatte, oder?"

Emilia starrte ihn nur an, unfähig, den abrupten Wendungen des Gesprächs zu folgen.

„*Oder?*"

„Ich…äh, ich bin nicht sicher."

„Ich aber. Er hat es Ihnen während des Tutoriums gesagt."

Emilia senkte den Blick. Diese völlig unerwarteten Fragen kamen ihr zu schnell. Auf keinen Fall wollte sie mit ihren Antworten Taylor in Schwierigkeiten bringen, doch sein Coach verfügte anscheinend über einen nicht nachvollziehbaren Wissensstand.

„Sie wussten also, er hat eine Gehirnerschütterung", fasste er zusammen. „Und da hielten Sie es angesichts seines Zustandes für richtig, ihn in diese *Partybude* nach Haisley zu bringen, anstatt zum medizinischen Dienst?"

Niedergeschlagen stand Emilia da und versuchte dahinter zu kommen, was Bowman von ihr hören wollte. Dass Taylor ihm, dem Coach, nicht hatte begegnen wollen? Und ebenso wenig dem Arzt?

„Emilia?", hakte Bowman nach, als ihm das Schweigen zu lange dauerte. „Haben Sie dazu irgendwas zu sagen?"

„Ich...nein", flüsterte sie.

„Er wollte unbedingt an dem Testspiel teilnehmen, richtig?", bohrte Bowman nach. „Und er wusste, dass er gesperrt werden würde, wenn er mir oder jemandem vom Ärzteteam in seinem Zustand unter die Augen getreten wäre." Er machte abermals eine Pause. Dann stieß er sich vom Schreibtisch ab und kam ein paar Schritte in ihre Richtung.

„Wissen Sie, dass Sie Taylor mit dem, was Sie getan haben, zum Vertuschen angestiftet haben?" Seine Stimme klang jetzt bedrohlich. Er hatte sich wieder vollkommen im Griff, sein kurzer Wutausbruch von gerade war bereits Geschichte. „Und diese Vertuschungsaktion hatte zur Folge, dass *mein wertvollster Spieler* am darauffolgenden Tag mit einer Gehirnerschütterung Football gespielt hat. Wissen Sie, dass das lebensgefährlich ist?"

Sie schüttelte den immer noch gesenkten Kopf und spürte, dass sie den Tränen nahe war. „Es...es tut mir leid."

John Bowman war jetzt ganz nah. „Sehen Sie mich an!", sagte er. Und obwohl es sie große Überwindung kostete, gehorchte sie und sah ihm in die Augen. Ihre Farbe war von dem gleichen auffallenden Blau wie Taylors, was sie irritierte. Anders als bei Taylor wirkte der Ausdruck darin jedoch kalt und berechnend.

„Sie sollten besser hoffen, dass Taylor die Prüfung bestanden hat, auf die ihn vorzubereiten Ihre Aufgabe gewesen wäre", sagte er leise. „Wenn nicht, ziehe ich Sie dafür zur Verantwortung."

Er hielt einen Moment inne und wies mit dem Zeigefinger auf sie. „Und ab sofort halten Sie sich von meinem Sohn fern. Haben Sie das verstanden?"

Emilia schüttelte den Kopf, dann nickte sie und wich einen Schritt zurück, um etwas Abstand zwischen sich und Bowman zu bringen. Ihre Gedanken rasten. Was hatte er gerade eben gesagt?

Er hielt ihren Blick fest. „Das deute ich als ein Ja."

Er wendete sich von ihr ab, kehrte hinter seinen Schreibtisch zurück und nahm seine Unterlagen wieder zur Hand. „Das wäre alles. Sie können jetzt gehen."

Taylor glaubte nicht, dass es noch viel schlimmer kommen konnte. Heute war Dienstag, der sechste Tag, den er mehr oder weniger tatenlos Zuhause verbrachte, und er konnte ganz einfach nicht mehr.

Er lag rücklings auf dem Fußboden in seinem Wohnzimmer, die Beine angewinkelt, die Füße auf dem Sofa, warf einen Football bis knapp unter die Zimmerdecke und fing ihn wieder auf. Dabei wartete er, dass die Zeit verging.

Nach seinem Zusammenbruch am Tag des Spiels hatte er zwei Tage lang fast durchgehend geschlafen und sich danach wieder gesund gefühlt. Aber sein Vater hatte darauf bestanden, dass er weiterhin Zuhause blieb und sich schonte und so war er in seinem Zimmer geblieben, hatte gar nichts getan und gespürt, wie die Energie aus ihm herausfloss und er sich jeden Tag ein wenig schlechter fühlte als am Tag zuvor.

In dieser Woche hätte er zum langsamen Wiedereinstieg ein paar lockere Laufeinheiten absolvieren dürfen, aber er hatte sich gefragt, wozu das bisschen Laufen überhaupt gut sein sollte und sich im entscheidenden Moment nicht motivieren können. Und so war die Gelegenheit verstrichen. Und die nächste ebenfalls.

Ihm fehlte das tägliche harte Footballtraining so sehr, dass es ihn körperlich schmerzte. Für die Bewegung und Zerstreuung, die es mit sich brachte, nahm er sogar die Anwesenheit des Coaches, stundenlange Extraeinheiten, Eiweißshakes und Sheas dumme Kommentare in Kauf.

Er fing den Ball genau in der Sekunde zum etwa hundertsten Mal wieder auf, als es an der Haustür klingelte. Im ersten Moment nahm er das Geräusch gar nicht wahr, sondern warf in inzwischen gewohnter Manier weiter. Erst als es das zweite Mal klingelte, hielt er inne.

Er nahm die Füße vom Sofa, stand auf und ging die Treppen hinunter. Sein Kopf fühlte sich vom langen Liegen und abrupten Aufstehen dumpf an.

Er hatte überhaupt keine Lust auf Gesellschaft. Aber wahrscheinlich war es Cameron und dem war er es zumindest schuldig, dass er ihm sagte, dass er bitteschön wieder verschwinden sollte.

Er öffnete die Tür und glaubte im ersten Moment, eine Erscheinung vor sich zu haben. Emilia stand auf der Veranda. Ein paar Sekunden lang starrte er sie einfach nur an und versuchte, das Bild von ihr in seinen langsam arbeitenden Verstand einzusortieren.

„Was machst du denn hier?" Selbst seine Stimme klang träge.

Sie sah zu ihm auf. Ihr Gesicht und ihre Augen wirkten gerötet. „Darf ich reinkommen?"

„Äh, sicher…" Er trat einen Schritt zur Seite. Während sie sich im Eingangsbereich umsah, schloss er die Tür und wartete darauf, dass sie etwas sagte.

Ihr Blick blieb an ihm hängen. „Wie geht es dir?"

Nach sechs Tagen ohne Training? Wie sollte es ihm da schon gehen? „Ganz okay."

„Wirklich?" Sie wirkte fast ein bisschen erleichtert. „Und die Prüfung? Wie ist die gelaufen?"

„Ging so." Er hatte einen Brummschädel wie ein Bierkutscher gehabt und mit Müh und Not hingeschrieben, was ihm von Emilias ausschweifenden Whiteboardvorträgen noch in Erinnerung geblieben war. Viel war das nicht gewesen, soviel stand fest.

„Denkst du, du hast es geschafft?"

Er runzelte die Stirn. „Hat Cameron dich geschickt?"

„Nein, wieso?"

„Du bist doch nicht extra hergekommen, um mit mir über diese verkackte Prüfung zu reden." Erst jetzt fiel ihm auf, dass sie nervös war. Ihre Hände, die ihre Tasche festhielten, zitterten leicht und ihr Blick flackerte. „Was ist passiert?"

Emilia schüttelte den Kopf, aber die Unruhe in ihren Augen verstärkte sich. „Gar nichts." Sie zuckte verlegen mit der Schulter. „Ich wollte dich sehen."

„Aha." Alarmiert sah er sie an, dann nickte er die Treppe hinauf. „Willst du mit nach oben kommen?"

Sie nickte und er ging ihr voran die zwei Treppen bis in seine Räume im Dachgeschoss hinauf. In der Tür blieb er stehen und ließ ihr den Vortritt. Eine ganze Weile ließ sie ihren Blick über das Chaos wandern, das sich über seine beiden Räume und das Badezimmer bis in den Flur hinein erstreckte. Er hatte hier fast eine Woche lang wie ein eingesperrtes Tier gehaust und keinen Handschlag getan.

„Wenn du vorher angerufen hättest, hätte ich ein bisschen aufgeräumt." Er warf den Football, den er immer noch in der Hand hielt, in eine Ecke seines Wohnzimmers, wo er auf einem Berg Klamotten landete, die sich auf einem Sessel türmten.

„Ich habe dir geschrieben. Und angerufen. Du bist nicht ans Handy gegangen."

Tja. Sein Handy hatte er seit ungefähr drei Tagen nicht mehr gesehen. Das musste irgendwo in dem Klamottenhaufen vergraben sein, auf dem der Ball gerade gelandet war.

Er schob die Hände in die Taschen seiner Jogginghose und wartete. Sie war zu ihm gekommen. Sie würde ihm schon sagen, warum.

Sie wanderte durch sein Zimmer, schien mit den Gedanken aber ganz woanders zu sein. Taylor nutzte die Zeit und räumte notdürftig einen Sessel und das Sofa frei.

„Setz dich doch", sagte er und nahm selber auf dem Sofa Platz.

Emilia ignorierte ihn und ging weiter auf und ab. Ihre Hände drehten fahrig die Kordeln ihres Sweatshirts zusammen.

„Ich war gerade bei deinem Vater", brachte sie irgendwann heraus, ohne ihn direkt anzusehen.

Taylor stockte der Atem. Er hatte es geahnt. Bei dem Gedanken daran, dass sich der Coach Emilia zur Brust genommen hatte, schoss sein Blutdruck in die Höhe, aber er blieb sitzen und versuchte, sich nichts anmerken zu lassen.

„Was wollte er?", fragte er ruhig.

Emilia schien darüber nachzudenken, dann schüttelte sie den Kopf. Ihr Blick blieb endlich an ihm hängen und wie sie da in dem Durcheinander seiner vergangenen Tage stand, so verzweifelt und verwirrt, schnürte es ihm die Kehle zu. Er wusste zwar nicht genau, was der Coach mit ihr getan hatte, aber ihrem Zustand nach zu schließen, war er zu weit gegangen.

„Er sagte, ich wäre Schuld, wenn du durch die Prüfung fällst." Ihre Stimme drohte bereits zu kippen. „Und dass ich dich in Lebensgefahr gebracht hätte."

Sie stockte und Taylor stand auf, war mit zwei Schritten bei ihr und hielt sie fest, als sie anfing zu weinen.

„Emilia, nein", sagte er und hatte Mühe, den Zorn auf seinen Vater, der sich in ihm Bahn brach, in Schach zu halten.

„Es tut mir so leid", schluchzte sie an seiner Brust. „Es war meine Idee, dich gegen Shea zu tauschen und ich habe das einfach über deinen Kopf hinweg entschieden..."

„Das macht doch nichts."

„Und dass ich dich letzte Woche einfach zu uns gebracht habe, anstatt zum Arzt, mit Gehirnerschütterung..."

„Emilia, das ist *meine* Entscheidung gewesen."

„Du hättest sterben können. Ich hätte dich..."

Taylor schob sie ein Stück von sich weg, um ihr in die Augen zu schauen. Es brach ihm fast das Herz, sie so verzweifelt zu sehen.

„Es ist nicht deine Schuld, okay? Gar nichts davon." Er wusste genau, wie sie sich gerade fühlte; er stand weiß Gott oft genug an ihrer Stelle im Büro des Coaches. Er war froh, dass es ihm gelang, seinen Vater irgendwo in den Hintergrund zu schieben und sich auf Emilia zu konzentrieren. Ihre Schluchzer ebbten allmählich ab, ihre Arme waren um seine Taille geschlungen und er spürte, wie sehr sie ihn in diesem Moment brauchte.

„Er hat gesagt, dass ich mich von dir fernhalten soll."

Taylor nickte leicht.

Emilia war dicht an ihn geschmiegt. „Ich habe dich vermisst", sagte sie leise. Ihr leicht geöffneter Mund näherte sich seinem, als sie sich auf die Zehenspitzen stellte.

Sein Körper reagierte sofort auf sie. Er beugte sich ihr entgegen. Als ihre Lippen seine sanft berührten, war es, als ob ein Stromstoß durch seinen Körper jagte und er schloss für einen Moment die Augen.

„Wir müssen das nicht tun." Er wollte ihr die Möglichkeit geben, jetzt noch einen Rückzieher zu machen. Aber als er die Augen wieder öffnete, blickte er direkt in ihre und sah, dass sie es genauso wollte wie er.

Sanft berührte er ihre Wange, fuhr mit der Hand ihren Hals hinab strich mit dem Daumen über ihren Puls. Ihre Haut fühlte sich warm und zart an, ihr Puls jagte unter seiner Berührung und er hatte das Gefühl, dass er noch nie ein Mädchen so sehr gewollt hatte wie sie in diesem Moment. Als er sie weiter streichelte, schloss sie die Augen und ein leises Geräusch entfuhr ihr, das ihm beinahe den Verstand raubte. Dieses Mädchen und dieses leise Stöhnen wollte er für sich haben.

Mit einem Arm zog er sie näher an seinen Körper heran und presste seinen Mund auf ihren. Als sie erneut dieses Geräusch von sich gab, lauter jetzt, und ihren Mund für ihn öffnete, wusste er, dass er nicht mehr würde aufhören können.

Er neigte ihren Kopf zur Seite, um sich einen besseren Zugang zu verschaffen und drang mit der Zunge in ihren Mund. Ihre antwortete nur zögernd und er merkte: sie wusste nicht, was sie da tat. Diese Erkenntnis ließ ihn für einen Moment aus dem Konzept geraten und er dachte, dass es wahrscheinlich besser wäre, jetzt noch aufzuhören. Aber sie krallte ihre Hände in sein T-Shirt und er verstärkte seinen Griff um sie, hob sie hoch und drängte sich an sie. Als sie ihre Beine um seine Hüften schlang und seine Erektion an ihrer Körpermitte spürte, keuchte sie überrascht auf. Ohne seinen Mund von ihrem zu lösen, trug er sie mit zwei Schritten zum Sofa. Kurz löste er sich von ihr, um ihr ihren verdammt großen Pullover auszuziehen und sich seines T-Shirts zu entledigen. Wie sie da auf seinem Sofa saß, in diesem kurzen, rosafarbenen Trägertop und enganliegenden Jeans, sah sie so klein und zerbrechlich aus. Er konnte es nicht erwarten, dass sie gleich voll und ganz ihm gehören würde.

Emilia spürte Taylors Gewicht auf sich, als er sich über sie schob. Für einen kurzen Moment machte es sie nervös, unter ihm zu liegen. Gleichzeitig fühlte es sich aber gut an, so vollkommen von ihm und seiner Wärme umgeben zu sein. In diesem Moment gab es nur noch sie und ihn.

Sie spürte seine Lippen und seine Zunge an ihrem Hals, seine Bartstoppeln reizten ihre Haut. Seine Hände schienen überall auf ihr zu sein. Ehe sie begriff, was er tat, zog er ihr mit einem Ruck die Jeans samt Slip herunter. Sie spürte seine Hand zwischen ihren Beinen, fordernd und zielstrebig, und zuckte kurz zusammen. Sie wollte zurückweichen und ihm sagen, dass noch nie jemand sie dort und auf diese Weise berührt hatte, da glitten seine Finger schon in sie und der Gedanke und auch alles Weitere verschwand aus ihrem Kopf.

Ihr Körper reagierte auf ihn, bog sich ihm entgegen, wollte mehr von ihm. Ein lautes Stöhnen war alles, was von ihren Gedanken übrig blieb.

Sie spürte seinen Daumen, der sie rieb, seinen Mund, der ihre Brust umschloss, seine Finger, die immer wieder tief in sie eindrangen. Sie fühlte sich komplett von ihm in Besitz genommen und konnte nichts dagegen tun. Wollte nichts dagegen tun. Denn nichts hatte sich je so gut angefühlt.

Sie ließ los, gab die Kontrolle vollkommen an ihn ab. Das einzige, wozu sie in der Lage war, war seinen Namen zu stöhnen, als sie heftig kam.

Sie kam wieder zu sich, als Taylor sein Gewicht auf ihr verlagerte. Sie öffnete die Augen und suchte seinen Blick, aber sie sah nur seinen breiten, muskulösen Hals über sich. Er stützte sich mit einem Arm neben ihrem Kopf ab und zog sich mit der anderen seine Jogginghose herunter. Ihr war klar, was er jetzt tun würde und sie bekam es mit der Angst zu tun. Wollte sie das auch? Jetzt? Hier?

Oh Gott, sie hätte es nicht so weit kommen lassen dürfen. Sie hätte sich nicht so gehen lassen dürfen. Sie hatte die Kontrolle über sich verloren.

„Taylor, warte…" Sie wollte, dass er sie ansah, wollte mit ihm sprechen, aber er senkte seinen Kopf und küsste ihren Hals. Sie drehte den Kopf von ihm weg, aber er reagierte nicht.

„Taylor!" Sie legte ihre Hände an seine Brust und versuchte, ihn von sich zu schieben.

Er ließ den Kopf sinken. „Was ist?"

„Ich…ich kann das nicht." Sie stemmte sich weiter gegen ihn und endlich zog er sich von ihr zurück. Sie setzte sich auf und rückte von ihm ab.

„Emilia…" Taylors Blick wirkte entrückt, als er sich ebenfalls aufrichtete. „Es tut mir leid", hörte sie ihn sagen, aber sie hatte sich bereits abgewandt und war dabei, ihr Sweatshirt vom Boden aufzuheben und sich wieder anzuziehen. Ihre Hände zitterten und ihr Kopf fühlte sich leer an, als sie ihre Unterhose aus ihrer Jeans pflückte.

„Es…es geht einfach nicht", sagte sie mit ungewohnt hoher Stimme, während sie sich ihre Jeans überzog. „Es ist nicht deine Schuld."

Sie schnappte sich ihre Tasche vom Schreibtisch, warf einen entschuldigenden Blick in seine Richtung und verließ fluchtartig das Zimmer.

Emilia spürte ihn immer noch, als sie bereits fast Zuhause war. Seine vollen Lippen auf ihren, seine Hände überall auf ihr, sein Körper auf ihrem. Einen Moment lang hatte sie ihn so sehr gewollt, dass sie alles andere vergessen hatte. Sie hatte sich vollkommen verloren, dort oben in seinem Zimmer, in seinen Armen. Das war ihr noch nie passiert und es machte ihr Angst.

Geistesabwesend schloss sie die Haustür auf und war bereits auf dem Weg in ihr Zimmer, froh über die Aussicht, eine Weile alleine zu sein, als jemand ihren Namen rief.

Überrascht machte sie auf dem untersten Treppenabsatz kehrt und steckte den Kopf durch die geöffnete Küchentür.

„Iris?"

Wie in alter Manier saß Hanks Exfreundin an dem großen Holztisch, der ausnahmsweise mal halbwegs aufgeräumt und sauber gewischt war, und aß einen Teller Nudeln.

„Was machst du denn hier?"

„Och, Hank und ich haben uns getroffen. Und…naja, er kriegt sich allmählich wieder ein." Iris nahm einen Schluck aus einer Wasserflasche und spülte einen mundvoll Nudeln damit hinunter.

Emilia nickte und sah an Iris vorbei aus dem Fenster in den Garten.

Iris musterte sie stirnrunzelnd. „Erde an Emilia? Hank und ich sind dabei, uns wieder zu vertragen. Wo bleibt der Freudenschrei?"

Emilia schüttelte nur den Kopf. Sie war in Gedanken so sehr bei dem, was sie gerade erlebt hatte, dass sie Iris noch nicht einmal richtig ansehen konnte.

„He, alles okay bei dir?"

„Ich…ich habe mit Taylor rumgemacht", platzte Emilia heraus und konnte selber nicht glauben, dass sie es so weit hatte kommen lassen. Und was Taylor wohl dazu dachte? Sie hatte ihn Hals über Kopf und ohne eine Erklärung zurückgelassen.

„Du hast *was*?"

„Ich weiß auch nicht, wie es passiert ist. Ich bin zu ihm gefahren, um mit ihm zu reden. Und plötzlich standen wir da und haben uns geküsst…"

Iris starrte sie an. „Und dann?"

„Dann haben wir auf seinem Sofa…rumgemacht. Also, *er* hat rumgemacht. Ich wollte das alles gar nicht. Also, eigentlich wollte ich es schon, aber…"

Iris sah ehrlich schockiert aus. „Das ist nicht dein Ernst."

Emilia stockte. „Ja, ich weiß. Er hat das, glaube ich, auch nicht verstanden. Ob ich nochmal zurückfahren und mit ihm reden…?"

„Emilia." Iris hob eine Hand, um sie zu unterbrechen. „Nur um das klarzustellen: Wir reden hier von Taylor, richtig? Der Typ, der Kate geschwängert und dann im Stich gelassen hat? Mit dem Taylor hast du gerade rumgemacht?"

Emilia schwieg.

„Ausgerechnet *du*? Hanks schlaue kleine Schwester, für die Männer nur existieren, wenn sie Mathelehrer sind, und die dreimal überlegt, bevor sie sich eine Kugel Eis kauft, und es dann doch nicht tut? Ausgerechnet du fällst auf einen Taylor Bowman herein? Ich fasse es nicht!"

„Iris…"

„Hast du mit ihm geschlafen?"

„Nein!"

„Dann musst du aufpassen. Er wird weiter baggern, bis er dich soweit hat. Und dann wird er dich fallen lassen wie eine heiße Kartoffel."

„Er hat überhaupt nicht gebaggert."

„Wie hat er dich dann rumgekriegt? Und jetzt erzähl mir bitte nichts von seinen *blauen Augen* und seinen *breiten Schultern*, diese Leier habe ich mir jetzt wochenlang von Kate angehört."

Emilia konnte nur die Achseln zucken. Es tat ihr überraschend weh, Iris auf diese Weise von Taylor sprechen zu hören.

„Ich weiß auch nicht mehr genau. Es ging mir nicht so gut. Und er war für mich da."

Iris zog die Brauen in die Höhe. „Ach ja?"

Sie schien sich noch weiter über Taylor auslassen zu wollen, aber nach einem Blick auf Emilia seufzte sie nur. „Tut mir leid. Ich mache mir nur Sorgen um dich. Ich will nicht, dass du am Ende dastehst wie Kate."

„Jetzt hör aber auf."

„Du hast doch überhaupt keine Erfahrung mit Männern. Und er hat die halbe Uni durchgevögelt. Ich sage dir, wenn du dich auf einen Typen wie Taylor einlässt, verlierst am Ende garantiert du."

Emilia schwieg. Sie wusste, dass Iris Taylor gegenüber nicht objektiv urteilen konnte, da sie mit Kate befreundet war. Aber sie musste auch zugeben, dass an allem, was sie gesagt hatte, etwas Wahres dran war. Sie hatte zwar nicht das Gefühl, dass sie für Taylor lediglich eine Eroberung war, aber er war heute, nachdem sie angefangen hatten sich zu küssen, ohne zu zögern darauf aus gewesen, mit ihr zu schlafen. Der Moment, in dem ihr das bewusst geworden war, war der gewesen, in dem sich ihr Verstand wieder eingeschaltet und sie die Notbremse gezogen hatte.

Es war lediglich ihr Körper, der heute auf ihn reagiert hatte, nicht sie. Und das würde ihr kein zweites Mal passieren.

„Du hast Recht", sagte Emilia. „Er war nett zu mir. Er hat mich getröstet. Und ich habe die Kontrolle verloren."

Iris schaute sie mitleidig an, aber dann rang sie sich ein aufmunterndes Lächeln ab. „Emilia, Kopf hoch. Die Hauptsache ist, du hast dich nicht in ihn verliebt."

„Oh man, Ty. Ich weiß ja, dass eine Woche Hausarrest hart für dich ist. Aber meinst du nicht, dass du hier etwas übertreibst?"

Cameron sah aus, als traute er seinen Augen nicht. Mit dem Fuß schob er vorsichtig Glasscherben und zerbrochene Holzteile beiseite, bevor er eintrat.

Taylor kam aus dem Badezimmer und zog sich ein T-Shirt über den Kopf. „Wie bist du reingekommen?"

„Eure Haushälterin hat aufgemacht." Cameron zeigte mit dem Daumen über seine Schulter. „Weiß die Ärmste schon, dass sie heute Überstunden machen muss?"

Taylor warf seine Sporttasche auf einen Sessel und begann Dinge hineinzupacken. Es war Mittwochfrüh, noch keine sieben Uhr, und der erste Tag, an dem er wieder trainieren konnte.

„Wie fühlst du dich?" Cameron konnte gar nicht aufhören, sich in dem vollkommen verwüsteten Zimmer umzusehen. Leider war die Flasche, die Taylor am Vortag gegen die Tür geworfen hatte, nachdem Emilia ihn erst heiß gemacht und dann sang- und klanglos verschwunden war, nur der Anfang eines Wutanfalls gewesen, bei dem noch einiges mehr zu Bruch gegangen war.

„Jetzt mal im Ernst: Was hast du hier veranstaltet?" Nachdem er sich einen Weg in die Mitte des Zimmers gebahnt hatte, blieb Cameron stehen und sah mit einem Anflug Besorgnis zu Taylor hinüber, der gerade Trikots und eine Wasserflasche einpackte.

„Wonach sieht es denn aus?", erwiderte er lustlos. Obwohl er froh war, dass die Zeit des Herumhängens vorbei war, hatte er es kaum geschafft, heute einigermaßen pünktlich das Bett zu verlassen.

„Ich weiß nicht, Ty, eine Zerstörungswut solchen Ausmaßes sehe ich, um ehrlich zu sein, das erste Mal."

„Der Coach hat sich gestern Emilia vorgenommen." Es fiel ihm schwer, bei dem Gedanken daran nicht direkt wieder auszurasten. Emilia war danach zu ihm gekommen. Sie hatte womöglich nur etwas Trost und einen Kuss gebraucht von jemandem, der sie in dieser Situation verstand. Der wusste, was sie gerade durchgemacht hatte. Und was hatte er getan? Er hatte ihren schwachen Moment ausgenutzt und ihr seinen Willen aufgedrängt. Und es nicht einmal gemerkt.

„Emilia?", wiederholte Cameron und schien ein paar Sekunden zu brauchen, um zwischen Emilia und dem Coach irgendeinen Zusammenhang herstellen zu können. „Weswegen?"

„Was weiß ich. Wegen allem Möglichen. Er hat versucht, ihr Schuldgefühle einzureden, weil ich mit Gehirnerschütterung trainiert habe. Sie war total fertig deswegen." Mit einem Ruck zog er den Reißverschluss seiner Sporttasche zu, schwang sie sich über den Rücken und ignorierte Camerons fragenden Blick.

„Können wir?"

Hintereinander polterten sie die Treppen ins Erdgeschoss hinunter, verließen das Haus und stiegen in Camerons Wagen, der direkt vor der Tür parkte. Als sie die Straße in Richtung Campus verließen, merkte Taylor, wie seine Lebensgeister allmählich zurückkehrten.

„Für den Coach war das der absolute Super-GAU", erklärte Cameron. „Nicht nur, dass du mit Gehirnerschütterung zum Training antrittst. Nein, du dopst dich auch noch. So aufgebracht wie letzte Woche habe ich ihn noch nie erlebt." Mit schräg gelegtem Kopf warf er Taylor einen Blick zu. „Und ich habe ihn schon oft ausrasten sehen."

„Er kann von mir aus ausrasten so viel er will, aber er soll Emilia da raushalten."

Cameron hob eine Schulter. „Du weißt doch, was für ein Kontrollfreak er ist. Er stielt jeden erst mal ein, der irgendwie Kontakt zu dir hat. *Ich muss deswegen fast wöchentlich bei ihm antanzen.*" Er legte eine Pause ein. „Ich bin natürlich schuld daran, dass du dir überhaupt erst eine Gehirnerschütterung zugezogen hast. *Falcon, diesen Spielzug hättest du von Anfang an anders angehen müssen*", imitierte er die Stimme des Coaches.

Taylor biss wütend die Zähne aufeinander. „Der sollte lieber mal Hank einstielen, wenn du mich fragst. Weißt du eigentlich, dass er mich nicht einmal gefragt habe, wo ich das Zeug herhabe?"

Cameron sah weiterhin auf die Straße und nickte einmal. „Und das ist auch gut so."

„Ach ja? Findest du? Dein Hank hat mir die Pillen angedreht wie ein Sky-Abo: *Hier, nimm ruhig. Die ersten gibt's kostenlos. Nichts ist gefährlich, wenn man es nur einmal nimmt.*"

Cameron verzog das Gesicht. „Hör auf damit." Nach einer Pause fügte er hinzu: „Tu mir einen Gefallen und nimm nichts mehr von ihm an."

Taylor erwiderte nichts. Sie erreichten das Trainingszentrum und Cameron parkte seinen Wagen direkt vor dem Eingang der Krafträume.

„Ich glaube nicht, dass das, was Hank tut, gefährlich ist", sagte er, bevor sie ausstiegen. „Trotzdem nehme ich sein Zeug nicht. Und ich würde mich besser fühlen, wenn du es auch nicht tätest."

Taylor zuckte die Achseln. „Obwohl es eingeschlagen hat wie eine Bombe."

„Ja, ich weiß", sagte Cameron und stieß zeitgleich mit Taylor die Autotür auf. Am Kofferraum trafen sie sich wieder. „Deswegen wird er sicher auch da sein, wenn wir am Freitag die Hütte voll haben."

„Freitag?", wiederholte Taylor. Irgendwie war er gedanklich noch nicht weiter gekommen als bis heute, wenn sein gewohntes Leben wieder startete.

„Ja, *Freitag*." Cameron rempelte Taylor mit der Schulter an, als sie gemeinsam das Gebäude betraten. „Wir haben für euch doch eine Geburtstagsparty organisiert."

VIII

Eine schrille Frauenstimme drang bis durch das geschlossene Fenster im ersten Stock.

„Aaaaaaahh! Wag es *ja* nicht, Shea, du Idiot!"

Kurz darauf ein lautes Platschen. Leute lachten und kreischten. Über allem lag aufdringlich laute Reggae-Musik. Cameron legte Wert darauf, dass bei seiner ersten Poolparty des Jahres kein Zweifel darüber bestand, dass der Sommer da war. Dabei war es erst Anfang Juni und heute kaum über zwanzig Grad warm.

„Du dämlicher Arsch", kreischte die Frau prustend. Die Partygesellschaft brach in lautes Grölen aus und Emilia stöhnte. Die Typen da unten feierten Shea als hätte er soeben den Durchbruch im Beweis der Riemannschen Vermutung geschafft und nicht zum wiederholten Male eins der hysterischen Partyweiber in den Pool geworfen.

Als es das nächste Mal klatschte und kreischte, schlug Emilia ihr Buch zu und stopfte es gemeinsam mit Block und Etui in ihren Rucksack. Es hatte einfach keinen Sinn. Sie konnte keinen klaren Gedanken fassen, während die halbe Uni da draußen einen Wettbewerb in Albern- und Besoffensein austrug.

Sie checkte ihren Prüfungslernplan, der am Brett über ihrem Schreibtisch klemmte, und spürte ihren Blutdruck steigen. Sie hatte zu spät angefangen. Ihr letztes Aufeinandertreffen mit Taylor hatte sie doch nachhaltig beschäftigt, viel länger, als sie es gewollt hatte, so dass sie in ihren Vorbereitungen für ihre Prüfung weit zurücklag. Jetzt hatte sie nur noch fünf Tage Zeit. Den heutigen brauchte sie dringend.

„*Aaaahhh, Sheaaaa, neiiin!*"

Der Schrei drang Emilia bis ins Gehirn hinein und ließ sie abermals aufstöhnen. Nicht zu glauben, dass es sich bei den Leuten da unten ausschließlich um Erwachsene handelte und sie wirklich ernst meinten, was sie da taten. Sie wettete, dass sich der Großteil von ihnen ebenso wie sie gerade in der Prüfungsphase befand.

Sie packte ihren Laptop ebenfalls ein, warf sich den Rucksack über die Schulter und lief die Treppe hinunter. Mit gesenktem Kopf wollte sie möglichst unauffällig das Haus verlassen, da stieß sie mitten im Flur mit jemandem zusammen.

„Hallo", hörte sie eine tiefe, amüsierte Stimme, noch bevor sie zurückweichen oder sich entschuldigen konnte. „Du hast es aber eilig."

„'Tschuldigung." Sie wollte um den Typen herum zur Haustür gehen, da begegnete sie seinem Blick und stockte. Er war so groß, dass sie zu ihm aufschauen musste, hatte tiefblaue Augen und deutete ein Lächeln an. Obwohl sie sich sicher war, ihn noch nie gesehen zu haben, kam er ihr irgendwie bekannt vor.

„Ich muss hier weg", brachte sie heraus.

„Aber die Party hat doch gerade erst angefangen."

„Eben."

Als fände er ihre Einstellung durchaus interessant und nicht einfach nur rückständig und bedauerlich, wie fast alle Menschen, die Emilia sonst kannte, musterte er sie und nahm einen Schluck von einem leuchtend roten Getränk, in dem Eiswürfel klirrten.

„Sie gefällt dir nicht", stellte er fest.

Emilia verzog das Gesicht, was er sehr amüsant zu finden schien. Als er lachte, fingen seine Augen an zu leuchten.

Woher kannte sie ihn bloß?

„Ich habe keine Zeit für Partys." Sie wich seinem Blick aus, weil sie selber fand, dass sie sich wie die größte Spaßbremse des Jahrhunderts anhörte.

„Dennoch bist du hier…"

„Ich wohne hier." Sie sah sich flüchtig im Flur um und über die Stelle hinweg, an der vor einer Woche noch ein Regal gestanden hatte. Jetzt türmten sich hier leere Bierkästen und die Taschen der Partygesellschaft. „Leider."

Er deutete mit dem Kinn auf ihren Rucksack. „Und wohin flüchtest du?"

„In die Unibibliothek." Sie schob ein entschuldigendes Achselzucken hinterher. „Ich hab nächste Woche Prüfung."

Als sie daran dachte, ergriff sie erneut Nervosität und sie machte einen Schritt Richtung Haustür.

„Lass mich raten", rief er ihr hinterher. Emilia wendete sich um und wunderte sich, dass er anscheinend immer noch Interesse daran hatte, mit ihr zu reden.

„Was raten?"

Er musterte sie mit leicht zusammengekniffenen Augen, als würde er scharf nachdenken. „Du studierst auf jeden Fall nicht Literatur, Geschichte oder Sozialwissenschaften, wie dieser ganze Mädels-Haufen da draußen. Du machst was anderes." Er machte eine Pause. „Anders, aber nicht zu exotisch."

Emilia merkte, dass sie gespannt wartete, was er raten würde.

„Also, ich tippe auf Mathematik."

Emilia nickte. „Woher weißt du das?"

Wahrscheinlich war er ein alter Freund von Hank und wusste, dass sie seine Schwester war. Sie überlegte, ob sie ihn vielleicht von früher kannte und er schlürfte an seinem Cocktail.

„Worüber schreibst du?"

„Algebraische Zahlentheorie."

Sein Gesicht hellte sich auf. „Etwa bei Warrender?"

„Du kennst ihn?" Emilia trat wieder einen Schritt in seine Richtung und ließ den Rucksack von der Schulter gleiten.

Er zuckte die Achseln. „Natürlich. Der hat doch letztes Jahr den Fields-Preis gewonnen."

Emilia musterte ihn jetzt eingehender. Er hatte ein attraktives Gesicht mit vollen Lippen und markanten, ebenmäßigen Zügen. Seine kurzen Haare waren so dunkel, dass sie fast schwarz waren. Sie war sich sicher, wenn er in einer ihrer Vorlesungen säße, wäre er ihr bereits aufgefallen. Sie setzte dazu an, ihn zu fragen, welches Fach er studierte, da sagte er: „Du hast seine Vorlesungen gehört? Wie ist er so?"

Emilia nickte und wusste überhaupt nicht, wo sie anfangen sollte. „Er ist ein absolutes Genie, aber total menschenscheu. Er haut die unbeschreiblichsten Theorien raus und du denkst, nein, das funktioniert nie und nimmer. Und dann steht er da vorne und verbringt zwei Stunden damit, fünfzehn Tafeln vollzuschreiben und am Ende denkst du, krass, er hat es gerade bewiesen, es funktioniert wirklich."

„Ich wette, neunzig Prozent der Leute versteht kein Wort und schaltet nach zehn Minuten ab."

Emilia lachte und wiegte mit den Kopf. „Eher achtzig. Er ist in seinen Ausführungen einigermaßen mitreißend."

„Du gehörst auf jeden Fall zu den restlichen zwanzig Prozent", sagte er. In seinem Blick glaubte sie fast so etwas wie Bewunderung zu sehen und sie spürte ihr Herz schneller schlagen. Wie hatte sich dieser Typ nur auf die Poolparty eines Footballspielers verirren können?

„Jetzt kann ich wirklich verstehen, dass du von hier flüchtest", sagte er.

„Ach ja?"

„Hallo? Du beschäftigst dich mit Algebraischer Zahlentheorie. Du hörst Levin Warrender zu."

Mit seinem Glas vollführte er eine raumgreifende Bewegung. „Wie könnte jemanden wie dich *so etwas* hier auch nur im Geringsten beeindrucken?", sagte er und obwohl er ihr damit eine Steilvorlage zum Gehen lieferte, merkte sie, dass sie es gar nicht mehr so eilig hatte, in die Bibliothek zu kommen.

Taylor drängelte sich durch die Menge im Wohnzimmer und trat auf die Terrasse hinaus, wo das Bierfass stand und die Boxen dröhnten. Mitten im türkisblauen Pool schwamm eine gelbe, aufblasbare Insel mit riesiger, windschiefer Palme, auf der sich vier lediglich in knappen Bikinihöschen gekleidete Mädels drängelten und kreischend immer wieder ins Wasser fielen. Der Poolbereich war voller Leute, die mit Getränken in der Hand herumstanden, plauderten und Shea anfeuerten, der sich mitten in der Menge einen Volkssport daraus machte, möglichst viele Mädchen in den Pool zu werfen.

Taylor hatte gehofft, Emilia zu treffen und war enttäuscht darüber, sie nirgendwo zu entdecken. Seitdem sie vor drei Tagen aus seinem Zimmer geflohen war, hatte er nichts mehr von ihr gehört und er wollte mit ihr klären, wie es nun um sie beide stand.

„Hey", sagte er zu Cameron, der hinter der selbstgebauten Bar stand und in seinen roten Shorts und dem weißen T-Shirt wie ein höchst zufriedener Bademeister aussah.

„Ty! Wie gefällt dir deine Party? Sag an, was soll ich dir mixen? Moscow Mule, Pina Colada, Tropical Orange?"

„Ähm, Cuba Libre?"

Cameron füllte ein Longdrinkglas mit Eiswürfeln, war aber nicht so ganz bei der Sache, sondern schaute immer wieder an Taylor vorbei zu den Mädchen auf der Kunststoffinsel.

„Na, wie habe ich das gemacht? Die vier sind doch wohl der Hammer. Die habe ich letztes Wochenende in der Notaufnahme aufgegabelt und spontan eingeladen." Er stieß Taylor mit der Eiswürfelzange über die Bar hinweg an, damit er sich umdrehte. Taylor nickte.

„Ich hab mir fast gedacht, dass die nicht von der Uni sind", sagte er und wandte sich wieder um. „Sag mal, hast du Emilia irgendwo gesehen?"

Cameron gab die letzte Limettenspalte in das Glas und sah Taylor eine Sekunde zu lange an.

„Emilia?" Er machte eine Pause, reichte Taylor den fertigen Cocktail und wischte sich die Hände an einem Handtuch ab, das an einer Gürtelschlaufe seiner Shorts hing. „Sag mal, findest du, das ist eine gute Idee mit euch beiden?"

Taylor nahm das Glas entgegen. „Ja. Wieso?" Seitdem sie am Dienstag bei ihm vorbeigekommen war, sie sich geküsst hatten und er mit ihr auf seinem Sofa gelegen hatte, war er sich sogar ganz sicher, dass es eine gute Idee war. Er konnte seitdem an fast nichts anderes mehr denken, als daran, wie sie unter ihm gekommen war. Er wusste, er hatte sie mit seiner offensiven Art verschreckt. Aber jetzt, nachdem er wieder drei Tage Training hinter sich hatte, fühlte er sich ausgeglichen und war sich sicher, dass ihm ihre Signale nicht noch einmal entgehen würden.

„Also, ich weiß ja nicht…"

„Was? Mach's nicht so kompliziert, Cam. Hast du sie gesehen oder nicht?"

Cameron nahm einen tiefen Schluck aus der Rumflasche, verzog das Gesicht und wies mit der Flasche zu den Fenstern im oberen Stock hinauf. „Vorhin saß sie noch schlecht gelaunt in ihrem Zimmer und hat gelernt. Noch Fragen?"

Umso besser, dachte Taylor, dann konnte er gleich unter vier Augen mit ihr reden. Er steuerte über die Terrasse auf das Haus zu und wollte gerade das Wohnzimmer betreten, da hörte er sie auf einmal. Sie war nicht oben in ihrem Zimmer. Sie war ganz in der Nähe und der Klang ihres Lachens drang trotz Partylärm und Musik bis zu ihm nach draußen. Obwohl er sie noch nie lachen gehört hatte, wusste er sofort, dass sie es war. Es zog ihn weiter, durch das Wohnzimmer bis in den Flur hinein und da sah er sie stehen: ein Lachen im Gesicht, die Wangen gerötet, ihren Rucksack vergessen neben sich auf dem Boden. Sie unterhielt sich mit jemandem und die entspannte Position, in der sie sich an der Kommode lehnend nebeneinander eingerichtet hatten, sagte Taylor, dass sie schon eine ganze Weile da miteinander standen.

Er presste die Kiefer aufeinander und ohne zu wissen, was er als

Nächstes tun würde, ging er auf die beiden zu. Emilia lachte erneut laut auf, was Taylor einen heftigen Stich versetzte. Weil nicht er selbst es war, mit dem sie da stand.

Und im nächsten Augenblick erkannte Taylor ihn.

Er erstarrte mitten in der Bewegung, unfähig, auch nur einen Schritt weiterzugehen. Die beiden bemerkten ihn nicht, so sehr waren sie aufeinander fixiert. Taylor sah ihn an, wie er dort stand, seinen Blick unverwandt auf Emilia gerichtet, ein Leuchten in den Augen. Er sah glücklich aus.

Taylor konnte nicht anders, als einen Schritt zurück zu treten. Dann noch einen, bis er wieder im Wohnzimmer war. Wie im Nebel verließ er das Haus und nahm nur schemenhaft wahr, dass die Partygäste vor ihm zurückwichen.

Hank stand ihm plötzlich im Weg herum. Er grinste breiter als gut für ihn war und machte Anstalten, Taylor eine Hand auf die Schulter zu legen. Er sagte etwas wie „hey, du hast überlebt..."

„Hau bloß ab." Taylor stieß Hank beiseite, aber der fing sich gleich wieder.

„Ty, Alter, wir spielen doch jetzt im selben Team, du und..."

In dem Moment sah Taylor rot. Er holte aus und seine Faust traf auf Widerstand; etwas brach darunter, Blut spritzte. Die Stimmung am Pool kippte schlagartig. Geschrei brach um ihn herum aus. Hank brüllte etwas und fluchte und fuhr dann in blinder Wut auf ihn los, aber Taylor wich seinem Gegenschlag aus. Ohne nachzudenken, preschte er nach vorne und ging erneut auf Hank los, da wurde er von mehreren Seiten gepackt und festgehalten.

Es war das erste Mal in ihrem Leben, dass Emilia sich auf einer Party amüsierte. Dazu noch auf einer Poolparty, auf denen die Outfits und Gesprächsthemen an Gehaltlosigkeit normalerweise nicht zu überbieten waren.

„Hast du mal überlegt, ob es nicht möglich wäre, Doktorandin bei Warrender zu werden?", fragte der Typ, dessen Namen sie immer noch nicht kannte und der der Grund dafür war, dass sie nicht längst das Weite gesucht hatte. „Dich würde er doch bestimmt nehmen."

„Mich?" In Emilias Magen begann es aufgeregt zu kribbeln. Dass er ihr so etwas überhaupt zutraute.

„Wohl kaum. Glaub mir, er hat so viele Bewerber, die viel besser sind als…"

Sie brach ab, als in diesem Moment Geschrei von draußen bis zu ihnen hinein drang. Sein Kopf ruckte herum und eine Sekunde später hatte er seinen Cocktail auf der Kommode abgestellt und bahnte sich einen Weg durch die Leute.

Emilia folgte ihm mit einem nervösen Flattern in der Brust. Die Musik und das Gelächter waren abrupt verstummt und hatten einem nervösen Stimmengemurmel Platz gemacht. Mittendrin ertönte eine aggressive Auseinandersetzung; Männer brüllten aufeinander ein. Emilia hörte Hanks Stimme: „Taylor, du gottverdammtes Arschloch!" und das Flattern wurde zur Gewissheit.

Als Emilia die Poolanlage erreichte, war der Typ schon mitten im Handgemenge.

Taylor stand da, von drei Footballspielern festgehalten, darunter Cameron. Außer sich vor Zorn schrie er Hank an, der zwei Meter vor ihm stand und zurück brüllte.

„Du hast mir die Nase gebrochen!" Hanks Gesicht und sein T-Shirt waren voller Blut.

„Taylor! Ty!", rief ihr neuer Bekannter. Er stellte sich direkt vor Taylor, was Emilia ziemlich waghalsig vorkam, fasste ihn an beiden Schultern und versuchte Blickkontakt herzustellen. „Sieh mich an, Ty. Beruhige dich."

Emilia hielt den Atem an, unfähig sich vorzustellen, was jetzt passieren würde. Aber Taylors Blick fokussierte sich tatsächlich auf sein Gegenüber und als hätte jemand in diesem Augenblick die Zeit angehalten, wurde er ganz langsam ruhiger. Die beiden waren unheimlich vertraut miteinander und jetzt, wo sie da direkt voreinander standen, wirkten sie fast wie zwei Spiegelbilder voneinander.

Oh Gott, dachte Emilia. Sie glaubte, ihr Herz würde stehenbleiben. Deshalb war er ihr so bekannt vorgekommen. Seine Augen waren Taylors Augen. Die Größe, die Haarfarbe: Das alles hatte sie an Taylor erinnert. Sie versuchte noch zu begreifen, was das bedeutete, da lief die Zeit bereits weiter, die Sekunden verstrichen wieder im normalen Takt.

Hank riss sich von seinen beiden Aufpassern los und drückte sich das Geschirrtuch, das Cameron ihm reichte, an seine ramponierte Nase.

„Du bist sowas von geisteskrank, Ty…", spuckte er zusammen mit einem Schwall Blut aus. Der Typ, immer noch auf Taylor fokussiert, fuhr mit einem Ruck herum: „Jetzt halt doch mal dein Maul. Oder willst du noch eine verpasst kriegen?" Und an Taylor gewandt: „Los, wir gehen jetzt."

Teil 2

IX

Es war Nacht und Taylor saß auf einem eierschalenfarbenen Plastiksitz im Wartezimmer irgendeines Krankenhauses in irgendeiner Stadt und wartete. Seine Arme und Beine waren völlig verdreckt, sein Trikot zerrissen und staubig-verschwitzt. Er saß da wie erstarrt, vergaß manchmal sogar zu atmen, und wenn es ihm wieder einfiel, schnappte er keuchend nach Luft, was sich wie ein Schluchzen anhörte.

Seine Mutter stand in seiner Nähe, aschfahl im Gesicht, und weinte immer wieder und zitterte. Sein Vater lief im Gang auf und ab, die Kiefer aufeinandergepresst, das Gesicht eine Maske. Wie durch Watte hörte Taylor, wie er jeden vom Klinikpersonal, der vorbeikam, befragte und beschimpfte.

Sie hatten ihn herausgeholt. Plötzlich war sein Vater in dem eingestürzten Haus gewesen, wenig später auch die Feuerwehrleute. Jemand hatte Taylor beiseite gestoßen, dann hatten sie den Balken angehoben. Taylor war erschauert, aber es hatte überhaupt nicht so schwer ausgesehen. Sie hatten Peyton nach draußen getragen.

Er kann nicht leben, dachte Taylor. Niemand, der so tief gefallen ist, der unter so einem schweren Balken begraben war, kann das überleben.

Er war zu geschockt, um zu weinen.

Irgendwann, Taylor wusste nicht, wie viel Zeit vergangen war, kam ein erschöpft aussehender Arzt zu ihnen in den Warteraum. Dr. Jawad Saadi stand auf seinem schief sitzenden Namensschild.

„Er lebt", sagte er.

Taylors Mutter brach in laute, erleichterte Tränen aus und Taylor erwachte aus seiner Starre. Seine Muskeln schmerzten vom langen Sitzen und seine Augen fühlten sich ganz trocken an. Der Vater schloss kurz die Augen, aber sein Gesicht blieb eine Maske.

„Wird er wieder spielen können?", fragte er.

„Spielen?" Dr. Saadi schaute verwirrt.

„Er ist Footballspieler."

„Ach so." Der Blick des Arztes ruhte einen Augenblick auf Taylor, der immer noch seine Footballkleidung von heute Vormittag trug.

„Kommen Sie mit." Dr. Saadi ging seinen Eltern voran. Taylor folgte ihnen. In seinem Büro nahmen sie um einen Tisch herum Platz und

Dr. Saadi schaute Taylors Eltern abwechselnd an.

„Ihr Sohn hat überlebt…"

„Aber?", fiel ihm der Vater ins Wort.

„Aber wir mussten ihn in künstliches Koma versetzen."

„In künstliches Koma? Warum? Was bedeutet das?"

Dr. Saadi holte Luft. „Bei dem Unfall wurden seine Beine sehr schwer verletzt. So schwer, dass er die Schmerzen im wachen Zustand nicht aushalten würde."

Einen Moment lang sagte niemand etwas.

„Wir werden Ihren Sohn zunächst operieren müssen", fuhr der Arzt fort. „Dabei werden wir versuchen, das rechte Bein zu retten. Das linke jedoch ist irreparabel zerstört."

Taylors Vater stieß einen erstickten Laut aus. Es hörte sich an, als hätte er Schmerzen. „Was…was bedeutet das?"

„Das bedeutet, dass wir das Bein amputieren müssen."

„Amputieren? Abnehmen?" Der Vater starrte Dr. Saadi einen Moment lang an, dann stand er mit einem Ruck von seinem Stuhl auf. „Das dürfen Sie nicht! Mein Sohn hat eine große Karriere vor sich."

Dr. Saadis Blick ruhte auf dem Vater und wanderte dann zur Mutter, die ihm gegenüber saß, immer noch erleichtert über die Nachricht, dass Peyton den Sturz überlebt hatte. „Es geht nicht anders."

Der Vater hielt sich an der Stuhllehne fest, zitternd vor Ohnmacht. „Jetzt hören Sie mir mal zu, Dr. Saadi." Er tippte sich selbst gegen die Brust. „*Ich* war Footballprofi. Und *mein Sohn* wird ebenfalls Footballprofi. Das ist so sicher wie das Amen in die Kirche. Dass er das Zeug dazu hat, wurde uns heute erst wieder bestätigt. Und das werden Sie nicht verhindern, indem Sie ihm ein Bein abschneiden." Seine Stimme kippte bei seinen letzten Worten.

Dr. Saadis Gesicht zeigte keinerlei Regung. Er sah zu Taylor, der völlig reglos neben seiner Mutter saß und sich wünschte, Peyton wäre hier. Wach und mit zwei gesunden Beinen.

Setz dich wieder hin, Dad, würde er sagen, *und entspann dich. Natürlich werde ich Footballprofi.*

Ein seltsames Geräusch ertönte und sein Vater schlug die Hände vor das Gesicht. Niemals zuvor hatte Taylor seinen Vater schluchzen gehört. Es schnürte ihm die Kehle zu.

„Tun Sie mir das nicht an", brachte sein Vater hervor. „Er muss wieder laufen können. Er muss einfach. Retten Sie sein Bein."

Er klang so verzweifelt, dass sich selbst im Gesicht des Arztes eine Spur Mitleid zeigte.

„Der Balken hat das Bein vollkommen zertrümmert. Die Blutzufuhr war zu lange unterbrochen." Er machte eine Pause und schaute den Vater an, danach die Mutter. „Es tut mir leid."

Wie betäubt verließen sie später Dr. Saadis Büro. Die Eltern weinten nicht mehr. Taylor dachte, dass sie die ganze Zeit, während des Wartens und auch jetzt, so gut wie kein Wort miteinander gesprochen hatten.

Die Mutter durfte zu Peyton hinein. Mit gebeugtem Rücken saß sie an seinem Bett und hielt seine Hand. Der Vater blieb draußen und sah ihnen durch eine Scheibe zu. Peyton lag da, weiß und still, mit geschlossenen Augen, an Geräte angeschlossen. Ein Beatmungsschlauch führte in seinen Mund. Die kaputten Beine lagen unter der Decke. Noch waren es zwei.

Taylor dachte, dass das ein böser Traum sein musste, aus dem er und Peyton bestimmt gleich aufwachen würden. Es konnte einfach nicht sein, dass Peyton nie wieder so sein würde wie vorher. Er spürte, wie ihm beim Anblick seines Bruders Tränen in die Augen stiegen und er zu zittern begann. Das alles war mehr als er ertragen konnte.

„Gottverdammt, Taylor", sagte sein Vater neben ihm plötzlich, so leise, dass Taylor ihn fast nicht hörte. Seine Stimme war vor Schmerz verzerrt. „Das ist alles deine Schuld."

Taylor blieb reglos. Der Vater hatte seit dem Unfall kein einziges Wort an ihn gerichtet und auch jetzt lag sein starrer Blick unverwandt auf Peyton.

„Warum?" Urplötzlich fuhr er zu Taylor herum und packte ihn so grob am Arm, dass Taylor gestürzt wäre, hätte sein Vater ihn nicht umklammert. „Warum nur bist du in dieses verfluchte Haus gelaufen?"

Taylor erstarrte. Der Vater stieß ihn vor und zurück, immer wieder. Sein Gesichtsausdruck war so gequält, dass Taylor ihn fast nicht als seinen Vater erkannte. „Verdammt, Taylor", schrie er. „Warum? Warum nur hast du ihn nicht rechtzeitig retten können?"

Taylor erwachte, als die Sonne schon warm in sein Schlafzimmer schien. Eine Weile blieb er liegen, einen Arm über die brennenden Augen gelegt, und versuchte, die Erinnerung an den Traum loszuwerden.

Es liegt an Peyton, dachte er. Weil er hier war, hatte er derartige, unnötige Flashbacks. Taylor nahm den Arm hoch und setzte sich auf, da sah er ihn in der Tür stehen. Frisch geduscht, mit einer Jeanshose bekleidet, rubbelte er sich die Haare trocken.

„Na endlich. Mom ist schon da", sagte er.

„Oh Gott." Taylor warf einen Blick auf die Uhr. Es war schon nach zehn. Eine Weile blieb er auf der Bettkante sitzen und rieb sich über den Kopf. Seine rechte Hand schmerzte noch von dem heftigen Schlag, den er Hank verpasst hatte, und erinnerte ihn an den Anblick von Emilia und Peyton, die gemeinsam im Flur geredet und gelacht hatten. Sein Brustkorb fühlte sich immer noch unangenehm eng an.

„Was war da gestern los zwischen dir und diesem Typen?" Peyton hatte das Handtuch weggebracht und zog sich ein hellblaues T-Shirt über den Kopf, während er ins Schlafzimmer kam, den Blick auf Taylors Hand gerichtet. Die Knöchel waren blau verfärbt und teilweise aufgeplatzt. Vorsichtig bewegte er das Handgelenk und die Finger, um die Hand zu lockern.

„Er stand mir im Weg herum."

Peyton zog eine Braue nach oben, wanderte an Taylors Regalen entlang und begutachtete seinen Kram. „Ernsthaft? Das ist alles?"

„Er ist ein selbstgefälliges Arschloch. Hast du das nicht mitbekommen?"

„Ach was. Sind wir das nicht alle? Geht's auch etwas konkreter?"

„Keine Ahnung! Er geht mir auf die Nerven. Er ist mit Cam befreundet und hängt mir andauernd vor der Nase rum und redet irgendwelchen Mist."

Außerdem war er der Haus- und Hofapotheker der Eagles. Etwas, das er Peyton lieber nicht erzählen würde.

Peyton stellte den Pokal, den er in der Hand hatte, vorsichtig wieder auf das Bord und wandte sich zu Taylor um. „Aber dass du dem Kerl einfach so die Nase brichst? Auf der Party, die Cameron für dich zum Geburtstag organisiert hat? Ist das nicht etwas heftig?" Dabei schaute er Taylor mit einem Ausdruck an, der besagte, dass er es nicht nur *etwas heftig*, sondern absolut untragbar fand.

Taylor zuckte wieder die Achseln und senkte den Blick, sah dann aber nur seine demolierte Hand und hob den Kopf wieder. „Keine Ahnung, ja."

Peyton wartete, ob noch mehr kommen würde und sagte dann: „Seit wann tust du so etwas überhaupt?"

Seit wann er sich nicht mehr im Griff hatte? Taylor wusste ganz genau, an welchem Tag das angefangen hatte.

„Ich weiß auch nicht", sagte er und wünschte sich, sie könnten das Thema wechseln. Aber Peyton ließ ihn nicht aus den Augen, während er sich in einen Sessel fallen ließ und ein Bein von sich streckte.

„Es waren…ein paar harte Wochen", sagte Taylor.

„Was meinst du damit? Die Prüfungszeit? Die hat dich doch sonst nie gejuckt."

„Nein." Taylor zögerte, weil er nicht wollte, dass sich das, was er sagte, wie eine Entschuldigung anhörte. „Es ist nur…im März dachte ich, ich habe es geschafft und bin in einem Monat weg hier. Und dann…"

„Bist du aus dem Draft geflogen", ergänzte Peyton. „Und…", konstruierte er weiter, „äh, hast deswegen Hank eine reingehauen?"

„*Nein!*" Taylor stand jetzt vom Bett auf, zog sich sein T-Shirt aus und warf es neben die Tür zu seinem Wohnzimmer, weil sich Peyton auf seinem Klamottensessel breitgemacht hatte. „Ich habe einfach keine Lust darauf, noch länger hier herumzuhängen, verstehst du?"

Peyton hob den Blick, als Taylor anfing, vor ihm herumzutigern. „Es ist doch ein reguläres Jahr", sagte er mit einem leichten Stirnrunzeln. „Das sitzt du doch locker ab. Du kannst deine Stärken noch besser ausbauen und deine Chancen auf einen richtig guten Verein erhöhen."

Taylor hob dazu an, etwas zu sagen, brach jedoch ab und zog sich stattdessen eine Hose über. Er spürte Peytons Blick, der jede seiner Bewegungen verfolgte.

„Schau mich nicht so an."

Peyton zuckte die Achseln. „Ich wundere mich nur darüber, dass mein Bruder in den letzten Monaten anscheinend zu einem Schlägertypen mutiert ist."

Taylor holte ein frisches Shirt aus dem Schrank. „Entspann dich, Pete, ich krieg das schon wieder hin."

Peyton kniff die Augen zusammen und Taylor trat an den Sessel und reichte seinem Bruder eine Hand, die er ergriff. Taylor wusste, dass Peyton sich mit dieser Erklärung nicht zufrieden geben würde. Und mit einem Mal überkam ihn große Erleichterung darüber, ihn in seiner Nähe zu haben. Er zog Peyton auf die Beine und in derselben Bewegung in eine Umarmung. Ein paar Sekunden lang standen sie einfach nur da und waren wieder eins, so wie früher, als sie jede Minute ihres Lebens miteinander verbracht hatten.

„Ich bin froh, dass du hier bist."

„Ja", erwiderte Peyton an seiner Schulter. „Ich auch. Alles Gute zum Geburtstag, Bruder."

„Taylor!"

Seine Mutter stand vom gedeckten Tisch auf und schloss ihn in die Arme. Sie hatte helles Haar und grüne Augen und reichte ihm gerade einmal bis zum Brustkorb. Taylor dachte, dass sechs Monate, die er sie jetzt nicht gesehen hatte, eine ganz schön lange Zeit waren. Er spürte, wie sehr er sie vermisst hatte und hatte einen Kloß im Hals, als sie sich voneinander lösten und sie ihn mit leuchtenden Augen betrachtete.

„Ich habe das Gefühl, du wirst immer noch größer", lachte sie. „Und breiter." Sie streckte einen Arm aus und strich ihm über den Kopf. „Und deine Haare sind ganz ab."

„Nicht ganz", sagte Taylor entschuldigend und fuhr sich ebenfalls über den kurzgeschorenen Kopf.

Sie strahlte, als auch Peyton hereinkam und neben Taylor trat und schien für einen Augenblick einfach nur den Moment zu genießen, sie beisammen zu haben.

„Herzlichen Glückwunsch, ihr beiden", sagte sie. „Ich habe ein Geschenk für euch." Sie wandte sich um, nahm einen großen Umschlag vom Esstisch und überreichte ihn Taylor. Gespannt beobachtete sie, wie er ihn öffnete.

„Ich habe ihr schon gesagt, dass es nicht geht", ertönte die Stimme des Coaches, der in diesem Moment das Esszimmer betrat.

„Eine Raftingtour?" Peyton schnappte Taylor den Umschlag aus der Hand. „In Montana? Wie cool ist das denn?"

„Ich dachte, es wäre schön für euch, mal wieder etwas gemeinsam zu unternehmen. Das habt ihr schon so lange nicht mehr gemacht." Breit lächelnd, weil Peyton sich so über ihr Geschenk ausließ, setzte sie sich an den langen Tisch, der eigentlich viel zu groß war für vier Personen, und nahm von Sara, ihrer Haushälterin, eine gefüllte Kanne entgegen. „Möchte jemand Kaffee?"

Während Peyton ebenfalls Platz nahm und der Mutter die Tasse über den Tisch reichte, blieb Taylor mitten im Raum stehen und starrte den Prospekt an, der dem Gutschein beilag.

Er war erst einmal in seinem Leben beim Wildwasser-Rafting gewesen. Er war elf oder zwölf Jahre alt gewesen und sie waren zu viert an den Yellowstone River gefahren. Seine Eltern, Peyton und er. Es war der Sommer gewesen, bevor Peyton sein Bein verloren hatte. Danach waren sie nicht mehr gemeinsam verreist.

Taylor musste hart schlucken. „Danke, Mom." Er hob den Blick und begegnete dem des Coaches, der leicht den Kopf schüttelte.

„Entspann dich, John." Die Mutter hatte die stumme Konversation zwischen Taylor und dem Coach aus den Augenwinkeln verfolgt. „Sie können diesen Sommer noch fahren, bevor die Saison wieder losgeht. Es wird den Jungs guttun."

„Auf jeden Fall wird es das." Peyton rieb sich angesichts der reich gedeckten Geburtstagstafel die Hände und schnappte sich ein Brötchen aus dem Korb.

Unwillig verzog der Coach das Gesicht. „Der Junge kann auch während der Off-Season nicht einfach nach Montana verschwinden und…was weiß ich…*raften*. So etwas musst du vorher mit mir absprechen, Liz."

Die Mutter runzelte beim Anblick der großen Auswahl an Marmeladensorten die Stirn, bevor sie zugriff. „Wann soll er denn sonst fahren?"

„Gar nicht", antwortete der Coach ungeduldig. „Dieses Jahr ist sein letztes, bevor er in die NFL wechselt, falls du das noch nicht mitbekommen hast."

Die Mutter seufzte leise und sah dann zum Coach auf. „Es ist doch nur für ein Wochenende. Bitte, setz dich und verdirb den Jungs jetzt nicht ihren Geburtstag und ihr Geschenk, okay?" Sie lächelte ihn an und er verkniff sich jeden weiteren Kommentar zu der Sache und setzte sich an die Stirnseite des Tisches, direkt vor die verglaste Fensterfront, die zum rückwärtigen Garten zeigte. Danach nahm auch Taylor neben Peyton Platz.

Eine Weile sagte niemand etwas. Taylor belud sich seinen Teller mit Brötchen, Belag, Obst und Gemüse. Er wusste, dass der Coach genau verfolgte, was und wie viel er aß. Normalerweise vermied er gemeinsame Mahlzeiten mit ihm und diese Situation, in dem feudal eingerichteten, viel zu großen Esszimmer, das sie sonst nie nutzten, mit dem Coach, seiner Mutter und Peyton gemeinsam an einem Tisch, verdarb ihm jeden Appetit. Das letzte Mal waren sie an Weihnachten in dieser Konstellation zusammen gekommen und es war nicht gut ausgegangen.

„Wie war denn eure Party gestern?", fragte die Mutter, die sich ihr Brötchen großzügig mit Stachelbeermarmelade bestrich.

„Och, ganz okay. Bisschen viele Footballspieler am Start", sagte Peyton mit einem Augenzwinkern in Taylors Richtung, das jedoch verpuffte. „Aber Cameron hat ein richtig cooles Haus…"

Peyton redete weiter, aber Taylor nahm eine Bewegung des Coaches wahr und begegnete eine Sekunde lang seinem Blick. Seine Augen waren auf Taylors rechte Hand gerichtet, die ein Orangensaftglas hielt. Sein Kiefermuskel zuckte und Taylor wusste, er hatte die lädierten Knöchel wahrgenommen und seine Schlussfolgerungen gezogen. Taylor leerte zügig sein Glas und dachte, dass er so schnell wie möglich aufessen und von hier verschwinden sollte, Geburtstagsessen hin oder her.

Peyton stieß ihn gegen den Oberarm. „Oder, Ty? Die war doch echt süß."

Taylor schluckte seinen Brötchenbissen hinunter und nickte.

„Oh mein Gott, Taylor!" Mit einem Klirren stellte die Mutter ihre Kaffeetasse auf dem Unterteller ab. „Was ist denn mit deiner Hand passiert?"

Taylor zog die rechte Hand vom Tisch und umfasste sie mit der linken.

„Das sieht man doch", ergriff der Coach das Wort. „Er war auf der Party gestern in eine Schlägerei verwickelt."

„Was? Wirklich, Taylor?" Seine Mutter hatte die Augen weit geöffnet und Taylor erkannte Bestürzung darin.

Er hätte es ganz einfach nicht tun sollen. Er hätte die Nerven bewahren, an Hank und seinen bescheuerten Sprüchen vorbeimarschieren und sang- und klanglos von der dämlichen Party verschwinden sollen. Warum nur war ihm das nicht gelungen? Weil sich Emilia und Peyton miteinander *unterhalten* hatten? Das war doch verrückt.

„Es war nur ein Streit…"

„Das nennst du also einen Streit?" Der Coach lachte auf. „Streit ist das, was deine Mutter und ich wegen dieser Rafting-Tour haben. Was du hattest, ist eine Prügelei. Und so etwas dulde ich nicht bei meinen Spielern."

„John!"

„Er hat sich nur verteidigt", mischte sich Peyton ein. „Der Andere ist wie ein Verrückter auf ihn losgegangen. Der musste von drei Typen zurückgehalten werden."

Der Coach schloss für eine Sekunde die Augen als müsste er Kraft sammeln und wandte sich dann Peyton zu. „Das spielt keine Rolle", erklärte er, offensichtlich mühsam beherrscht. „Taylor weiß, dass er jeglichen Auseinandersetzungen aus dem Weg zu gehen hat, wenn er weiter Football spielen will. In Anbetracht dessen, was er sich in letzter Zeit jedoch geleistet hat", fügte er in Taylors Richtung hinzu, „hat er anscheinend wenig Interesse daran."

Taylor hielt den Blick gesenkt. Er wusste, dass ihn alle anschauten und seine Kehle war wie zugeschnürt.

„Lass ihn bitte in Ruhe essen." Die Stimme der Mutter klang unbehaglich. „Das hat Zeit bis später."

Taylor hörte, wie der Coach die Luft ausstieß. „Du hast ja keine Ahnung, was hier los ist", sagte er über den Tisch hinweg. „Der Junge spielt in dieser Saison vollkommen verrückt. Ich setze alles daran, ihn aufzubauen. Und was tut er? Hat nichts Besseres zu tun, als auf Partys zu gehen und sich zu prügeln und damit alles wieder zu ruinieren."

Ihm schien für ein paar Sekunden die Luft auszugehen, dann fing er sich wieder. „Ich weiß nicht mehr, was ich noch mit ihm machen soll, Liz", schloss er mit einer Armbewegung in Taylors Richtung. „Ich weiß es einfach nicht."

Eine steile Falte war auf der Stirn der Mutter erschienen, ihr Blick wanderte von dem Vater zu Taylor, der dasaß und sich nicht mehr rührte.

„Meine Güte, kannst du das Thema Football für heute nicht einfach mal sein lassen? Siehst du nicht, dass er keinen Bissen mehr runter bekommt?"

„Das sollte er besser", entfuhr es dem Coach zwischen zusammengebissenen Zähnen. „Er muss in drei Monaten immerhin drei Kilo zulegen." Dabei wich er dem Blick der Mutter jedoch aus und Taylor spürte, dass ihm bewusst war, dass er gerade zu weit ging.

Die Mutter schnappte nach Luft. „Jetzt reicht es aber. Er hat heute Geburtstag. Und Wochenende."

„Du verstehst das einfach nicht", fuhr der Vater erneut auf. „Du hast das nie wirklich verstanden. Wer Großes erreichen will, der muss auch Großes dafür opfern. Für ihn und für mich gibt es kein *Wochenende*. Und auch keine Tour nach Montana." Er klang abschließend, aber Taylor merkte, wie sich Peyton neben ihm ein Stück weit aufrichtete.

„Das wirst du ihm kaum verbieten können. Er ist jetzt zweiundzwanzig. Wenn er fahren will, dann fährt er."

„Misch du dich da nicht ein", blaffte der Coach Peyton an. Er erinnerte Taylor an eine in die Ecke gedrängte Hyäne, die von zwei Seiten angegriffen wird und um sich schnappt.

Mit einer Handbewegung wies Peyton auf Taylors Teller, neben dem auch der Geschenkumschlag lag. „Du kannst nicht über sein ganzes Leben bestimmen, Dad. Darüber, wie viel er isst, was er unternimmt…"

Der Coach starrte Peyton ein paar Augenblicke lang an und lachte dann ironisch auf. „Ich kann das nicht nur, ich *muss* das sogar. Aber was weißt du schon davon?" Seine Augen verengten sich, als sein Blick von Peytons Gesicht aus abwärts wanderte. „Du sitzt da unten in Idaho doch nur über deinen Büchern und hast mit all dem hier nichts zu tun. Du weißt nicht mehr, wie es ist, dafür zu kämpfen, im Sport zu den Besten zu gehören."

„John!"

„Wenn nichts anderes zählt."

Taylor spürte, wie ihn bei den Worten des Coaches der Schmerz durchfuhr. Ruckartig hob er den Kopf und sah ihm direkt in die Augen. „Hör sofort auf damit!"

Aus den Augenwinkeln nahm er wahr, wie Peyton den Teller von sich schob, aufstand und den Raum verließ. Ein paar Sekunden lang starrten der Coach und Taylor einander an, bis der Coach die Verbindung löste und den Blick zur Tür wandte, durch die Peyton verschwunden war.

„Wie kannst du nur so mit ihm reden." Taylor erhob sich ebenfalls. Seine Stimme zitterte vor Verachtung und unterdrückter Wut.

„Es ist die Wahrheit." Die Stimme des Coaches klang ungerührt, aber in seinen Augen erkannte Taylor den gleichen Schmerz, den er selbst fühlte. „Er hat es nie wirklich gewusst. Noch bevor er es hätte erfahren können, war es zu spät."

Die Mutter hatte es eilig. Sie hastete den langen Klinikflur entlang, dann wandte sie sich um und hielt währenddessen die vollgepackte Tasche über ihrer Schulter fest. Ziemlich viel Zeug für Peyton.

„Jetzt komm schon", rief sie. „Wenn du noch langsamer gehst, reist du in die Vergangenheit."

Es war Herbst geworden und der Regen rauschte gegen die bodentiefen Fenster. Peyton war vor einem Monat operiert worden und Taylor hatte so große Angst vor dem Bein, das nicht mehr da war, dass er am liebsten umgekehrt und zurück zum Parkplatz gegangen wäre.

Als sie Peytons Zimmer erreicht hatten, verharrte er in der Nähe der Tür.

Es war ein recht geräumiges, helles Einzelzimmer mit luftigen Vorhängen und hellgelb gestrichenen Wänden. Neben dem Bett stand ein Rollstuhl, der so aussah, als wäre er vor kurzem noch benutzt worden. Peytons grauer Rucksack mit den vielen Buttons daran hing an der Rückseite der Lehne und der Anblick schmerzte Taylor so sehr, dass ihm die Tränen in die Augen stiegen.

Peyton saß halb aufgerichtet im Bett. Sein Gesicht, schmaler als früher und von Erschöpfung gezeichnet, verzog sich zu einem breiten Lächeln und er umarmte die Mutter aus dem Bett heraus. Sie packte den Inhalt der Tasche auf seiner Bettdecke aus, unter der jetzt unheimlich viel Platz zu sein schien. Taylor starrte auf die Stelle, an der Peytons linkes Bein hätte sein müssen. Normalerweise. Wenn Taylor nicht auf die Idee gekommen wäre, ein baufälliges Krankenhaus zu erkunden. Er krümmte sich bei dem Gedanken und wollte schon den Rückzug antreten, da wanderte Peytons Blick in Richtung Tür und begegnete Taylors. Eine Weile sahen sie sich einfach nur an. Dann runzelte Peyton die Stirn und wandte sich wieder der Mutter zu.

„Wo ist Dad? Ist er wieder nicht mitgekommen?"

Die Mutter antwortete nicht sofort, sondern ließ den Blick einmal durch das Zimmer wandern, als hoffte sie, irgendwo die Antwort auf Peytons Frage zu entdecken. Oder am besten den Vater, der aus der Badezimmertür trat.

Bedrückt strich sie Peytons Bettdecke glatt. „Er…schafft das noch nicht. Sieh mal, du musst verstehen, dass ihn das alles sehr…"

„Ich bin seit einem Monat hier!" Peyton versuchte umständlich, sich im Bett weiter aufzurichten. „Und er ist noch nie hier gewesen."

„Er trauert."

„*Er trauert?* Ich bin noch hier, ich bin nicht gestorben!"

Die Mutter biss sich auf die Unterlippe und schloss für eine Sekunde die Augen, dann wandte sie sich um. „Taylor ist hier", sagte sie und lächelte. Als niemand etwas sagte, nahm sie die leere Tasche vom Stuhl und richtete sich auf. „Ihr zwei habt sicher eine Menge zu besprechen. Ich lasse euch am besten mal allein."

Sie verließ das Zimmer und strich Taylor im Vorbeigehen über die Schulter. Dann klappte die Tür hinter ihr zu.

Peyton spielte mit dem kleinen Basketball, den die Mutter ihm in der Tasche mitgebracht hatte. Auf dem Bett lag ein zusammenklappbarer Korb dazu, den Taylor aus der Ferne begutachtete.

„Was ist los mit Dad?", fragte Peyton schließlich grimmig. Taylor stieß sich von der Wand ab und wagte sich ein paar Schritte in Peytons Richtung, unsicher, was er antworten sollte. Sollte er Peyton erzählen, dass der Vater seit der Operation vollkommen verändert war? Dass er Zuhause herumsaß, nicht mehr arbeitete, jeden anfuhr, der es wagte, ihn anzusprechen und viel zu viel Alkohol trank? Dass er sich verhielt, als ob Peyton gestorben wäre und als gäbe es keinen Grund mehr, morgens aufzustehen?

„Und mit dir?", fuhr Peyton fort, weil Taylor nicht antwortete.

Taylor verharrte mitten im Zimmer. Er zwang sich dazu, Peyton in die Augen zu sehen. „Es tut mir leid", brachte er heraus.

Peyton kniff die Augen zusammen. „Was tut dir leid? Dass du mich ewig und einen Tag lang hier alleine gelassen hast? Dass ich einen Monat lang selbstgemachtes Honigbrot essen, mit Mama Scrabble spielen und über Horoskope reden musste?"

Es tut mir leid, dass ich dich überredet habe, mit mir in dieses Haus zu laufen. Dass ich nicht auf dich gehört habe, als du gesagt hast, dass wir umkehren sollten. Dass du abgestürzt bist und ich nicht stark genug war, den Balken wegzuschieben und dich zu retten. Dass du meinetwegen nie wieder auf zwei Beinen wirst laufen können.

Taylor brachte nichts davon heraus, deshalb nickte er. Dann trat er an das Bett heran, nahm den kleinen Basketballkorb in die Hand und klappte ihn auseinander.

„Den können wir an dem Regal da befestigen", sagte er mit Blick auf die Klemmhalterungen an dem Korb.

Peyton nickte und er ging zu dem Regalbrett an der dem Bett gegenüberliegenden Wand, schob die Pappschachtel mit den Einweghandschuhen, das Desinfektionsmittel und den übrigen Krankenhauskram darauf beiseite und klemmte den Basketballkorb fest. Als er sich wieder umdrehte, saß Peyton aufrecht in seinem Bett und grinste, den Ball, der in eine seiner Hände passte, im Anschlag. Er warf ihn Richtung Korb, versenkte ihn und fing ihn auf, als Taylor ihn zu ihm zurückwarf. Die Erschöpfung war aus seinem Gesicht verschwunden.

Taylor fand Peyton in dem kleinen, dem Garten angrenzenden Wäldchen, das sich hinter dem Haus erstreckte. Es gab einen etwas besseren Trampelpfad, der direkt an der Gartentür vorbeiführte und sich etwa drei Kilometer durch den Wald schlängelte. Wenn man ihm folgte, kam man irgendwann auf dem Westteil des Campusgeländes heraus.

Peyton war nur etwa zehn Meter in den Wald hineingegangen und hatte sich auf den Stamm einer umgestürzten Kiefer gesetzt. Taylor blieb vor ihm stehen, die Hände in die Hüften gestützt. Obwohl er immer noch sauer auf den Coach war, merkte er, wie hier draußen die Anspannung von ihm abfiel. Gute Idee von Peyton, in den Wald zu flüchten.

„Komm schon", sagte Taylor in Richtung des gesenkten Kopfes seines Bruders. „Du weißt doch, dass er ein Arsch ist."

Peyton antwortete nicht. Nach einiger Zeit hob er den Kopf und legte sich eine Hand in den Nacken. „Weißt du noch? Wir beide, damals auf dem Yellowstone River? In diesem gelben Schlauchboot?"

Taylor zog eine Augenbraue in die Höhe. „Klar. Du hast vier Tage lang ganz hinten gesessen und dir in die Hosen gemacht. Du hast nicht mal mitgepaddelt, weil du dich die ganze Zeit ans Boot geklammert hast."

Peyton grinste, seine Gesichtszüge entspannten sich. „Stimmt."

„Dad und ich mussten dich dreimal aus dem Fluss fischen. Und nachts im Zelt hast du uns alle wachgehalten, weil du Grizzlys im Wald gehört hast."

Peyton lachte. „Echt? Das habe ich total vergessen."

Taylor legte den Kopf schräg. „Du hast es gehasst, Pete."

„Ich habe es nicht gehasst. Ich hab nur so getan, weil du es so geliebt hast."

Das stimmte. Taylor hatte immer schon jegliche Art von Abenteuer geliebt und diesen Fluss mit all seinen Stromschnellen, Felsen und Tücken hinunterzufahren, war ein Abenteuer gewesen.

Eine Weile schwiegen sie und das Zwitschern der Vögel in dem Wäldchen wirkte ohrenbetäubend laut. Peyton stemmte sich von dem Baumstamm hoch und begab sich auf Taylors Augenhöhe.

„Du fährst doch noch mal mit mir dorthin?"

Taylor ließ die Hände fallen, wich Peytons Blick aus und sah den Trampelpfad entlang, der sich nach etwa zehn Metern in einer Rechtskurve zwischen den Bäumen verlor. Es war ein schöner Weg, eine seiner Lieblingslaufstrecken für die Wochenenden.

Peyton stieß ihn leicht mit dem Handrücken gegen die Brust. „Hey, Ty! Du lässt doch nicht ernsthaft zu, dass Dad dir das verbietet?"

„Er ist mein Coach, okay?"

„In erster Linie ist er dein Dad. Das solltet ihr beide eigentlich wissen."

Taylor verzog das Gesicht, schwieg jedoch. Der Coach war weder ihm noch Peyton ein Dad. Das sollte *Peyton* eigentlich wissen, dachte er und merkte, dass trotz Wäldchen und Vogelgezwitscher die Wut wieder in ihm aufzusteigen drohte.

Peyton spürte sein Unbehagen anscheinend, denn er legte ihm eine Hand auf die Schulter. „Lass uns zurückgehen", sagte er nach einer Weile. „Die haben für uns echt dick auffahren lassen heute."

Taylor wäre hundertmal lieber in die entgegengesetzte Richtung aufgebrochen und eine Runde gelaufen, aber er zuckte die Achseln und ging mit Peyton den Weg zum Haus zurück.

„Sag mal", sagte Peyton, als sie über den niedrigen Zaun in den Garten zurück stiegen. „Wer war eigentlich dieses Mädchen gestern?"

Taylor warf ihm einen schrägen Blick zu. Obwohl es ihn nicht überraschte, dass Peyton nachfragte, da es eindeutig gewesen war, dass er sich für sie interessierte und er annehmen musste, dass Taylor die Leute auf der Party zum größten Teil kannte, wurde ihm bei der Erinnerung daran erneut der Brustkorb eng. Er wusste auf einmal wieder genau, wie es dazu gekommen war, dass er Hank die Nase gebrochen hatte.

„So eine kleine, schlanke", half ihm Peyton auf die Sprünge. „Dunkle Augen, halblange Haare, ziemlich hübsch…"

„Emilia", fiel Taylor dazwischen, bevor Peyton weiterreden konnte. „Sie ist…meine Tutorin."

Peyton zog die Brauen in die Höhe. „Tatsächlich", sagte er nach einer etwas zu langen Pause. „Sie hat ganz schön was auf dem Kasten, oder?"

„Allerdings." Taylor sah weg und versuchte mühsam, unbeteiligt zu wirken, was vor Peyton nicht ganz einfach war. Aber er durfte seinem Bruder in dieser Sache jetzt nicht im Weg stehen. Peyton war ein ziemlich guter und schlauer Kerl. Und was hatte er, Taylor, einem Mädchen wie Emilia schon zu bieten, wo er doch alle Hände voll damit zu tun hatte, seinen Alltag zu bewältigen?

Er spürte, dass Peyton ihn aufmerksam beobachtete und unterdrückte ein Schlucken.

„Warum…fährst du nicht einfach hin?"

„Meinst du?"

„Sie wohnt dort. In Cams WG."

„Ja, stimmt. Hat sie mir gesagt." Peyton wirkte unschlüssig und Taylor sagte: „Weißt du was? Du nimmst meinen Wagen, bringst mich zum Trainingszentrum und fährst dann in der WG vorbei. Dann kannst du mir auch gleich mein Handy holen. Ich glaube, ich hab es gestern dort liegen lassen."

Er schob Peyton durch die Flügeltür in das Wohnzimmer hinein und obwohl diese Entscheidung zu treffen ihn mehr Kraft gekostet hatte, als es auf dem Spielfeld allein gegen eine ganze Verteidigungslinie aufzunehmen, glaubte er, dass es die Richtige war.

„Ich finde wirklich, du solltest zum Arzt gehen." Iris saß neben Emilia in der Küche und sah Hank über den Tisch hinweg prüfend an.

Hank antwortete nicht, sondern nippte mit seiner aufgeplatzten Lippe am heißen Kaffee und verzog schmerzvoll das Gesicht. Sein Nasenbein war von der Wurzel bis zur Spitze derart angeschwollen, dass er kaum Luft bekam. Die blauvioletten Verfärbungen hatten sich im Laufe der vergangenen Stunden auf weitere Teile des Gesichts ausgeweitet, so dass seine Augen heute blutunterlaufen wirkten.

„Sie hat Recht. Du siehst wirklich furchtbar aus", pflichtete Emilia Iris bei. Sie konnte Hanks Anblick kaum ertragen, weil er sie immer wieder daran erinnerte, mit welcher Aggressivität Taylor auf ihn losgegangen war.

„Lasst mal gut sein, Mädels", schnarrte Hank angesichts der besorgten Blicke, die ihn von der gegenüberliegenden Tischseite aus trafen. „Ich bin selbst Arzt."

Emilia lag ein Kommentar dazu auf der Zunge, aber sie schwieg, als ihr einfiel, mit welcher Geistesgegenwart Hank es direkt nach dem Angriff fertiggebracht hatte, sich vor dem Garderobenspiegel mit einem beherzten Ruck die gebrochene Nase wieder zu richten.

Iris verzog ironisch den Mundwinkel. „Gerade weil du *fast* Arzt bist, weißt du ja, dass du eine gebrochene Nase nicht unbehandelt lassen solltest. Und dass der Bluterguss da gerade beginnt, dir in die Augen zu fließen, sieht auch nicht ganz ungefährlich aus."

Hank nahm die Kaltkompresse, die neben seinem Teller lag, berührte damit sein Gesicht und zuckte zusammen. Er grunzte Unverständliches, dann stand er vom Tisch auf und verließ die Küche.

Die Haustür klackte und Iris stützte den Kopf auf eine Hand. „Na, jetzt geht er doch."

Sie sah Emilia ein paar Löffel lang beim Müsliessen zu. „Ganz schön heftig, oder?", sagte sie nach einer Weile.

Emilia nickte. Bei der Schlägerei war ziemlich viel Blut geflossen, von dem sich immer noch eine Menge auf den Steinplatten neben dem Pool befand.

Sie schob die Müslischale von sich und vergrub den Kopf in den Händen. Die Uhr an der Wand tickte ohrenbetäubend laut.

„Ich halte das nicht mehr aus."

„Was hältst du nicht mehr aus? Taylors Ausraster? Vor weniger als einer Woche hast du noch mit ihm rumgemacht, falls du das schon vergessen hast."

Emilia zuckte zusammen. Oh Gott, ja. Das hätte nie passieren dürfen. Die Tatsache, dass sie in diesem Haus ständig Gefahr lief, Taylor über den Weg zu laufen, half nicht gerade dabei, ihn und dieses Erlebnis wieder zu vergessen.

Sie schüttelte den Kopf. „Hier zu wohnen", sagte sie. „Diese Partys, der Lärm, der Dreck."

Sie wies mit einer ausladenden Handbewegung über den Tisch, wo zwischen den Partyresten von letzter Nacht Hanks Frühstücksgeschirr klebte. „Ich brauche Ruhe und Ordnung um mich herum."

Iris zuckte die Achseln und stand vom Tisch auf. „Dann zieh eben aus." Sie machte sich daran, ihr Geschirr in die Spülmaschine zu räumen.

Emilia sah ihr zu und runzelte die Stirn. „Wie denn? Du weißt doch, dass meine Mutter mir den Geldhahn zugedreht hat, solange ich nicht hier bin und den Babysitter für Hank spiele."

Iris schloss die Klappe der Spülmaschine. „Meine Güte, Emilia. Dann nimm endlich die Beine in die Hand und such´ dir einen Job, so wie Millionen andere Studenten auch. Apropos." Sie warf einen Blick auf die

Uhr. „Ich muss jetzt zu meinem." Sie kam zum Tisch zurück und schnappte sich ihren Rucksack vom Stuhl.

„Das kann ich nicht", rief Emilia. „Ich habe mir das ausgerechnet. Wenn ich jobben gehe, schaffe ich mein Pensum nicht mehr."

Iris verharrte in der Tür und deutete ein Augenverdrehen an. „Wenn du hier bleibst, doch auch nicht", sagte sie und verschwand in den Flur.

„Ups, sorry", hörte Emilia sie zu jemandem sagen, dann fiel auch hinter ihr die Haustür ins Schloss.

Vielleicht hat sie Recht, dachte Emilia, der Iris´ letzter Satz Stoff zum Denken gegeben hatte. Vielleicht gab es ja doch irgendeine Möglichkeit für sie, genügend Geld zu verdienen, um sich wieder etwas Eigenes zu mieten. Der Gedanke motivierte sie und sie brachte die Energie auf aufzustehen, um den Tag zu beginnen, obwohl der schon zur Hälfte rum war.

Sie fuhr zusammen, als plötzlich der Typ von letzter Nacht in der Tür stand. Der, dessen Namen sie nicht wusste. Der Warrender-Fan, der sie zum Lachen gebracht hatte. Und der irgendwie, auf magische Weise, Taylor wieder zur Räson gebracht hatte. Er sah genauso gut aus, wie sie ihn in Erinnerung hatte.

Ihr fiel wieder ein, wie er letzte Nacht Taylor gegenübergestanden hatte und ihr die Ähnlichkeit zwischen ihnen beiden bewusst geworden war und ihr Herz setzte einen Schlag lang aus.

„Hey", sagte er mit einem Lächeln im Gesicht. Es ist dieses Lächeln, dachte sie. Es berührte seine Augen und verlieh seinem Gesicht einen ganz besonderen Ausdruck. Deshalb hatte sie gestern nicht erkannt, dass er Taylors Bruder war. Sie hatte Taylor noch nie lächeln oder gar lachen gesehen.

„Hi", brachte sie heraus. „Was…machst du denn hier?"

Als ihr aufging, dass das vielleicht unhöflich klang, fügte sie eilig hinzu: „Ich meinte natürlich…"

„Ich bin nur hier, um Taylors Handy abzuholen", winkte er ab. „Naja, und weil ich dich wiedersehen wollte, um ehrlich zu sein. Wir wurden gestern bei unserem Gespräch unterbrochen."

Seine entwaffnende Ehrlichkeit machte sie für einen Moment sprachlos. Er kam ein paar Schritte in die Küche hinein und sie bemerkte eine leichte Unregelmäßigkeit in seinem Gang.

„Wir haben uns gestern gar nicht vorgestellt. Ich heiße Peyton."

„Emilia." Sie erholte sich allmählich von seinem unerwarteten Auftauchen und begann sich zu entspannen.

Peyton nickte. „Ja, ich weiß. Taylor hat es mir erzählt."

Emilia stockte. Der Gedanke, dass die beiden sich über sie unterhalten hatten, gefiel ihr ganz und gar nicht.

„Er ist mein Bruder", beeilte sich Peyton zu erklären.

„Ja, das...sieht man." Sie konnte nicht ändern, dass sie ein wenig vorwurfsvoll klang, als sie sagte: „Der Typ, dem er letzte Nacht die Nase gebrochen hat, ist übrigens *mein* Bruder."

„Tatsächlich." Peyton zog die Augenbrauen in die Höhe. Dieses kleine Detail hatte Taylor anscheinend unerwähnt gelassen. „Wie...äh, geht es ihm?" Er schien sich auf einmal unbehaglich zu fühlen.

„Er hat Tys Faust ins Gesicht bekommen", drang in diesem Moment eine Stimme von der Tür zu ihnen herüber. „Wie soll es ihm da heute schon gehen?" Cameron kam herein geschlendert und zog sich ein schwarzes T-Shirt über den Kopf.

Peyton wandte sich zu Cameron um. „Hey, Cam."

Sie umarmten sich zur Begrüßung, dann holte Cameron eine Flasche Fassbrause aus dem Kühlschrank, öffnete sie und reichte sie Peyton gemeinsam mit Taylors Handy, das er aus seiner Hosentasche fischte. Mit einem Anflug von Verlegenheit wurde sich Emilia ihrer mangelnden Gastgeberqualitäten bewusst.

„Hat er hier vergessen."

„Ja, danke." Peyton steckte das Handy ein, ging zum Tisch hinüber und setzte sich. Er streckte ein Bein aus und rieb sich über den Oberschenkel.

Cameron wandte sich seiner Espressomaschine zu. „Trinkst du 'nen Kaffee mit, Em?", fragte er, bevor er sie anwarf. Emilia nickte und dachte im selben Moment, dass es fast schon komisch war, wie in dieser WG jeder ihrer Versuche, zur dringend nötigen Tagesordnung zurückzukehren, auf der Stelle im Keim erstickt wurde. Es war einfach nicht möglich, sich zum Lernen zurückzuziehen, wenn hier wie im Taubenschlag die Leute ein- und ausgingen und ganz unvermittelt Typen wie Peyton in der Tür standen, die *sie wiedersehen wollten.*

Ihr wurde ganz warm bei dem Gedanken und sie nahm den Milchkaffee entgegen und setzte sich zu Peyton an den Tisch.

„Was ist mit Taylor los, Cam?", fragte Peyton, sobald die Maschine verstummt war und Cameron sich ihnen an die Anrichte gelehnt zuwandte. „Als ich zuletzt hier war, hat er noch nicht auf andere Leute eingeschlagen." Peyton wies eher unbewusst auf Emilia, als stünde sie stellvertretend für Hank. „So kenne ich ihn überhaupt nicht."

Cameron fuhr sich durch die halblangen, ungekämmten Haare. Er sah plötzlich müde aus.

„Es ist seit diesem Draftausschluss..."

„Ach, komm. Das war vor zwei Monaten."

Cameron zuckte die Achseln. „Er ist irgendwie nicht darüber hinweggekommen. Seitdem kommt es immer wieder zu solchen...äh, Zwischenfällen."

„Ist irgendwas mit diesem Mädchen, das er geschwängert hat?"

„Nein. Diese Sache ist echt an ihm vorbeigegangen."

Peyton runzelte die Stirn und drehte langsam den Flaschenboden durch die Erdnussschalen auf der Tischplatte. Er schien gar nicht zu merken, dass Cameron und Emilia ihn gespannt beobachteten.

„Es ist wegen Dad", murmelte er und Emilia brauchte ein paar Sekunden, um zu begreifen, wen er damit meinte.

Cameron, der diese Herleitungsprobleme nicht zu haben schien, sah Peyton scharf an. „Was meinst du damit?"

Peyton hob ruckartig den Kopf, das Lächeln war aus seinen Augen verschwunden. „Damit meine ich, dass er ihn an der viel zu kurzen Leine hält. Er schreibt ihm vor, was er zu essen hat, er verbietet ihm zu reisen, er hat zu hartes Training, sechs Tage die Woche. Es ist echt heftig."

Emilia sah Taylor wieder vor sich, wie er im leeren Stadion auf dem Rücken gelegen hatte. An den Schmerz in seinem Blick, als er aus dem Büro gekommen war, und ein dumpfes Gefühl legte sich auf ihre Brust.

Cameron biss die Zähne zusammen. Sein Blick wanderte von Peyton zu Emilia.

„Es ist kein Wunder, dass er ausrastet und um sich schlägt", schloss Peyton und leerte seine Flasche mit zwei tiefen Zügen.

„Du hast wahrscheinlich Recht, Mann", sagte Cameron langsam. „Aber..." Achselzuckend brach er ab. Emilia merkte, wie unwohl Cameron sich dabei fühlte, in ihrer Gegenwart über Taylor zu sprechen, und dachte, dass es wahrscheinlich besser wäre, die beiden alleine zu lassen.

Sie stand in dem Moment auf, in dem Peyton sagte: „Wie ist er so als Coach? Ich meine, euch Übrigen gegenüber?"

Cameron schüttete den Rest seines Espressos in sich hinein, verzog den Mund und stellte die Tasse hinter sich ab. „Naja, ziemlich leistungsorientiert, würde ich sagen." Sein Blick folgte Emilia.

„Danke für den Kaffee", sagte sie in seine Richtung. „Ich gehe mal, ich muss heute noch was lernen."

Sie drehte sich zu Peyton um, um sich zu verabschieden, da sah sie, dass er ebenfalls aufgestanden war. „Warte", sagte er und folgte ihr bis zur Tür.

„Entschuldige", sagte er zu ihr und sah tatsächlich etwas zerknirscht aus. „Es ist nur…ich mache mir wirklich Sorgen um ihn. Taylor ist normalerweise überhaupt nicht gewalttätig."

Peyton stand so nah vor ihr, dass sie den schwachen Hauch seines Rasierwassers an ihm riechen konnte.

„He", sagte er und als sie wieder zu ihm aufschaute, war sein Lächeln wieder da. „Stimmt es, dass du einen Job suchst?"

Obwohl sie noch gar keine Zeit gehabt hatte, in Ruhe darüber nachzudenken, und sich außerdem fragte, woher Peyton diese brandneue Information hatte, nickte sie.

„Ich hab vielleicht was für dich", sagte er, auf einmal im geschäftigen Ton, holte sein Handy aus der Hosentasche und entsperrte es.

„Ach ja?" Emilia sah an Peyton vorbei zu Cameron, der es sich inzwischen mit einem Frühstücksteller am Esstisch gemütlich gemacht hatte, die Füße hochgelegt, und mit hochgezogenen Brauen ihrem Blick begegnete.

„Bekannte von mir haben ein Bistro in Aldridge", fuhr Peyton fort. „Die suchen eigentlich immer Leute. Wenn du willst, frage ich mal für dich nach und sag dir dann Bescheid."

Emilia antwortete nicht. Es gefiel ihr nicht, wenn die Dinge zu schnell konkret wurden, ohne dass sie vorher die Möglichkeit gehabt hatte, sie in Ruhe zu durchdenken. Peyton, der offensichtlich von einem anderen Schlag war, hob den Kopf vom Handy und schaute sie fragend an.

Aus der Richtung des Esstisches war ein amüsiertes Glucksen zu hören. „Unsere Lernprinzessin in einem Bistro? Vergiss es, Kumpel."

Peyton ignorierte Cameron vollkommen, aber Emilia spürte Ärger und auch ein wenig Trotz in sich aufsteigen. „Also gut", sagte sie aus einem plötzlichen Impuls heraus und nahm im selben Atemzug das Handy entgegen, das Peyton ihr entgegen hielt. Er hatte sie in seinem Adressbuch bereits als neuen Kontakt angelegt, so dass sie nur noch ihre Nummer einzutippen brauchte.

Eine Sekunde lang zögerte sie, aber als sie Cameron hinter sich ungläubig schnauben hörte, gab sie ihre Nummer ein und reichte Peyton sein Handy zurück.

„Schön. Ich melde mich bei dir." Er steckte es wieder ein und winkte Cameron zum Abschied zu. „Ich muss dann mal, wir sehen uns."

Damit verschwand er Richtung Haustür.

Perplex schaute Cameron ihm hinterher. „Was war das denn jetzt?", sagte er, während sich Emilias Gedanken überschlugen. Weshalb hatte sie Peyton doch gleich ihre Nummer gegeben? Wegen eines Jobs, den sie weswegen nochmal wollte?

Cameron schüttelte den Kopf. „Und ich dachte, er wäre wegen Taylors Handy vorbeigekommen."

X

Taylor stand in der Nachmittagssonne auf dem Footballplatz und wartete auf die Pfeife des Assistenztrainers, der hinter der langen Reihe der Dummys stand und ihnen das Signal zum Start des Übungsdurchganges gab. Er wusste nicht, ob es daran lag, dass es der letzte Tag des einwöchigen Trainingscamps war, oder daran, dass er diese Übung schon eine Million mal gemacht hatte, aber er lief nur noch auf Autopilot.

Die Pfeife schrillte und Taylor bewegte sich von einem Dummy zum nächsten, die ganze Reihe entlang, in seinem Kopf gegnerische Spieler der Defensive in blauen Trikots, die er abblocken musste.

„Hervorragend", sagte David Maverick. Er stand neben dem Assistenztrainer im Gegenlicht, so dass Taylor ihn im Vorbeigehen nur als schwarze Gestalt wahrnahm.

Er ging neben den Dummys entlang zurück und sah Noah zu, der nach ihm an der Reihe war. Er spürte, wie die Sonne in seinem Nacken brannte, drehte sich den Schirm seiner Baseballmütze nach hinten und blinzelte gegen das Licht.

Noah, Lamar und er trainierten gemeinsam mit den Offensive Linemen, den richtig schweren Jungs aus der Mannschaft, die im Spiel auf der Verteidigungslinie standen und die Defensive Linemen aufhielten oder den Ballträger freiblockten. Taylor wusste, dass ihm das Blocken nicht in die Wiege gelegt worden war und seine Stärken vor allem im Laufen und Fangen lagen. Außerdem nervte es ihn, beim Offensive-Training ewig in einer Reihe zu stehen, vor allem bei sechsunddreißig Grad an einem Freitagnachmittag. Aber der Coach legte Wert darauf, dass seine Tight Ends auch die Funktion eines Offensive Lineman beherrschten und blocken konnten, wenn es darauf ankam, also trainierten sie diese Spielzüge.

„Nächster Durchgang", rief Maverick irgendwann, als die Reihe vorgerückt war, und die Pfeife schrillte wieder über den Platz.

„Was hat er gesagt? Letzter Durchgang?", flachste Matt irgendwo hinter Taylor. Der ging in die nächste Runde. Blocken, weiter, blocken, weiter.

„Er hat an Gewicht zugelegt in den letzten Wochen", hörte er Maverick sagen. Der Coach, der seit einer Stunde über den Platz flanierte und die unterschiedlichen Trainingsgruppen bei der Arbeit begutachtete, war mit auf dem Rücken gefalteten Händen neben Maverick stehengeblieben.

Taylor wusste, dass es auf siebzehn Uhr zuging und sich der Trainingstag dem Ende neigte, da sich auf den Tribünen ein paar Schaulustige einfanden, deren Vorlesungen zu Ende waren. Die erste Trainingsgruppe, die Runningbacks, verließen völlig ausgepowert das Spielfeld und weit hinten, am anderen Ende des Stadions, begannen die Cheerleader damit, sich aufzuwärmen. Deren Training begann freitags im Anschluss an das der Spieler.

„Verdammt noch mal, Noah", dröhnte die Stimme des Coaches bis zum Ende der Wartenden herüber. „Mach das gefälligst anständig, wir sind hier nicht beim Ballett."

Noah brach seinen Durchgang ab und blieb heftig atmend stehen. Der Schweiß lief ihm über das Gesicht.

„So etwas musst du abpfeifen lassen, Dave, der Junge blockt nicht, er tanzt. Noch mal von vorne." Der Coach schob sich die Sonnenbrille auf die Stirn. Zwischen seinen Augen lag eine steile Falte.

Noah begann von vorne, aber er hatte keine Kraft mehr und der Coach gab dem Assistenztrainer einen ungeduldigen Wink, auch diesen Durchgang abzubrechen. Er marschierte auf Noah zu und blieb dicht vor ihm stehen.

„Ich warne dich, Junge", sagte er mit leiser, aber gut vernehmbarer Stimme, als befänden sie sich zu zweit in seinem Büro. „Wenn du auch in der kommenden Saison Taylors Ersatzmann sein willst, musst du zumindest annähernd seine Leistungen bringen. Lerne verdammt noch mal zu blocken, sonst kann ich dich nicht mehr gebrauchen."

Damit wandte er sich ab und marschierte über das Feld davon, als hätte er genug gesehen. Mit gesenktem Kopf reihte sich Noah hinter Taylor ein. Ein paar der Jungs drehten sich zu ihm um und warfen ihm mitleidige Blicke zu, aber niemand sagte etwas, während sie ihren letzten Durchgang für heute absolvierten.

Eine Viertelstunde später verließ Taylor vor Erschöpfung leicht benommen die Hitze des Stadions. Am Eingang zu den Katakomben stand Cameron mit schweißnassen Haaren im Schatten und sah den Cheerleadern bei ihren Dehnübungen zu. Als Taylor neben ihm stehenblieb und seinem Blick folgte, schüttelte er sich dramatisch das Handgelenk aus.

„Hanson spinnt. Ich werde eine Woche lang meinen Arm nicht mehr bewegen können."

Taylor nahm ein paar Schlucke aus seiner Trinkflasche und wandte sich zum Gehen. Cameron folgte ihm. „Ich überlege mir das mit der Pumpentechnikfirma doch noch mal", sagte er, während sie nebeneinander die Treppe hinunter gingen. „So schwierig ist Maschinenbau sicher nicht."

Taylor spürte, wie in dem Moment, in dem sie die kühlen Tunnelgänge unter den Tribünen betraten, seine Benommenheit verschwand. „Jetzt übertreib mal nicht", sagte er, denn er wusste, dass Cameron gerne so tat, als würde er nie weiter als bis zur nächsten Poolparty denken.

„Was denn? Wenn selbst dein Bruder das hinbekommt?"

Taylor warf Cameron einen schiefen Blick zu. „Pete ist ein verdammtes Genie, okay?"

Cameron grinste müde und begann sich die Schulter zu massieren. „Schon gut. Und wie lief es bei euch so? Der arme Noah sah gerade schon wieder völlig geknickt aus."

Taylor stieß die Tür zu einem der Umkleideräume auf. Er war leer, aber aus dem angrenzenden Duschraum drangen Stimmen und Dampfwolken. Er warf seine Trinkflasche und die Basecap ins Regal und zog sich das Trikot über den Kopf.

„Der Coach hat ihm einen Einlauf verpasst", sagte er im gedämpften Tonfall, während Cameron sich neben ihm die Handschuhe auszog.

Cameron verzog nur leicht das Gesicht und eine Weile waren sie beide damit beschäftigt, sich ihrer verschwitzten Trainingskleidung zu entledigen.

„Glaubst du, er kriegt es hin?"

„Was? Vernünftig zu blocken?"

„Nächste Saison wieder dein Ersatzmann zu sein."

„Naja", erwiderte Taylor, während er Cameron mit Handtuch und Seife ausgestattet in den Duschraum folgte, den Jake und Shea gerade verließen. „Wenn bis zum Saisonstart kein anderer TE vom Himmel fällt, wird er den Job wohl machen müssen, ob er nun blocken kann oder nicht."

Cameron warf ihm einen Blick über die Schulter zu. „Mann, Ty, sieh bloß zu, dass du auf den Beinen bleibst. Sonst werde ich schneller umgesäbelt als ich gucken kann."

Zwanzig Minuten später verließen sie als Letzte die Umkleiden und traten auf den weitläufigen Parkplatz hinaus, auf dem am späten Freitagnachmittag während der spielfreien Zeit nur vereinzelt Autos standen. Cameron hatte seinen dunkelgrauen Mustang fast an der Eingangstür geparkt.

Er warf seine Tasche in den Kofferraum und hielt beim Zuschlagen inne. „Wo ist dein Wagen?"

„Ach, den hab ich Peyton geliehen", sagte Taylor, dem das in diesem Moment erst wieder einfiel. „Kannst du mich mitnehmen?"

„Klar." Cameron wartete, bis Taylor seine Tasche ebenfalls eingeladen hatte, schloss den Kofferraumdeckel und nahm hinter dem Steuer Platz.

„Wie lange bleibt dein Bruder?", fragte er, während sie den Parkplatz verließen und die drei Kilometer bis zu Taylors Zuhause zurücklegten.

Taylor zuckte die Achseln. „Das kommt drauf an, wie lange er für dieses Projekt braucht. Dieses Semester noch, vielleicht das nächste."

Sie schwiegen eine Weile und Taylor spürte, wie ihn in den Polstern des Wagens die Müdigkeit von dem Training der letzten Tage übermannte. Auch Cameron sah ganz schön geschafft aus und obwohl Freitag war, hatte er noch kein Wort über irgendeine Art von Party am kommenden Wochenende geäußert.

Als sie Taylors Zuhause erreicht hatten, zog Cameron in der schräg abfallenden Auffahrt die Handbremse an.

„Letzten Freitag war ich jedenfalls ganz schön froh, dass er da war."

Taylor warf ihm einen Blick zu.

„Kam die Sache mit der Schlägerei eigentlich bei ihm an?" Cameron nickte zum Haus hinüber.

Taylor verzog das Gesicht. „Ja, sicher."

„Und?"

Es war nicht schlimmer gewesen als sonst. Der Coach hatte am Samstag beim Familienbrunch nichts mehr dazu gesagt, Taylor jedoch am Montagmorgen zu sich ins Büro zitiert und ihm zwei Abende Straftraining auferlegt.

„Nur das Übliche."

Cameron nickte und sah aus der Windschutzscheibe auf das weiße Garagentor hinaus, als gäbe es dort irgendwas Spannendes zu sehen. „Von Hank kann er es nicht gehabt haben. Und auch von den anderen nicht, die da waren." Er wandte sich Taylor wieder zu und setzte ein schiefes Grinsen auf. „Ich hab die Wogen ein bisschen…geglättet, nachdem ihr weg wart."

Taylor spürte einen plötzlichen Anflug schlechten Gewissens. Auch wenn er Hank nicht ausstehen konnte, war der immerhin Camerons Freund und Mitbewohner. Außerdem hatte Cameron die Party für ihn und Peyton organisiert. Und trotzdem hatte er in dieser Sache bislang kein Wort des Vorwurfs von ihm zu hören bekommen.

„Ehm, wie geht's Hank?"

„Ach", winkte Cameron ab, „er sieht mittlerweile fast wieder normal aus; und er hat sich wieder eingekriegt. Naja", fuhr er nach einer Pause fort, „Emilia ist natürlich wenig begeistert."

Cameron stockte, als Taylor an dieser Stelle Anstalten machte, den Wagen zu verlassen. Er wollte nicht über Emilia nachdenken und darüber, was sie über seinen Ausraster dachte. Er würde nach der Aktion für immer bei ihr unten durch sein und das kam ihm angesichts der Umstände doch eigentlich ganz gelegen.

Er stieß die Autotür auf. „Ich muss los, Kumpel. Ich bin vollkommen hinüber."

Cameron lehnte sich zur Beifahrerseite hinüber und hob eine Hand zum Abschied.

„Okay, schlaf dich aus. Wir sehen uns nächste Woche."

„Und?", fragte Peyton, als Emilia wieder zu ihm ins Auto stieg. Er hatte beide Arme über das Lenkrad gelegt, Musik gehört und auf sie gewartet, aber jetzt stellte er das Radio leiser und schob sich die Sonnenbrille in die Haare.

Emilia konnte nicht anders als ihn anstrahlen. „Ich kann nächste Woche anfangen, wenn ich möchte."

„Hey, das ist toll."

Er hatte tatsächlich mit seinen Bekannten gesprochen, die das Bistro führten, und sich danach bei ihr gemeldet. Fast eine Woche, nachdem sie ihm seine Nummer gegeben hatte, als sie schon nicht mehr daran geglaubt hatte, hatte er ihr eine Nachricht geschrieben und sie ein paar Stunden später von Zuhause abgeholt, um mit ihr nach Aldridge zu fahren und sie direkt in dem Laden vorzustellen.

Er war mit Taylors Pickup vorgefahren und es hatte ihr einen Stich versetzt. Einen Augenblick lang hatte sie gedacht, sie würde Taylor begegnen. Peyton hatte seinen eigenen Wagen Zuhause in Idaho gelassen, hatte er erzählt, und sich als Erstes für die Unordnung entschuldigt, die im gesamten Wagen herrschte, und eilig ein Paar Sportschuhe und Trikots vom Beifahrersitz in den Fonds geworfen, damit sie Platz nehmen konnte.

Jetzt stellte sie fest, dass er während ihres Vorstellungsgespräches aufgeräumt hatte.

„Ich kann Unordnung nicht ausstehen", gab er zu, als er ihren Blick bemerkte, den sie einmal anerkennend durch das Auto schweifen ließ. „Du solltest erstmal Tys Zimmer sehen." Er startete den Motor. „Die sehen noch schlimmer aus. Er ist ein hoffnungsloser Chaot." Peyton schüttelte sich bei dem Gedanken an Taylors Schlampigkeit, aber die Zuneigung zu seinem Bruder schwang deutlich in seinen Worten mit.

Emilia schob den Gedanken an Taylors Zimmer von sich. Mark Cargan, der Besitzer des Bistros, hatte ihr gerade per Handschlag die Zusage für ihren Beginn nächste Woche erteilt und sie wollte das Hochgefühl noch eine Weile genießen, das sie seitdem erfasst hatte.

„Freust du dich?"

„Ja. Der Laden gefällt mir. Und Mark ist nett."

Peyton schaute wieder auf die Straße, schob sich die Brille vor die Augen und schmunzelte, scheinbar zufrieden mit sich. „Und du kannst Geld verdienen."

„Genau." Seltsamerweise erschienen ihr dieser Aspekt und auch der Umstand, dass sie bald wieder eine eigene Wohnung haben und aus der WG ausziehen konnte, auf einmal zweitrangig. Was sie in diesem Moment so beflügelte, war die Aussicht darauf, etwas völlig Eigenes zu tun. Etwas, das ihr eine gewisse Freiheit und Unabhängigkeit ermöglichen würde. Sie hatte gar nicht mehr das Gefühl, so dringend aus der WG ausziehen zu müssen, denn wenn sie trotz Job dort wohnen blieb, dann wäre es ihre eigene Entscheidung.

Sie genoss einen Moment lang den Anblick von Peyton am Steuer und hatte auf einmal das Gefühl, dass auch er zu diesem neuen Etwas in ihrem Leben dazugehören könnte.

„Was studierst du eigentlich in Idaho?", fragte sie, als ihr aufging, wie wenig sie bisher über ihn wusste.

Er schien einen kurzen Moment irritiert über den plötzlichen Themenwechsel und warf ihr einen Blick zu. „Medizintechnik", sagte er. „Ich mache hier gerade mein Praxissemester und bin nächstes Jahr fertig."

„Medizintechnik? Davon habe ich noch nie gehört."

„Es ist eigentlich eine Kombination aus Ingenieurwissenschaften mit Bereichen aus der Biologie", erklärte er. „Es geht darum, technische Geräte und auch künstliche Organe zu entwickeln, die eingeschränkten Menschen helfen."

Emilia schwieg beeindruckt. Peyton sah zu ihr herüber und verzog angesichts ihrer Reaktion das Gesicht zu einem Lächeln.

„Ich bin beinamputiert", sagte er und legte sich gleichzeitig eine Hand auf den linken Oberschenkel.

Emilia musste ein Schlucken unterdrücken. Ungläubig sah sie die Stelle an, auf der seine Hand lag, während er sich wieder auf die Straße konzentrierte.

Sie hatte das Gefühl, etwas sagen zu müssen, aber sie konnte nur an Taylor denken. Wie er auf Hank losgegangen war, als der von dem Thema Geschwister angefangen hatte.

Ich rede nicht gerne darüber.

Ihr Magen zog sich schmerzhaft zusammen. „War es…ein Unfall?"

Peytons Brauen zogen sich zusammen und er wirkte auf einmal ernst. „Es ist zehn Jahre her oder so. Wir haben in einem baufälligen Haus gespielt. Ich bin abgestürzt und ein Balken hat mir die Beine zerquetscht." Er zuckte die Achseln. „Ich hatte Glück. Eins konnten sie retten."

Sie hatten die WG in Haisley erreicht und Peyton parkte den Wagen auf der Straße vor dem Haus. Er schaltete den Motor aus und wandte sich ihr zu, den rechten Arm über die Lehne des Beifahrersitzes gelegt.

„Mach dir keine Gedanken deswegen, okay? Es ist lange her und wie du siehst kann ich rumlaufen, Autofahren und ein ganz normales Leben führen. Naja, fast." Er lachte, als er sich an eine bestimmte Begebenheit zu erinnern schien.

„*Ihr* habt in einem baufälligen Haus gespielt?", wiederholte Emilia, die immer noch damit beschäftigt war, die Information zu verdauen, dass der Typ, der neben ihr im Auto saß und sie darin nach Aldridge und wieder zurück gefahren hatte, nur ein Bein hatte. „Heißt das, Taylor war dabei?"

Peyton nickte.

„Ist er auch abgestürzt?"

„Nein. Warum?", fragte er mit einem Stirnrunzeln.

Emilia schüttelte den Kopf. „Er…hat diesen Unfall mal erwähnt", sagte sie zögernd, sprach jedoch nicht weiter.

„Und?"

„Ich weiß auch nicht. Ich hatte das Gefühl, dass ihn das immer noch sehr belastet. Obwohl es schon lange her ist. Und es dir…naja, offensichtlich gut geht." Sie befürchtete, etwas Falsches gesagt zu haben, als Peyton den Blick von ihr abwandte und auf die sommerliche, baumgesäumte Straße sah.

„Ich glaube, er hat sich große Schuld aufgeladen damals", sagte er nach einer Pause. „Ich war Quarterback und konnte danach kein Football mehr spielen." Er zog eine Schulter nach oben und ließ sie wieder fallen. „Irgendwie ging deswegen für ein paar Leute die Welt unter."

Emilia beobachtete ihn. „Aber das war nicht Taylors Schuld", sagte sie.

Peyton wandte sich ihr zu und sah ihr eine Weile in die Augen, als überlegte er, was er antworten sollte. „Nein", sagte er und schüttelte den Kopf. „War es nicht."

XI

„Verfluchte Scheiße, ich kann nicht mehr." Cameron blieb stehen, beugte sich nach vorne und stützte sich mit den Händen auf den Knien ab. Er rang nach Luft. „Ihr beide macht mich fertig."

Peyton blieb ebenfalls stehen, ließ den Basketball gemächlich von einer Hand in die andere dribbeln und warf Taylor über Camerons gebeugten Rücken hinweg einen fragenden Blick zu.

„Los, hoch mit dir." Taylor kam heran und stieß Cameron mit dem Handrücken in die Seite. „Weiter geht's."

„Nichts da." Cameron schlug Taylors Hand beiseite. „Ich brauch 'ne Pause." Er schleppte sich bis zu den Tischtennisplatten neben dem Spielfeld, auf denen ihre Rucksäcke lagen, und schnappte sich seine Trinkflasche.

Taylor fixierte Peyton, der weiterhin mitten auf dem Basketballplatz stand, auf dem sie schon als Kinder gespielt hatten.

„Na gut", sagte er und fing den Ball auf, den Peyton ihm zuwarf, sobald er in Position stand. „Dann eben nur noch wir beide."

Sich wieder mit Peyton im Sport zu messen, aufrecht auf einem Platz stehend, im Kampf um einen Ball, um den nächsten Korb, fühlte sich ein bisschen wieder so an wie damals. Peyton schien das genauso zu gehen, denn er nickte leicht und grinste und Taylor grinste zurück.

Sie standen beide nur noch in Shorts und Turnschuhen da und Taylor spürte, wie ihm der Schweiß den nackten Rücken herunterlief. Es war ein heißer Tag Ende Juni, sie spielten seit dem Mittag und hatten ihre T-Shirts bereits vor über einer Stunde ausgezogen.

„Na los, worauf wartest du?" Peyton kam ein paar Schritte näher heran. Er trug eine Sportprothese, mit der er im Spiel ebenso schnell und beweglich war wie Taylor und Cameron. Taylor probierte einen Angriff auf den Korb, versuchte an Peyton vorbeizukommen, erst von links, dann von rechts, aber der blockte und störte ihn. Sie drehten sich umeinander, aber Peyton ließ ihn nicht vorbei und versuchte sich den Ball zu erkämpfen. Taylor wich ihm immer wieder aus und als es ihm zu gefährlich wurde und er merkte, dass es kein Durchkommen gab, wich er einen Schritt zurück, hob den Ball weit über seinen Kopf, zielte und warf ihn auf den Korb.

Peyton fing ihn auf.

„Hey", rief Cameron schon wieder gut erholt von den Tischtennisplatten zu ihnen herüber, „richtig guter Wurf, Ty."

„Was ist los?", fragte Taylor an Peyton gewandt, weil der auf einmal verstimmt wirkte und nicht weiterspielte.

„Du hast nicht richtig angegriffen."

„Was?" Taylor stützte die Hände in die Hüften und versuchte dahinterzukommen, was Peyton meinte und gleichzeitig genug Sauerstoff in seine Lungen zu befördern.

„Du hast Angst."

Taylor lachte auf. „Wie bitte? Wovor sollte ich Angst haben?"

Peyton zuckte die Achseln und ging gemeinsam mit Taylor zu den Tischtennisplatten herüber. „Vor mir. Du glaubst, dass du mich schonen musst, deshalb greifst du nicht richtig an."

Taylor wischte sich Stirn und Nacken mit seinem T-Shirt ab, ließ die Hand sinken und warf das feuchte Shirt neben seinen Rucksack auf die Platte zurück.

„So ein Schwachsinn." Er spürte, wie Ärger in ihm aufkam.

„Ach ja? Ich kenne dich. Außerdem sehe ich dich gegen Cameron spielen. Du rennst ihn über den Haufen und bringst den Ball dahin, wo er hingehört. Immer. Du bleibst nicht stehen und wirfst. Außer wenn du Angst hast, die Mauer zu durchbrechen."

Cameron, der auf der Platte saß und seine Trinkflasche auf einem Knie kreisen ließ, fing an zu lachen. „Also, da ist was dran, Ty."

Taylor streckte die Hand aus und wies auf das inzwischen verlassen in der Nachmittagshitze liegende, schon etwas in die Jahre gekommene Spielfeld. „Wir spielen hier Basketball, kein Football. Ich habe Cam nicht ein einziges Mal *über den Haufen gerannt*."

„Du gehst doch immer voll drauf, egal ob beim Football oder hier. Und du hast ihn ganz schön heftig angerempelt und bist *immer* an ihm vorbei und an den Korb herangekommen. Und ich soll auf einmal eine unüberwindbare Mauer für dich sein? Aha." Ironisch verdrehte er die Augen, setzte sich neben Cameron auf die Tischtennisplatte und begann damit, seine Sportprothese abzunehmen. Offensichtlich hatte er für heute genug vom Basketballspielen.

Taylor sagte nichts mehr, sondern überlegte, ob an Peytons Behauptung etwas Wahres dran war. Er war sich dessen zumindest nicht bewusst gewesen. Peyton war nach wie vor ein sportlicher Typ; er konnte schnell laufen, hoch springen und besser Basketballspielen als er oder Cameron. Aber jetzt, wo er darüber nachdachte, musste er zugeben, dass er gegen Peyton nur noch die technische Herausforderung suchte, nicht mehr die körperliche. Er wollte vermeiden, dass Peyton fiel, deshalb rempelte er ihn nicht mehr an und schon gar nicht rannte oder stieß er ihn um.

„Jetzt reg dich mal ab." Cameron nahm Peytons Sportprothese entgegen. „Du kannst Ty kaum übelnehmen, dass er sich mit seinen hundertzwanzig Kilo nicht auf dich stürzt. Diese Feder hier sieht nicht unbedingt so aus, als würde sie das aushalten." Er legte die Prothese beiseite und sah zu, wie Peyton sich ein schwarzsilbernes Hightech-Carbonbein anlegte.

Peyton schwieg, seine Gesichtszüge waren verhärtet. Taylor hatte das Gefühl, dass sein Bruder mit diesem Match heute an eine der Grenzen gestoßen war, die zu erweitern er sich zur Lebensaufgabe gemacht hatte.

„Schon gut." Als die Prothese mit einem zischenden Geräusch ihre Arbeit aufnahm, ließ Peyton die Shorts über den künstlichen Oberschenkel fallen und stand auf.

„Sorry, Mann", sagte er an Taylor gewandt, der neben ihm stand, und legte ihm für einen Moment den Arm über die Schulter. „Manchmal…nervt es einfach nur."

Taylor nickte mechanisch und wurde sich in dem Augenblick, in dem er mit nichts als einer kurzen Hose bekleidet direkt neben seinem Bruder stand, wieder schmerzlich seiner eigenen körperlichen Unversehrtheit bewusst. Das Schuldgefühl darüber begann gerade ihn zu überwältigen, als Cameron von der Tischtennisplatte aufstand und einmal in die Hände klatschte. „Also. Wer von euch beiden Hübschen kommt heute Abend in die WG? Wir machen eine kleine Party."

„Ähm, ich eher nicht." Taylor scharrte ein wenig mit dem Turnschuh im Kies. Die Erinnerung an die letzte Party vor zwei Wochen, die mit einer blutigen Schlägerei am Pool, einer gebrochenen Nase und zwei Tagen Straftraining geendet hatte, war ihm noch zu frisch im Gedächtnis. Außerdem war er wenig erpicht darauf, heute Abend Emilia zu treffen. Er hatte sie seitdem nicht mehr gesehen und war sich nicht sicher, wie er auf sie reagieren würde.

„Ach, komm schon." Cameron wirkte gekränkt.

„Ich kann leider nicht." Peyton holte sein Handy aus seinem Seesack und warf einen Blick auf das Display. „Ich bin heute Abend mit Emilia verabredet."

Cameron runzelte die Stirn. „Du bist mit Emilia verabredet?", wiederholte er so langsam und deutlich, als wollte er sichergehen, dass er sich nicht verhört hatte. „Aha."

Taylor spürte, dass Camerons Blick von Peyton zu ihm wanderte, aber er wich ihm aus, schwieg wohlweislich und fing an, ein frisches T-Shirt aus seiner Tasche zu kramen und überzuziehen. Obwohl er Peyton dazu ermuntert hatte, Emilia zu treffen, konnte er es kaum ertragen, dass die beiden miteinander ausgingen.

„Ich muss jetzt auch mal los", hörte er Peyton sagen. Er packte sein Zeug und seine Sportprothese ein und schlug Taylor zum Abschied auf die Schulter.

„Bis dann."

Eine Weile herrschte Stille. Taylor und Cameron sahen Peyton nach, der über den angrenzenden Skaterpark Richtung Straße ging, die nicht weit von Taylors Zuhause entfernt lag.

Als er aus ihrem Blickfeld verschwunden war, öffnete Cameron mit den Zähnen einen Eiweißriegel, biss hinein und kaute eine Weile.

„Wieso trifft sich Peyton mit Emilia?"

Taylor versuchte ein gleichgültiges Achselzucken, heraus kam jedoch nur ein unbehagliches Schulterkreisen. „Er steht wohl auf sie."

Cameron zog die Brauen hoch. „Sag mir, wenn ich mich täusche, Ty, aber irgendwie hatte ich in den letzten Wochen den Eindruck, zwischen Emilia und dir würde sich etwas anbahnen."

Taylor wusste, dass es keinen Sinn hatte, vor Cameron so zu tun als wäre nichts gewesen, deshalb schüttelte er nur den Kopf.

„Du hattest Recht. Wir passen nicht so gut zusammen."

„Was? Ich habe nie gesagt, ihr würdet nicht gut zusammenpassen."

Taylor legte den Kopf schräg. „Ach, komm. Sie lernt ständig und ist richtig klug. Sie braucht jemanden, mit dem sie sich über ihr Mathezeugs und alles unterhalten kann. Keinen Footballspieler."

Cameron kaute seinen Riegel zu Ende, trank einen Schluck Wasser hinterher und ließ Taylor dabei nicht aus den Augen.

„Ich habe keinen Bruder, Ty. Und erst recht weiß ich nicht, wie das bei Zwillingen so ist. Und Pete hatte diesen Unfall und er hat nur ein Bein.

Aber findest du es wirklich in Ordnung, dass er sich mit deinem Mädchen trifft?"

„Emilia ist nicht *mein Mädchen*."

„Ich weiß, dass du sie magst."

„Wir haben uns ganz gut verstanden, aber…"

Was auch immer da gewesen war, er hatte es im Keim erstickt. Er hatte ihren Bruder angegriffen, er hatte sich ihr aufgedrängt und letztendlich hatte er sie genau dadurch Peyton in die Arme getrieben. Und dort würde sie glücklich werden, ebenso wie Pete.

Er atmete tief ein und diesmal gelang ihm ein Achselzucken. „Er passt einfach besser zu ihr."

Cameron seufzte, knüllte sein Riegelpapier zusammen und stopfte es zusammen mit seiner Trinkflasche in das Seitenfach seines Rucksackes.

„Du solltest damit aufhören."

„Womit aufhören?"

„Zu denken, du wärst Peyton irgendwas schuldig. Oder Emilia." Er richtete sich auf und stieß Taylor gegen die Brust. „Ich finde, du solltest anfangen, einfach mal an dich selbst zu denken."

Emilia stand in ihrem Zimmer im ersten Stock vor dem Spiegel, trug sich Puder und Lidschatten auf und hörte, wie sich das Haus allmählich mit Besuchern füllte. Unablässig klingelte es an der Tür; aus dem Flur und der Küche drangen Stimmen und Gelächter herauf und Cameron, der es liebte, Gastgeber zu sein, fragte lautstark Getränkewünsche ab, bevor er zum Kühlschrank auf der Terrasse hinausging.

Obwohl Emilia sich mittlerweile daran gewöhnt hatte, bei Hank und Cameron in Haisley zu wohnen, konnte sie es kaum erwarten, gleich von hier wegzukommen. Sie schaute auf ihre Armbanduhr, klappte die Puderdose zu und überlegte, ob sie noch irgendwas mit ihren Haaren veranstalten wollte, als sie jemanden schwungvoll die Treppe hinauflaufen hörte. Kurz darauf klopfte Iris an das Holz des Türrahmens und streckte den Kopf ins Zimmer.

„Du hast ja geöffnet. Heißt das, ich darf reinkommen?"

Emilia sah durch den Spiegel, wie sie das Zimmer betrat und sich auf das gemachte Bett warf. Sie trug einen Jeansrock, ein Top und Flipflops mit Strasssteinen, die sie auf den Boden fallen ließ, bevor sie die Füße auf das Bett zog.

„Ich fasse es nicht. Du machst dich tatsächlich für die Party fertig. Heißt das, du gehst hin?"

Emilia verzog das Gesicht. „Natürlich nicht."

„Und wozu dann der ganze Aufwand?", fragte Iris mit einer ausschweifenden Armbewegung und Emilia musste zugeben, dass der Zustand ihres Zimmers tatsächlich nach einer für sie äußerst ungewöhnlichen Umtriebigkeit aussah. Das Regal unter dem Spiegel, vor dem sie stand, war mit Schminkutensilien, Haarbürste und Glätteisen vollgestellt, ihre Kellnerinnenuniform aus dem Cargan´s Bistro, wo sie heute schon acht Stunden gearbeitet hatte, lag auf ihrem Schreibtischstuhl und auf dem Schreibtisch und Teilen ihres Bettes waren die Klamotten verteilt, die sie gerade durchprobiert hatte, bevor sie sich schließlich für ein enganliegendes blaues Kleid und schwarze Sandalen entschieden hatte. Ihre Unterlagen für die Uni lagen ordentlich sortiert auf einem der oberen Regalbretter über dem Schreibtisch und setzten seit zwei Tagen Staub an.

„Hast du etwa ein *Date*?"

Hatte sie?

„Sowas in der Art."

Iris kniff die Augen zusammen. „Mit Taylor? Emilia, ich hab's dir gesagt: Taylor wird…"

„Nicht mit Taylor", fiel Emilia dazwischen und Iris verstummte abrupt. „Peyton hat mich gefragt, ob ich mit ihm auf meine Berufstätigkeit anstoßen würde." Emilia musste unwillkürlich lächeln.

„Peyton?" Iris runzelte die Stirn. „Der Typ, der neulich morgens hier war? Ist das nicht Taylors Zwillingsbruder?"

Emilia nickte und begann sich mit Haarklammern eine Frisur zu basteln.

„Findest du es eine gute Idee, mit Taylors *Zwillingsbruder* auszugehen?", fragte Iris nach einer Weile.

„Warum nicht?"

„Naja…die beiden sehen sich total ähnlich. Ich stelle mir vor, dass ich ständig an Taylor denken müsste, wenn ich gerade mit seinem Zwillingsbruder ausgehe. Das ist doch seltsam."

Emilia nahm sich eine Klammer aus dem Mund und schob sie sich in die Haare hinein.

Wenn man sie auf das Äußere reduzieren würde, vielleicht.

„Überhaupt nicht. Peyton ist das absolute Gegenteil von Taylor."

„Hm. Also ist er kein Footballspieler, der Leute verprügelt und Mädchen schwängert und dann sitzen lässt?" Iris grinste süffisant.

Emilia spürte bei dieser Charakterbeschreibung Taylors einen Stich in der Brust. Sie schob ihr Haarzeug in eine Kiste unter dem Regal und wischte mit einem Feuchttuch über das Brett. „Nein", sagte sie mit fester Stimme. „Peyton ist gar nichts davon."

Sie wandte sich vom Spiegel ab und begann damit, ihre Tasche zu packen und Iris stand vom Bett auf und schlüpfte wieder in ihre Flipflops.

„Sind sie eigentlich eineiig oder zweieiig?", überlegte sie, während sie Emilia in den Flur hinaus folgte. Emilias Blick fiel wehmütig auf ihr Whiteboard, das immer noch im Flur zwischen ihrem und Camerons Zimmer hing. Neben ihren zwei Wochen alten mathematischen Herleitungen standen mittlerweile jedoch Dinge wie: *War eine unvergessliche Nacht mit dir, Bussi Samantha* und *Danke! Betty*.

Als sie den untersten Treppenabsatz erreicht hatten, klingelte es an der Haustür. Emilias Herz machte einen Satz, als sie durch das Flurfenster den schwarzen Pickup auf der Straße vor dem Haus parken sah.

Sie öffnete die Haustür und zuckte zusammen, als sie Taylor gegenüberstand. Die Haare kurzgeschoren wie immer, mit Turnschuhen, schwarzen Shorts und einem hellgrauen T-Shirt, das sich eng um seine Schultern spannte, stand er da und schaute auf sie herab.

„Hey", brachte Emilia heraus und spürte, dass sie nervös wurde.

„Hey." Er musterte ihre ungewöhnliche Aufmachung ohne eine Miene zu verziehen und sie musste an die kurze Zeit denken, in der sie beide so etwas wie befreundet gewesen waren. Sie hatten Zeit miteinander verbracht, vor allem in den Tutoriumsstunden, und waren ein paar Mal füreinander dagewesen. Und obwohl sie wusste, dass es zwischen ihnen nicht funktionieren konnte, vermisste sie diese Zeit auf einmal.

„Wie geht es dir?", fragte sie.

Er zuckte die Achseln und wich ihr ein wenig aus. „Okay."

„Hast du die Prüfung eigentlich bestanden?"

Er runzelte die Stirn, als müsste er überlegen, von welcher Prüfung sie sprach.

„Die in Statistik, für die wir zusammen gelernt haben", half sie ihm auf die Sprünge.

Er verzog einen Mundwinkel. „Für die wir lernen wollten, meinst du."

„Stimmt. Am Ende sind meine Mutter und mein Vermieter dazwischen gekommen, dann deine Gehirnerschütterung. Bitte sag mir, dass es trotzdem gereicht hat."

Er nickte. „Es hat trotzdem gereicht. Sonst würde ich jetzt kein Football mehr spielen."

„Haha", warf Cameron ein, der plötzlich an Emilias rechter Seite an der Tür auftauchte. „Als wenn irgendjemand zulassen würde, dass dieser Typ hier kein Football mehr spielt." Er reichte Taylor über Emilias linke Schulter hinweg eine Bierflasche an, wodurch sie in eine Art unfreiwillige Umarmung geriet. „Soll ich dir was verraten, Süße? Er ist nie wirklich in Gefahr gewesen." Mit einem Grinsen verschwand er auch schon wieder in Richtung Küche.

„Wie auch immer", sagte Emilia ein wenig überrumpelt, „ich freue mich jedenfalls, dass du bestanden hast." Sie lächelte Taylor an und er hob die Bierflasche, als würde er mit ihr anstoßen. „Das ist vor allem dein Verdienst. Du warst ziemlich geduldig mit mir."

„Findest du?" Ihr Lächeln wurde unwillkürlich breiter.

„Ja. Machst du den Job noch?"

„Was? Tutoriumsstunden geben? Nein." Sie war nach Taylor und Lewis aus dem Programm ausgestiegen.

„Wegen dem Coach?"

„Ja, auch." Sie hatte lange gebraucht, um sich von den Anschuldigungen zu erholen, die sein Vater ihr an den Kopf geworfen hatte. Sie musste daran denken, wie sie nach dem Zwischenfall völlig aufgelöst zu Taylor nach Hause gefahren war und senkte errötend den Kopf. Sie hatte bis heute keine Ahnung, wie er darüber dachte, was an jenem Tag zwischen ihnen passiert war. Sie hatten nie die Gelegenheit gehabt, darüber zu sprechen, dass sie Hals über Kopf abgehauen und ihn ohne eine Erklärung sitzengelassen hatte.

„Hey", sagte Taylor und Emilia hob den Kopf, stellte jedoch fest, dass es gar nicht Taylor gewesen war, der gesprochen hatte. Peyton war neben seinem Bruder aufgetaucht; und als Emilia die beiden zum ersten Mal im Tageslicht direkt nebeneinander stehen sah, einander so ähnlich und doch ganz verschieden, fragte sie sich, ob an dem, was Iris gesagt hatte, nicht doch etwas dran war.

Mit Peyton auszugehen war neu und aufregend. Er war guter Laune, frisch rasiert und trug ein schickes hellblaues Hemd. Taylors Wagen, mit dem er mit ihr nach Burton fuhr, in die nächstgrößere Stadt, war aufgeräumt und während sie unterwegs waren, fragte er sie, wie es mit ihrem neuen Job lief, wie sie mit ihren Prüfungsvorbereitungen vorankam und ob sie lieber italienisch oder orientalisch aß.

Als sie im Garten des Casalots, eines arabischen Restaurants, in gemütlichen Korbstühlen saßen und ihre Nazareth-Grillplatte serviert bekommen hatten, hatte Emilia das Gefühl, dass sie bereits seit einer Stunde nur über sie gesprochen hatten. Sie sah Peyton zu, der schon öfters hier gewesen zu sein schien, den Kellner mit Vornamen ansprach und die zahlreichen Vorspeisen-Schälchen routiniert auf einer Seite des Tisches aufreihte.

„Dieses hier musst du mal probieren. Babaganudsch. Klingt seltsam und sieht unscheinbar aus, schmeckt aber besonders." Er schob eine der Schälchen zu ihr hinüber und sie dippte ihr Brot hinein. Es schmeckte köstlich.

„Du kennst dich hier gut aus", bemerkte sie, um das Gesprächsthema allmählich von ihr wegzulenken.

Er nickte. „Ich bin hier in der Gegend aufgewachsen."

„Bist du deswegen zurückgekommen?"

Er runzelte die Stirn und antwortete nicht sofort. Emilia hatte den Eindruck, dass er sich wesentlich wohler fühlte, wenn er derjenige war, der das Gespräch führte.

„Eigentlich nicht." Er zupfte sich kleine Stücke Brot ab. „Ich bin hergekommen, weil mein Vater hier Dekan ist und ich dadurch gute Möglichkeiten habe, meine Abschlussarbeit fertigzustellen."

Schon wieder der Coach. Emilia drängte sich die Frage auf, ob Peyton ebenso unter seinem Einfluss stand wie Taylor.

Offensichtlich hatte sie bei diesem Gedanken das Gesicht verzogen, denn Peyton fügte hinzu: „Ohne Kontakte läuft einfach gar nichts. In Idaho waren die Hürden für meine Forschungsidee riesig. Hier habe ich sogar ein kleines Team zur Seite gestellt bekommen. Wir entwickeln eine Prothese, die mithilfe von Sensoren und Mikroprozessor gesteuerten Motoren betrieben wird." Er entspannte sich sichtlich, gestikulierte beim Erzählen und in seine Augen trat ein Leuchten, das zeigte, wie sehr er für sein Thema brannte.

Ein Anflug von Eifersucht überkam Emilia bei dem Gedanken an die Sinnhaftigkeit von Peytons Projekt, die Unterstützung, die er erhielt und die Zielstrebigkeit, mit der er sein Ziel verfolgte. Sie hingegen quälte sich mit ihrem Studium mittlerweile ganz schön ab und wusste immer noch nicht so richtig, was sie damit im Anschluss eigentlich anfangen sollte.

„Und diese Idee hast du ganz alleine entwickelt?"

Peyton spießte sich ein Stück Lamm auf die Gabel und überlegte eine Weile. „Naja, sie ist mit der Zeit…entstanden. Ich habe immer schon gerne Sport gemacht. Und dann wache ich eines Tages auf und habe nur noch ein Bein. Ganz am Anfang saß ich im Rollstuhl und konnte nichts, nicht mal alleine zur Toilette oder die Treppe in mein Zimmer hinaufgehen."

Sein Gesichtsausdruck war ernst. Emilia meinte sogar, den Anflug des alten Schmerzes darin zu erkennen. In diesem Moment erinnerte er sie so sehr an Taylor, dass es wehtat. Sie nahm ihr Weinglas, trank einen kleinen Schluck und schloss für einen Moment die Augen, um sich wieder auf Peyton zu konzentrieren.

„Tut mir leid", hörte sie ihn sagen. „Wir sollten über etwas anderes reden."

Emilia zwang sich, ihm wieder in die Augen zu sehen. „Wie hast du es geschafft…weiterzumachen?"

Peyton sah an ihr vorbei und schien auf einmal sehr weit weg zu sein. „Ich glaube, es war Ty."

„Taylor?" Emilia griff unwillkürlich wieder nach ihrem Weinglas. „Was hat er gemacht?"

Peyton sah sie wieder an und ein leiser Anflug eines Lächelns war wieder da. „Nichts Besonderes, eigentlich. Er war einfach da und hat…weitergelebt."

Emilia sagte nichts. Sie beobachtete Peyton und kämpfte mit ihren widersprüchlichen Gefühlen ihm gegenüber. Warum ging sie mit ihm aus? Weil er klug, interessant und attraktiv war? Oder vielleicht, weil er eine enge Verbindung zu Taylor hatte und sie Taylor auf diese Weise gefahrlos nahe sein konnte?

„Ein paar Monate nach der OP saß ich im Rollstuhl auf der Terrasse, einen Football in der Hand. Ich habe mir gewünscht, wieder spielen zu können. Mein Vater stand am Wohnzimmerfenster und sah zu mir nach draußen. Sein Blick…." Peyton schüttelte den Kopf. „Er sah so traurig aus, richtig verzweifelt. Um zehn Jahre gealtert. In dem Moment dachte ich, ich würde es nicht schaffen. Aber dann...war auf einmal Taylor da. Er wollte, dass ich den Ball für ihn werfe und er fing ihn auf, warf ihn zu mir zurück. Er lief und fing und ich überlegte mir immer schwierigere und längere Routen für ihn. Er schaffte es immer, den Ball zu fangen."

Peyton lächelte ein wenig abwesend, dann fokussierte er sich wieder auf Emilia, die schweigend zuhörte.

„Das war der Moment, in dem ich wusste, mein Leben hört nicht auf, nur weil ich ein Bein verloren habe. Ich hatte meinen Bruder nicht verloren und ich hatte auch den Sport nicht verloren. Ein halbes Jahr später etwa war mein rechtes Bein verheilt. Ich bekam meine erste Prothese und konnte wieder aufstehen."

„Und...Taylor?", sagte Emilia und hätte sich im selben Moment auf die Zunge beißen können.

„Taylor", wiederholte Peyton, ein wenig irritiert, „spielte Football. Unserem Vater ging es irgendwann wieder besser und er begann damit, ihn zum Tight End auszubilden."

Und das tut er bis heute, dachte Emilia. Mit Leib und Seele.

Der Kellner kam an ihren Tisch, räumte die Teller ab und zündete die Kerze in dem Glas an, das zwischen ihnen auf dem Tisch stand. Emilia fiel jetzt erst auf, dass es bereits begann, dunkel zu werden. An den blickdichten Palisaden, die den Garten umgaben, leuchteten solarbetriebene dunkelrote Lichterketten auf.

Peyton fragte, ob sie noch einen Wein trinken wolle, und als sie nickte, gab er dem Kellner Bescheid. Er kam kurz darauf zurück, schenkte ihnen ein und Peyton lehnte sich entspannt zurück und sah sie über den Rand des Glases hinweg an.

Nach einer kleinen, angenehmen Gesprächspause, sagte er: „Du fragst mich viel über Taylor."

Es klang mehr interessiert als vorwurfsvoll, dennoch hatte er sie kalt erwischt. Emilia spürte, wie ihr die Röte ins Gesicht stieg und nahm einen großen Schluck Wein, der angenehm süß schmeckte.

„Was ist los?", fragte Peyton. Die Flamme der Kerze brach sich in seinem Glas und spiegelte sich in seinen Augen, die in der hereinbrechenden Dunkelheit sehr dunkel wirkten. Dieser Mann ist in jeder Hinsicht perfekt, dachte Emilia. Und er saß hier in diesem schicken Restaurant und trank Wein mit ihr, obwohl sie null Erfahrung im Flirten hatte und keine Gesprächsthemen außer Mathematik und seinen Bruder bedienen konnte. Das hatte er nicht verdient.

Entschlossen leerte sie ihr Glas. „Es ist nichts." Sie spürte, wie ihr allmählich der Wein in den Kopf stieg. „Ich habe als Tutorin gearbeitet und ihn auf eine Prüfung vorbereitet; da haben wir uns ein wenig angefreundet. Aber das…ist schon wieder vorbei."

Er trank einen Schluck und sie beobachtete ihn dabei. Ihre Blicke begegneten sich und blieben eine Weile ineinander hängen. Sie fragte sich plötzlich, wie es wohl wäre, ihn zu küssen. Sie überlegte vorzuschlagen, ob sie aufbrechen sollten, denn auf einmal störten sie die Leute um sie herum und auch der Tisch, der seit einer Stunde zwischen ihnen stand.

„Ich fühle mich wirklich geehrt, dass du heute mit mir hier bist", sagte Peyton in dem Moment und Emilia kontrollierte unwillkürlich den Pegelstand der Weinflasche und fragte sich, ob er ebenfalls ein bisschen zu viel davon getrunken hatte.

„Was?"

„Ich habe gehört, du gehst normalerweise gar nicht aus." Er grinste.

„Wer sagt denn sowas?"

„Tja, was soll ich sagen? So ziemlich jeder sagt das."

„Phf", machte Emilia, dann grinste sie zurück. „Na gut, es stimmt. Normalerweise gehe ich nicht aus."

Als sie eine halbe Stunde später auf dem Rückweg nach Haisley waren, fühlte sich Emilia ungewohnt übermütig. Sie saß etwas zu nah bei Peyton, lachte über Dinge, die er sagte und über Dinge, die sie selbst sagte und legte irgendwann, kurz bevor sie Zuhause angekommen waren, eine Hand auf seinen Oberschenkel. Als er zunächst nicht reagierte, ertappte sie sich bei dem Gedanken, dass es das künstliche Bein sein könnte, das sie gerade berührte, obwohl es sich warm und echt anfühlte und sie die Muskeln unter dem schwarzen Stoff seiner Hose spüren konnte. Aber wer wusste schon, zu was für lebensechten Innovationen er imstande war. Bei dem Gedanken versuchte sie vergeblich, ein Kichern zu unterdrücken.

„Ich weiß gar nicht, was mit mir los ist", gluckste sie entschuldigend, konnte sich aber nicht dazu durchringen, die Hand von seinem Bein wegzunehmen.

Er drehte den Kopf von der Straße weg in ihre Richtung und verzog einen Mundwinkel, als könnte er geradewegs in ihren Kopf hineingucken. „Ich glaube, du hast ein bisschen zu viel getrunken."

Das stimmte wahrscheinlich. Als Peyton den Wagen aufgrund der zugeparkten Einfahrt ein Stück die Straße hinunter abgestellt hatte und sie ausstieg, merkte sie, wie sich die Welt angenehm leicht um sie herum drehte.

„Oje", sagte sie und lachte. Peyton war neben ihr, hielt sie fest und sie lehnte sich an ihn und fühlte seinen Herzschlag und die angenehme Wärme seines Körpers.

„Ich bring dich besser noch rein", sagte er.

Was für ein Tag, dachte sie verschwommen, während sie gemeinsam den Weg entlang bis zum Haus gingen. Sie hatte, seit Peyton ihr heute Morgen die Nachricht geschickt hatte, dass er sie abholen würde, den ganzen Tag gedanklich mit ihm verbracht. Sie war mit ihm ausgegangen und hatte jetzt, als sie merkte, dass die Party noch im Gange war, plötzlich Lust, mit ihm zusammen hinzugehen.

Sie fummelte ihren Haustürschlüssel aus ihrer Tasche und drehte sich zu ihm um, um ihm genau das vorzuschlagen, da war sein Gesicht plötzlich ganz nah an ihrem.

Er sagte irgendwas und sie nahm vage wahr, dass er nach dem Schlüssel in ihrer Hand griff, aber sie konnte sich nur auf seinen Mund und seine vollen Lippen konzentrieren.

Oh Gott, dachte sie, warum eigentlich nicht?

Sie trat näher an ihn heran und ihre Hände trafen sich um den Schlüsselbund, als sie ihre Lippen auf seine legte und ihn küsste.

Er hielt in seiner Bewegung inne und schien eine Sekunde zu zögern, dann erwiderte er den Kuss und wurde schnell drängender.

Irgendwann löste er sich von ihr und wich zurück. Emilia wankte leicht, bis er sie wieder festhielt. Sie sah ihn an und schluckte, sein Blick war dunkel und ernst.

„Du trinkst nicht oft Wein, oder?", sagte er mit etwas heiserer Stimme.

„Merkt man das etwa?", gluckste Emilia. Sie war zwar verlegen, aber immer noch aufgekratzt und selber überrascht von ihrem Wagemut.

Peyton schloss die Haustür auf und ließ ihr den Vortritt. Musik drang aus dem Wohnzimmer, die Luft war rauchgeschwängert und in der Küche und im Wohnzimmer waren Leute, die sich unterhielten.

„Ich gehe kurz auf die Toilette", sagte sie, nachdem sie gemeinsam das Haus betreten hatten. Sie ging den Flur entlang, hörte Geräusche aus dem Badezimmer und blieb vor der Tür stehen.

Mist, dachte sie. Sie wollte gerade kehrtmachen und die Treppe in das Obergeschoss hinaufgehen, wo das zweite Badezimmer lag, da öffnete sich die Tür. Taylor kam heraus.

Seine Gesichtszüge und sein Blick waren verhärtet und er schien es eilig zu haben, von hier wegzukommen. Als sein Blick auf Emilia fiel, die im Halbdunkel des Flurs stand, blieb er stehen.

„Emilia." Seine Stimme war rau. Er schien noch etwas sagen zu wollen, da öffnete sich die Tür hinter ihm ein weiteres Mal und ein schmaler, weißer Arm legte sich vertraulich um seine Hüfte.

Emilia fühlte sich schlagartig ernüchtert und wich einen Schritt zurück.

„Taylor, bleib doch, wir waren noch gar nicht fertig", gurrte eine vertraute, weibliche Stimme und dann schob sich Charlotte in Emilias Blickfeld.

Taylor befreite sich von dem Kondom, knotete es mit einer schnellen Bewegung zu und warf es in den Treteimer unter dem Waschbecken. Das Mädchen vor ihm warf seine langen, blonden Haare zurück, richtete sich auf und drehte sich zu ihm um. Ihr Blick unter den langen, geschminkten Wimpern wirkte abwesend und verträumt, aber er hatte den Verdacht, dass es nur aufgesetzt war.

Sie schob die Unterlippe vor. „Schon vorbei?"

„Allerdings." Er konnte es auf einmal nicht erwarten, aus dem engen Badezimmer rauszukommen. Er drehte ihr den Rücken zu und schloss seine Jeanshose.

„Das war toll." Sie schob ihre Hand vor seinen Bauch und schmiegte sich an ihn. Er sah ihre lilafarben lackierten Nägel und ihm wurde bewusst, dass es immer so bleiben würde: Partys, attraktive Mädchen, die sich ihm an den Hals warfen und ihn wollten, weil er ein Footballspieler war. Bislang hatte er diese Nummern gerne mitgenommen und als einen der Vorteile verbucht, die es hatte, Teil der Mannschaft zu sein. Aber heute gelang es ihm nicht.

„Taylor, alles okay?"

Obwohl er wirklich alles versucht hatte, hatte er es nicht geschafft, sich heute Abend abzulenken. Er war ins Saufspiel eingestiegen, hatte mit dieser Blondine rumgemacht und zu guter Letzt mit ihr eine Nummer im Badezimmer geschoben.

Dennoch tauchten die Bilder immer wieder vor seinem inneren Auge auf: Emilia in ihrem engen blauen Kleid, mit diesem Strahlen in den Augen, als sie Peyton gesehen hatte. Wie die beiden sich angeschaut hatten.

Er hatte sich nach Peytons Eintreffen kommentarlos an ihr vorbei geschoben und war in die Küche geflüchtet, wo Cameron, Shea und die anderen ihn herzlich in ihrer Runde Willkommen geheißen hatten.

„Wollen wir das bei Gelegenheit wiederholen?", raunte die Stimme in der Nähe seines Ohres.

Taylor schob ihre Hand von seinem Bauch und drehte sich um. Blondie schaute ihn an und wich angesichts seines Gesichtsausdrucks vorsichtshalber einen Schritt zurück. Ihr Lippenstift war ein wenig verschmiert. Und auf einmal widerte ihn das alles an. Er selber widerte sich an und diese ganze Situation, in die er sich gebracht hatte. Was, in Gottes Namen, hatte er mit diesem Mädchen in Camerons Badezimmer zu suchen?

„Hör mal zu, äh…"

„Charlotte. Aber du kannst Charlie zu mir sagen." Sie strahlte ihn an und Taylor wich ihrem Blick aus.

„Hör zu, Charlotte. Lass uns da keine große Sache draus machen, okay? Wir hatten beide unseren Spaß und das ist auch schön und alles. Aber jetzt…ist auch mal wieder gut."

Ihr Strahlen fiel aus ihrem Gesicht, als hätte jemand einen Schalter betätigt. Sie klappte den Mund auf, um etwas zu erwidern, aber Taylor wandte sich ab, verließ das Badezimmer und schloss die Tür hinter sich. Er verstand sich selber nicht. Normalerweise hatte er überhaupt kein Problem mit solchen schnellen, anonymen Nummern. Im Gegenteil; sie lenkten ihn ab und halfen ihm dabei, den Stress und Druck abzubauen, der sich in seinem Alltag so anstaute. Aber heute fühlte er sich danach noch angespannter als davor. Er musste irgendwie von hier verschwinden, bevor er etwas Unangebrachtes tat.

Er machte kehrt, um in Camerons Zimmer zu verschwinden, da nahm er eine Gestalt wahr, die in der Nähe der Badezimmertür stand. Als er den Blick hob, erkannte er, dass es Emilia war.

Sie sah entsetzt und ein wenig blass aus und obwohl es eigentlich nicht sein konnte, hatte er den Eindruck, dass sie genau wusste, was in dem Badezimmer hinter ihm gerade passiert war. Er versuchte sich klarzumachen, dass zwischen ihnen nichts mehr war. Sie ging mit Peyton aus, er machte mit namenlosen Mädchen rum; sie waren einander zu nichts verpflichtet. Dennoch verspürte er den Drang, sich zu erklären.

„Emilia", begann er, wurde jedoch unterbrochen, als sich in diesem Moment die Tür hinter ihm öffnete und Blondie herauskam. Vertraulich legte sie ihren Arm wieder um ihn und murmelte ihm irgendwas ins Ohr.

Taylor schloss für eine Sekunde die Augen und widerstand dem Impuls, sie von sich zu stoßen. Als er sie wieder öffnete, hatte sich Emilias Gesichtsausdruck verändert. Schmerz und Enttäuschung spiegelten sich darin. In ihre geweiteten Augen, mit denen sie zuerst Charlotte und dann ihn ansah, traten Tränen.

„Emilia", sagte er, als sie sich mit einer Bewegung zum Gehen wandte. „Scheiße, jetzt lass mich los, verdammt", fuhr er Charlotte an und schüttelte mit einer ungeduldigen Bewegung ihre Hände von seinem Körper.

Er folgte Emilia durch den Flur, da tauchte Peyton auf einmal am unteren Treppenabsatz auf, und er blieb abrupt stehen. Natürlich, dachte er, während er zusah, wie Peyton Emilia in das obere Stockwerk nachlief. Sein Bruder war viel besser geeignet, sie in dieser Situation zu trösten.

„Heh, Taylor, lass die Heulsuse doch." Charlotte war wieder da und versuchte, ihn zu berühren.

„Hör auf damit", fuhr er sie an und versuchte, seine aufkommende Wut zu unterdrücken.

„Komm, ich lenk dich ein bisschen ab", versuchte es Charlotte erneut und rückte nach. „Ich mach´s dir mit dem Mund, wenn du willst."

„Nein, verdammt." Er packte sie am Oberarm. Charlotte schrie auf. „Was ist denn auf einmal mit dir los?" Vergeblich versuchte sie, sich loszureißen. „Du tust mir weh!"

Er packte sie fester und ging mit ihr in Richtung Haustür. „Lass mich verdammt nochmal los, du Arsch!", schrie sie. „Du schmeißt mich hier nicht raus."

Mit einem Ruck öffnete er die Haustür, doch bevor er sie hinausbefördern konnte, war Cameron da. Er schob Taylor einen Arm vor die Brust und hielt ihn zurück.

„Taylor, was tust du?" Er löste Taylors Hand von Charlottes Arm. Erst jetzt fiel Taylor auf, dass weitere Leute aus der Küche in den Flur gekommen waren, um zu sehen, was los war. Shea, Jake und ein Mädchen, das gemeinsam mit Charlotte zu der Party gekommen war, sahen aus, als wollten sie sich ebenfalls in den Konflikt an der Haustür einmischen.

Mit glühendem Blick starrte Charlotte Taylor an und rieb sich die gerötete Stelle.

„Er ist irre geworden", schrie sie. „Gerade steht er noch auf mich und auf einmal behandelt er mich wie Dreck."

Taylor hörte sein Blut in den Ohren rauschen und wusste, Camerons Anwesenheit war der einzige Grund, warum er nicht völlig kopflos auf dieses blonde, lippenstiftverschmierte Wesen losging, das jetzt, mit zornverzerrter Miene, überhaupt nicht mehr hübsch aussah. Peyton tauchte hinter Cameron auf. „Beruhige dich", sagte er an Charlotte gewandt. „Mein Bruder wollte sowieso gerade gehen. Stimmt's, Ty?"

Mit diesen Worten legte er die Autoschlüssel in Taylors leere Hand und schob ihn auf die geöffnete Tür zu.

Schweigend legten sie den Heimweg zurück. Taylor fuhr den Wagen, sah auf die Straße hinaus und war erleichtert über den einigermaßen glimpflichen Partyabgang, der ihm Dank Peyton gelungen war. Er hatte sich Charlotte gegenüber zwar wie der Arsch verhalten, als den sie ihn bezeichnet hatte. Aber er war verschwunden, bevor etwas zu Bruch gegangen oder jemand verletzt worden war.

Er wusste, dass Peyton sauer war, denn er saß schweigend neben ihm, den Ellbogen am Fenster abgestützt, eine steile Falte zwischen den Brauen.

Taylor stellte den Wagen vor dem weißen Garagentor ab und sie stiegen aus. Die Bewegungsmelder sprangen an, als sie zum Vordereingang gingen, und tauchten die Längsseite des Hauses in hartes Licht.

Oben auf dem Treppenabsatz legte Peyton ihm auf einmal die Hand auf die Schulter. „Warte mal."

Taylor hielt in der Bewegung, den Schlüssel aus seiner Tasche zu holen, inne und drehte sich um.

Peytons Stirnfalte war immer noch da. „Was ist zwischen dir und Emilia los?"

Taylor zuckte ein wenig zusammen. Aber eigentlich hätte er sich denken können, dass Peyton seine Reaktion auf Emilia nicht entgangen war.

Er holte Luft, um etwas zu entgegnen, da fiel ihm Peyton dazwischen: „Und komm mir jetzt nicht wieder mit der Tutorinnen-Nummer, das kaufe ich dir nicht mehr ab."

Taylor stieß die Luft aus und zuckte mit den Achseln. „Sie war wirklich meine Tutorin."

Peyton verdrehte die Augen und stemmte die Hände in die Hüften. „Ja, sicher." Er machte eine Pause. „Wenn zwischen euch was läuft, dann sag es einfach."

Taylor trat einen Schritt zurück und schüttelte den Kopf.

„Taylor, Mann!" Peyton fuhr sich frustriert durch die Haare. „Ich lasse mich nicht gerne verarschen, verstehst du?"

„Ich verarsche dich nicht."

„Ihr beide verarscht mich. Du hast dieses Mädchen gevögelt und Emilia ist in Tränen ausgebrochen." Er atmete eine paar Züge lang tief ein und aus und versuchte sichtlich, sich zu beruhigen. „Also, was läuft da?"

Taylor sah an Peyton vorbei zur Haustür und spürte den Schlüssel in seiner Hand. Er würde die Mauer durchbrechen, ganz einfach. Das hatte sich sein Bruder heute Nachmittag doch noch sehnlichst gewünscht.

Peyton musterte Taylor und schob sich direkt vor die Tür. „Vergiss es. Erst erzählst du mir, was zwischen euch los ist."

„Hau ab. Und lass mich mit Emilia in Ruhe. Sie hasst mich, verstehst du? Zu Recht. So viel Scheiße, wie ich in den letzten Wochen gebaut habe."

„Sie hasst dich nicht."

„Doch, tut sie."

„Nein. Sie redet ständig von dir." Peyton schloss für einen Moment die Augen. „Das ist unheimlich nervig, glaub mir."

„Ja, sicher. Weil ich auf ihren Bruder losgegangen und ihm die Nase gebrochen habe, schon vergessen?"

Peyton schüttelte den Kopf. Der Blick, mit dem er Taylor ansah, war so intensiv, dass Taylor ihm nicht mehr standhalten konnte.

„Also." Peyton stand jetzt wieder nahe vor Taylor und schlug ihm leicht gegen die Brust. „Redest du jetzt und sagst mir, was diese Scheiße soll, oder sollen wir bis morgen vor dem Haus rumstehen?"

„Lass das." Taylor wollte sich an Peyton vorbeidrängen, da öffnete sich die Balkontür im ersten Stock und der Coach erschien am Geländer.

„Ruhe da unten", bellte er. „Es ist nach Mitternacht."

Noch ehe einer von ihnen zu einer Erwiderung ansetzen konnte, war er schon wieder verschwunden und schlug die Balkontür hinter sich zu. Taylor nutzte den Moment, in dem Peyton abgelenkt war, und wand sich an ihm vorbei. Er deaktivierte die Alarmanlage und schloss die Haustür auf, als Peyton hinter ihm sagte: „Wir haben uns geküsst."

Taylor erstarrte mit dem Rücken zu Peyton im dunklen Eingang des Hauses. Sofort tauchten Bilder vor ihm auf. Emilia und er, wie sie sich an ihn gedrängt und ihn geküsst hatte, wie sie unter ihm gelegen und seinen Namen gestöhnt hatte.

„Hat sie dich geküsst, oder du sie?", hörte er sich fragen und ärgerte sich im selben Moment über sich selbst.

„Hmm", machte Peyton, „lass mich mal überlegen. Ich weiß nicht mehr genau. Ich glaube, man könnte sagen, sie hat mich geküsst. Ja, doch. Zumindest am Anfang."

Peyton wich zurück, als Taylor sich abrupt umdrehte und auf die Veranda zurückkam. Er wusste selbst nicht, was genau er vorhatte, denn er würde Peyton keine reinhauen. Aber die Wut, die ihn auf einmal erfasste, musste irgendwohin.

Peytons Zähne leuchteten im Dunkeln, als er grinste, und er hob entwaffnend die Hände, als Taylor auf ihn zuging.

Taylor kniff die Augen zusammen. „Warum erzählst du mir das?"

Peyton nahm die Hände herunter. „Die Frage ist eher: Warum schickst du mich auf ein Date mit Emilia? Warum müssen wir uns erst küssen, bis ich feststellen muss, dass sie gar nicht auf mich steht, sondern auf dich?"

Der Coach erschien wieder am oberen Geländer, das Gesicht so zorngerötet, dass es selbst im Schatten der Lampen zu erkennen war. „Ruhe, verdammt nochmal!"

XII

Eine Woche war vergangen, als Taylor spätabends vom Training kam. Er wollte direkt nach oben in sein Apartment verschwinden, aber er hörte Stimmen aus der Küche und das erinnerte ihn daran, dass er noch einen Proteinshake zu sich nehmen musste. Er warf seine Sporttasche auf die Kommode im Flur und betrat den Durchgang.

Sein Vater war hier, außerdem Peyton. Sie saßen einander gegenüber an der Kücheninsel, die von zwei Lampen beleuchtet war, jeder einen Drink vor sich. Den Gläsern nach zu urteilen tippte Taylor auf Whisky.

„Sie haben Sensoren auf der Sohle, die fühlen können, wie der Untergrund beschaffen ist. Ob er zum Beispiel nass ist, oder uneben", erklärte Peyton in dem Moment, in dem Taylor die Theke passierte. „Das senkt die Sturzgefahr um fast achtzig Prozent." Er hob den Kopf in Taylors Richtung. „Hey."

„Hi", erwiderte Taylor. Er ging zum Kühlschrank und nahm die Flasche mit der Aufschrift *T. Bowman, 28. Juni, abends* aus der Kühlschranktür.

Der Coach verfolgte Taylor mit den Blicken. „Hm", machte er. Er hatte die Hände auf einem aufgeschlagenen Footballmagazin gefaltet und runzelte die Stirn. „Und wie sollen die deiner Meinung nach funktionieren, diese Sensoren?"

„Wir haben sie mit Stimulatoren verknüpft, die Kontakt zum Beinstumpf haben. Dazu haben wir Nervenenden aus dem Beinstumpf an die Haut am Stumpfende verlagert."

Taylor, eine Hand bereits am Schraubverschluss der Flasche, verharrte in seiner Bewegung. Was Peyton da erzählte, hörte sich ziemlich haarsträubend an. Der Coach hatte die Brauen zusammengezogen.

„*Du* hast das bestimmt nicht gemacht."

Peyton hob eine Schulter an. „Verlagern *lassen*. Wir haben mit dem medizinischen Institut zusammengearbeitet. Die haben Patienten, bei denen es gut funktioniert hat. Deshalb können wir jetzt in diese Richtung weiterarbeiten."

Taylor hob den Shake vor die Augen und begutachtete für einen Augenblick den halbflüssigen, braungrauen Inhalt darin. Es war fast ein halber Liter und er spürte, wie sich ihm bei dem Gedanken daran, die Flasche leerzutrinken, der Magen umdrehte.

„*In diese Richtung weiterarbeiten*", wiederholte der Coach. „Du hast jetzt wirklich Mittel zur Verfügung und scheinbar hunderte Ideen. Du solltest schon genau wissen, wo du hinwillst und dich fokussieren."

Taylor stellte die Flasche wieder in den Kühlschrank zurück, drückte die Tür zu und füllte sich ein Glas mit Leitungswasser.

„Ich will Prothesen vor allem für junge Sportler entwickeln", sagte Peyton nach einer Pause. Der Coach hob die Hände von dem Magazin und ließ sie wieder fallen, als ob er sagen würde: Siehst du, da hast du es doch schon.

„Es ist immer sinnvoll, etwas aus der eigenen Perspektive heraus aufzubauen", sagte er.

Irgendwie hat er ja doch Lehrerpotenzial, dachte Taylor, während er rücklings an der Spüle lehnte und das Glas in einem Zug leer trank. Er sah, wie der Blick des Coaches für einen Moment nervös zu ihm und seinem Wasserglas herüberwanderte.

„Das war auch der ursprüngliche Plan", fuhr Peyton fort. „Und so stand es auch im Antrag drin. Allerdings fehlt uns dazu ein Sportwissenschaftler im Team."

Eine Weile schwiegen sie und die Eiswürfel in den Gläsern klirrten leise, als beide ein paar Schlucke tranken. Taylor spürte, wie er nach dem harten Training allmählich runterkam und begann, sich zu entspannen.

Mit einem dumpfen Pochen stellte der Coach sein Glas auf den Tisch. „Du könntest mal mit Cameron Falcon sprechen", schlug er vor, in dem Moment, in dem es an der Haustür klingelte. „Er kennt die ganzen Studenten im sportwissenschaftlichen Institut und weiß, wer vielleicht Interesse haben und zu euch passen könnte."

Taylor stellte sein Glas in die Spülmaschine. „Ich geh schon", sagte er, weil Peyton schon Richtung Flur schaute und Anstalten machte, sich zu erheben. Sollten die beiden bloß weiter aufeinander konzentriert bleiben

„Du könntest nächste Woche mal vorbeikommen und dir unsere bisherige Arbeit anschauen. Am Dienstag ist auch der Proband da", hörte Taylor Peyton weiterreden, als er bereits im Flur war.

Er öffnete die Haustür und ließ Cameron herein, der sich bei ihnen Zuhause immer ganz zahm verhielt, seine Turnschuhe auszog und ins Garderobenregal stellte. Dann steckte er den Kopf in den Wohnraum und winkte.

„Hi, Pete, 'n Abend, Coach."

„Cam und ich gehen hoch, ein bisschen zocken", sagte Taylor an Peyton gewandt. „Kommst du mit?"

Peyton leerte sein Glas und nickte. „Ich komme gleich nach."

„Peyton scheint sich ganz gut mit dem Coach zu verstehen", bemerkte Cameron in gedämpfter Lautstärke, als sie die Treppen in das oberste Stockwerk hinaufgingen.

„Wenn Pete mit ihm über ein anderes Thema als Football redet, ja."

„Wie jetzt? Man kann mit dem Coach über was anderes als Football reden?"

Taylor zuckte die Achseln. „Mein Bruder findet irgendwie immer was."

Wenn er darüber nachdachte, war Peyton aber auch der Einzige, der das schaffte. Selbst ihre Mutter landete bei jedem Gespräch früher oder später beim Footballthema, was dann unweigerlich im Streit ausartete.

Cameron setzte sich in seinen Lieblingssessel und streckte die Beine aus. „Und welche Themen sollen das sein?"

„Hm, zum Beispiel diese Prothese, die er gerade entwickelt", sagte Taylor, warf Cameron einen Controller in den Schoß und ließ sich in den zweiten Sessel fallen.

Cameron hob die Brauen und sah zu, wie Taylor sich auf dem Bildschirm durch die Auswahl an Spielen klickte. „Ach herrje, ja", sagte er. „Mit sowas können wir ja leider nicht aufwarten, was?"

Taylor verzog einen Mundwinkel nach oben und warf Cameron einen Blick von der Seite zu. „So wie ich das sehe, hängst du da bald auch mit drin."

XIII

Emilia saß an ihrem Schreibtisch und hatte sich in Wohnungsanzeigen verloren. Sie hatte geplant gehabt, diesen Tag mit Lernen zu verbringen, aber sie war nicht weiter als zwei Seiten gekommen und dann wieder abgelenkt gewesen. Cameron hatte zu laut Musik gehört und sie hatte rübergehen und bei ihm anklopfen müssen. Dann, als er die Musik endlich ausgestellt hatte, hatte es an der Haustür geklingelt und sie war nervös geworden, weil sie Taylors Stimme aus der Küche gehört hatte.

Seit sie vor mehr als einer Woche ihn und Charlotte zusammen gesehen hatte, gingen ihr diese Bilder nicht mehr aus dem Kopf. Sie wusste natürlich, dass Taylor nichts anbrennen ließ; der Ruf, dass er auf Partys ging und mit allen möglichen Mädchen was anfing, eilte ihm voraus. Dennoch war es für sie schmerzhafter gewesen, als sie sich hätte vorstellen können. Sie hatte sich in ihr Zimmer eingeschlossen, geweint und Peyton weggeschickt, der ihr gefolgt war und versucht hatte, mit ihr zu sprechen.

Mittlerweile hatte sie erkannt, dass es nicht Taylor, sondern Peyton war, der seit einer Stunde in der Küche mit Cameron plauderte, aber das hatte es auch nicht viel besser gemacht. Seine Stimme, die fast wie Taylors klang, lenkte sie ab.

Emilia klappte den Laptop zu. Der Wohnungsmarkt war eine einzige Katastrophe. Sie wollte ein Zimmer in Aldridge haben und war mittlerweile bei den Angeboten angekommen, die zwanzig Kilometer von der Uni entfernt lagen. Sie konnte es also auch gleich lassen.

Sie packte ihren Laptop und ihre Unterlagen in ihre Tasche, schnappte sich ihr Handy und ihren Schlüssel vom Tisch und ratterte die Treppe hinunter. Sie hoffte inständig, Peyton nicht zu begegnen, weil ihr die ganze Angelegenheit mit dem Date und dem Kuss furchtbar peinlich war. Sie wusste, dass es ein Fehler gewesen war. Sie war mit ihm ausgegangen, um sich von Taylor abzulenken. Weil sie Angst davor hatte, was ihre Gefühle für Taylor mit ihr taten. Sie würde die Kontrolle verlieren, wenn sie mit ihm zusammen war und das war das Schlimmste, was ihr passieren konnte, hatte sie gedacht.

Bis sie sich mit Peyton verrannt hatte.

Natürlich kam er genau in dem Moment aus der Küche, in dem sie den untersten Treppenabsatz erreicht hatte. Emilia verharrte auf der Stelle, aber Peyton beachtete sie gar nicht, sondern sah auf die Uhr und klimperte mit dem Autoschlüssel.

„Dann schickst du mir Freitag also ein paar Leute vorbei?", sagte er zu Cameron, der ihm bis zur Haustür folgte.

„Ich versuch´s." Cameron klopfte Peyton freundschaftlich auf den Rücken. Emilia musste daran denken, wie sie am Tag der Party genau an dieser Stelle in ihn hineingelaufen war. Wie nett er zu ihr gewesen war und wie gut sie sich verstanden hatten.

„Peyton", rief sie, als er schon halb zur Tür hinaus war. Er drehte sich um und sah sie an.

„Hey", sagte er. „Sorry, ich muss jetzt los."

„Fährst du zur Uni?"

Er nickte und sah dabei auf sein Handy.

„Kannst du mich vielleicht mitnehmen?" Sie zog sich den Riemen ihrer schwer bepackten Tasche etwas höher auf die Schulter.

„Okay." Er steckte das Handy ein und ging ihr voran zum Auto, das hinter Camerons dunkelgrauem Mustang in der Einfahrt stand.

Emilia stieg auf der Beifahrerseite ein und wartete, bis er den Wagen gestartet und auf der Straße gewendet hatte.

„Ich…hm…wollte mal mit dir reden", begann sie, obwohl sie genau merkte, dass er überhaupt keine Lust darauf hatte. Zwar hatte sie einen Bruder wie Hank und damit reichlich Erfahrung im Umgang mit ungesprächigen Typen. Bislang hatte Peyton jedoch nicht dazugehört. Er musste wirklich sauer auf sie sein.

„Darüber, wie das Date gelaufen ist", fuhr sie fort.

Peyton warf ihr einen kurzen Blick zu. „Vergiss es einfach, okay?"

Sie schüttelte den Kopf. „Ich wollte sagen, dass es mir wirklich leid tut. Ich war verwirrt und…es war nicht okay von mir, dich zu küssen."

„Nein, war es nicht."

Sie schwieg und wusste nicht, was sie weiter sagen sollte. Sie sah aus dem Fenster die vertraute Umgebung an sich vorbeiziehen. An der Straße entlang führte der rot markierte Radweg, den sie immer nahm, wenn sie mit ihrem Rennrad zur Uni fuhr.

Eine Weile herrschte Stille.

„Mein Bruder ist nicht so, wie er sich zur Zeit nach außen hin zeigt", sagte Peyton in dem Augenblick, in dem sein Handy in der Halterung am Armaturenbrett zu klingeln begann. „Das weißt du hoffentlich."

Er warf Emilia einen Blick zu, bevor er den Anruf entgegennahm.

„Hey, Ty."

„Hey", drang Taylors Stimme über die Freisprechanlage durch das Auto. „Wo bist du?"

Emilia hörte, dass er angespannt klang und sah, dass Peyton es ebenfalls wahrnahm und leicht die Stirn runzelte.

„Im Auto, unterwegs zur Uni. Wieso?"

„Kannst du mich abholen?"

„Ja, klar. Hatten wir doch besprochen. Um sechs. Ich muss jetzt noch für eine Stunde ins…"

„Kannst du mich *jetzt* abholen?"

„Ja, okay." Peyton trat auf die Bremse.

„Hol mich von der Krankenstation ab. Bis gleich." Taylor beendete den Anruf. Sie waren in der Nähe der medizinischen Fakultät stehen geblieben und Peyton wendete den Wagen. Emilia beobachtete ihn nervös.

„Weißt du, welche Krankenstation er meint?"

Peyton nickte. „Sicher die im Trainingszentrum. Dort ist er den ganzen Tag gewesen."

Er fuhr zügig über das weitläufige Unigelände und Emilia bekam bei dem Gedanken daran, was Taylor passiert sein könnte, feuchte Hände.

„Denkst du, er ist verletzt?", fragte sie, obwohl sie wusste, dass Peyton über exakt denselben Informationsstand verfügte wie sie.

„Ich weiß es nicht." Er drosselte das Tempo, als sie sich dem Trainingszentrum näherten. Er sah zu ihr herüber und sein Blick wurde etwas weicher. „Mit Sicherheit nicht schwer. Immerhin hat er selbst angerufen."

Er folgte der weißen Beschilderung, die auf dem gesamten Unigelände einheitlich war, fuhr am Haupteingang vorbei und um das Gebäude herum zur Krankenstation.

„Da ist er." Er kniff die Augen zusammen. Emilia folgte seinem Blick und ihr stockte der Atem.

Taylor stieß die Glastür der Krankenstation auf und trat ins Freie. Sein T-Shirt war verschwitzt und über und über mit Blut bedeckt. Es sah aus, als wäre es regelrecht darin getränkt worden. Noch beunruhigender jedoch war sein Gesichtsausdruck. Er war starr und fast maskenhaft, als hätte er gerade einen Schock erlitten.

Er sah seinen Pickup und kam darauf zu. Abgesehen von dem vielen Blut und der Tatsache, dass er über irgendetwas zutiefst erschüttert wirkte, sah er unverletzt aus. Emilia starrte ihn an und merkte, wie ihr Mund ganz trocken wurde. Irgendetwas stimmte ganz eindeutig nicht.

Taylor erkannte, dass Emilia auf der Beifahrerseite saß und stieg kommentarlos hinter ihr im Fonds ein. Sofort breitete sich der leicht metallische Geruch nach Blut im Wagen aus. Peyton drehte sich zu ihm um und öffnete den Mund, aber Taylor kam ihm zuvor.

„Kannst du bitte losfahren?"

„Bist du verletzt?"

„Nein."

„Wessen Blut ist das?"

Taylor blickte an seinem Shirt hinunter, als wäre ihm gar nicht bewusst, wie es aussah. „Das ist Noahs. Ich…ich habe Noah auf die Krankenstation gebracht."

Peyton fragte nichts weiter, sondern presste die Lippen aufeinander und startete den Motor. Sein Blick streifte Emilia und sie erkannte Unruhe darin.

„Ich bringe dich jetzt erstmal zum M-Gebäude", sagte er zu ihr.

„Los, weiter! Noch zwei Meter!"

Taylor war in der Trainingshalle und kämpfte mit dem Gewichtsschlitten. Seine Beine und seine Lunge brannten und er sah das Ziel nur wenige Meter vor sich. Es war die Aufgabe seines Trainingspartners, neben ihm herzulaufen, die Zeit zu stoppen und ihn zu motivieren. Aber heute war Noah ein wenig drüber damit.

Taylor sammelte seine letzten Kräfte, schob weiter und der Schlitten bewegte sich über die Ziellinie.

Noah drückte die Stoppuhr und notierte das Ergebnis. „Verdammt gute Zeit."

Taylor richtete sich auf, schüttelte sich die Beine aus und nahm Uhr und Tablet von Noah entgegen, der jetzt an der Reihe war.

Noah lehnte sich mit seinem ganzen Gewicht gegen den Schlitten und Taylor startete die Uhr. Langsam ging er neben ihm her und spürte, wie sich sein Atem wieder beruhigte im selben Maße, wie Noahs immer schwerer ging. Er kämpfte und keuchte und wurde ebenso wie Taylor auf den letzten Metern so langsam, dass er fast stehen blieb. Sein Ausdruck war verbissen, sein Gesicht hochrot und die Adern am Hals traten sichtbar hervor. Er schloss die Augen und schob weiter.

Auch er schaffte es ins Ziel und Taylor stoppte die Uhr, ohne ihn aus den Augen zu lassen. Als Noah den Schlitten losließ und sich aufrichtete, der Körper schweißüberströmt, sah Taylor Blut aus Noahs Nase auf seine Kleidung und den Schlitten tropfen.

„He, du blutest."

„Was?" Noah schien wacklig auf den Beinen zu sein, aber das war Taylor gerade auch noch gewesen.

„Du hast Nasenbluten", sagte Taylor laut, denn er wusste, dass Noah jetzt vor allem sein Blut in den Ohren rauschen hörte.

Noah fuhr sich mit dem Handballen unter der Nase entlang, sah das Blut und drehte Taylor den Rücken zu. „Das ist nichts", sagte er. „Du bist an der Reihe."

Taylor zögerte und beobachtete Noah, der vergessen zu haben schien, dass er mit der Uhr und dem Tablet an der Reihe war.

„He, Noah."

Noah winkte ab und entfernte sich ein paar Schritte, als ob er vermeiden wollte, dass Taylor mitbekam, was passierte. Der folgte ihm, als er sah, dass Noah den Kopf in den Nacken legte.

„Scheiße", hörte er ihn murmeln und er wusste, das Nasenbluten war stärker geworden. Er beeilte sich, zu Noah aufzuschließen und packte ihn am Oberarm, als er zu schwanken begann, den Blick zur Hallendecke gerichtet. Das Blut floss ihm jetzt unaufhaltsam aus der Nase, als hätte jemand in seinem Inneren einen Hahn aufgedreht. Er würde nicht mehr lange auf seinen Beinen stehen können.

„Nimm den Kopf runter", befahl Taylor. „Und setz dich hin." Er packte Noah fester, bugsierte ihn zu den Sprungboxen, die aufgestapelt an der Wand standen, und drückte ihn darauf nieder. Noah gehorchte und kippte mit geschlossenen Augen den Kopf nach vorne. Das Blut floss unaufhörlich. Es war die schiere Menge, die Taylor nervös machte. Noahs Gesicht nahm eine blasse Farbe an.

Taylor sah sich nach irgendwas um, womit er die Blutung stoppen konnte, griff eines der Handtücher, die in der Nähe lagen, und half Noah dabei, es sich gegen die Nase zu drücken.

Noah war ein ziemlich großer und muskelbepackter Kerl; er war wie Taylor über einen Meter neunzig groß und mehr als hundertzwanzig Kilo schwer. Aber in dem Moment, als er so blass, zittrig und mit kaltem Schweiß bedeckt dasaß und all dieses Blut aus ihm herausfloss, wirkte er so schwach und hilflos, dass sich Taylor beklommen in der Halle umsah. Aber es war keine reguläre Trainingszeit mehr und es war niemand da.

Er warf einen Blick auf Noah, der gerade probehalber das Handtuch von der Nase nahm.

„Ich bringe dich zu Cole."

„Nein, lass bitte. Es hört gleich auf."

„Quatsch."

„Doch. Ich habe das öfters."

Taylor wusste nicht, wieso Noah log, aber er konnte ihn auch nicht gegen seinen Willen auf die Krankenstation bringen. Die Blutung schien tatsächlich nachzulassen und Noah seufzte auf, sah schon wieder in Richtung des Schlittens und machte Anstalten, sich zu erheben.

Taylor drückte ihm den Oberschenkel nach unten und spürte, wie Ärger in ihm aufkam. „Vergiss es, Mann. Du blutest wie ein Schwein. Du wärst gerade fast umgekippt. Das ist doch nicht normal."

War es wirklich nicht. Brennende Muskeln, Schwindel, sogar Erbrechen, das alles kam vor und war für ihn mittlerweile zum Trainingsalltag geworden. Aber Blutstürze aus der Nase und diese graue Gesichtsfarbe?

Noah biss sich auf die Unterlippe und wandte das Gesicht ab. Sein Adamsapfel bewegte sich, als er schwer schluckte.

Taylor setzte sich neben ihn. „Noah. Was ist los?"

Er beobachtete seinen Trainingspartner, der ihm halb den Rücken zugewandt hatte, und stellte bestürzt fest, dass seine breiten Schultern erzitterten. Als er sprach, war seine Stimme ganz verändert. „Ich glaube, ich muss ihm sagen, dass ich es einfach nicht schaffe."

Er drehte sich herum und Taylor sah, dass er die Augen geschlossen hatte und sich das blutgetränkte Handtuch vor Nase und Mund hielt, so dass von seinem Gesicht so gut wie nichts zu sehen war. Aus seinen Augenwinkeln quoll etwas, das wie Schweiß oder Tränen aussah.

Dann öffnete er die Augen und sah Taylor direkt an. „Ich kann einfach nicht so sein wie du", sagte er und Taylor spürte, wie sich Kälte in seinem Magen zusammenballte.

Er öffnete den Mund und wollte Noah sagen, dass er das natürlich konnte. Oder dass er das überhaupt nicht musste. Aber nichts davon stimmte und er schloss ihn wieder. Er wich Noahs Blick aus und fühlte sich wie ein Feigling.

„Ich kann keine drei Kilo mehr zunehmen", sagte Noah neben ihm. „Ich versuche es, aber es geht nicht. Ich komme auch auf keine zehn Wiederholungen bei hundertachtzig Kilo, wie es der Coach verlangt. Oder auf zehn Sekunden beim Tackeln." Er hob in einer hilflosen Geste beide Hände und das Blut floss aus ihm heraus. „Ich bringe es einfach nicht. Selbst nicht mit..." Er ließ die Hände sinken, drückte sich das inzwischen durchtränkte Handtuch wieder an die Nase und schwieg.

Taylors Kopf fuhr herum. „Was?", fragte er scharf. „Was hast du eingenommen?"

Noah sah Taylor an und einige Sekunden lang schwieg er. Taylor konnte förmlich sehen, wie er Für und Wider abwog. Und wie ihm plötzlich klar wurde, wen er eigentlich vor sich hatte. Taylor *wohnte* mit dem Coach zusammen.

„Er wollte, dass ich mit deinen Leistungen mithalte, um dich weiter zu pushen. Um jeden Preis."

Taylor starrte Noah an und merkte, wie ihm übel wurde. Bislang hatte er immer geglaubt, das alles wäre eine Sache lediglich zwischen dem Coach und ihm. Der Coach hatte eine Vision und sorgte mit allen ihm zur Verfügung stehenden Mitteln dafür, dass sie Wirklichkeit wurde. Und Taylor stand jeden Morgen auf, begab sich in diese Mühle und erreichte all die vom Coach gesteckten Ziele. So funktionierte ihr System und es war okay, solange es nur ihn und den Coach betraf.

Und plötzlich war Noah da und erzählte ihm, dass er ebenfalls in diese Mühle geraten war. Taylor drückte sich die Handballen gegen die Augen und versuchte zu verstehen, wie und wann das hatte passieren können.

„Wir sollten weitermachen", hörte er Noahs Stimme neben sich. „Wir haben noch drei Übungen vor uns."

Noah stand abrupt auf, ging zwei Schritte in Richtung des Schlittens und sackte ganz plötzlich zusammen. Taylor war sofort neben ihm. Noahs Gesichtsfarbe war aschfahl und er zitterte vor Schwäche. Seine Augäpfel drehten sich immer wieder nach innen, während er versuchte, nicht das Bewusstsein zu verlieren.

„Scheiße, Ty, was ist mit mir?", brachte er heraus, während er versuchte sich aufzurappeln.

Taylor antwortete nicht. Er packte Noahs linken Arm und zog ihn sich mit aller Kraft über die Schulter. Gemeinsam wankten sie aus der Trainingshalle hinaus und in den Aufzug hinein, der zur Krankenstation im dritten Stock hinauffuhr.

Der Weg kam Taylor länger vor als sonst. Noahs Hände und Arme waren glitschig vom Blut. Er konnte sich von Sekunde zu Sekunde weniger selbst halten, so dass sein Gewicht komplett auf Taylor lastete, als sie endlich den Eingangsbereich der Station erreichten. Taylor hatte Mühe, sie beide aufrecht zu halten, bis zwei Pflegekräfte herbeigeeilt kamen und ihm Noah abnahmen.

Von dem Moment an lief der Apparat der Krankenstation an und Taylor wurde zum Statisten. Noah wurde auf eine Rettungsbahre gelegt und festgeschnallt, während eine Person bereits damit anfing, seine Vitalfunktionen zu überprüfen. Noahs Augen waren geschlossen und er war offensichtlich nicht mehr bei Bewusstsein. Das Nasenbluten hatte aufgehört. Taylor ging ein paar Schritte auf ihn zu, da schob sich ein Arzthelfer in sein Blickfeld und Noah wurde im Laufschritt durch eine Doppelglastür davongeschoben. Taylor blieb stehen und starrte auf die geschlossene Tür.

Dr. Cole kam von irgendwo herbeigehastet. Er sah Taylor und zeigte mit dem Finger auf ihn. „Du wartest hier. Wir sprechen uns noch."

Dann verschwand er mit wehendem Kittel durch die Tür.

Später folgte Taylor ihm in sein Büro, wo sie an einem Tisch Platz nahmen und er genau schildern musste, was in der Trainingshalle passiert war.

„Also habt ihr nicht härter trainiert als sonst?"

Taylor schüttelte den Kopf. „Es war genau wie sonst."

Er hielt den Blick gesenkt und konnte dem Arzt nicht in die Augen sehen. Er und der Coach waren befreundet, seit Taylor denken konnte. Andererseits stand Noahs Leben auf dem Spiel. Deswegen war das Seil, auf dem er hier balancierte, ziemlich dünn.

„Hat er irgendwas zu dir gesagt?"

Taylor presste die Lippen aufeinander. Noahs Stimme hallte in seinem Kopf wider.

Ich muss es ihm sagen. Ich kann einfach nicht so sein wie du.

Es drehte ihm den Magen um.

„Nichts?", vergewisserte sich Cole.

„Er hat gesagt, dass er das öfter hat."

„Hm." Cole runzelte die Stirn und notierte etwas im Computer. „Sonst noch was?"

Taylor schwieg. Er durfte Noah nicht verpfeifen, andererseits aber auch nicht gefährden. Er hob den Blick und sah Cole direkt an. „Er hat auch noch gesagt, dass er unter ziemlich großem Druck steht."

Er wusste, dass Cole verstanden hatte, als der leicht nickte.

„Was ist mit ihm? Wird er wieder gesund?"

„Das kann ich jetzt noch nicht sagen", antwortete der Arzt. „Ich halte euch auf dem Laufenden."

Mit *euch* meinte er den Coach und ihn, war Taylor klar.

Wie betäubt verließ er Dr. Coles Büro. Im Eingangsbereich herrschte eine gespenstische Stille und die Schwingtür mit den Milchglasscheiben schwieg. Taylor fragte sich, ob Noah schon wieder wach war oder gerade ums Überleben kämpfte. Er konnte ihn vor sich sehen, blass, mit geschlossenen Augen, an lebensrettende Geräte angeschlossen.

Seit zwei Jahren trainierten Noah und er fast jeden Tag miteinander. Obwohl sie nicht befreundet waren, war es für Taylor ganz selbstverständlich, dass Noah da war und dass sie das Gleiche taten. Sie zählten einander die Sekunden, reichten sich Trinkflaschen an und spornten sich gegenseitig an, trieben sich zu immer größeren Leistungen.

Taylor schloss die Augen. Wie hatte er glauben können, dass Noah nicht Teil von Alldem war?

XIV

Taylor lag im Bett und konnte nicht aufstehen. Es war ein normaler Mittwochmorgen und sein Wecker hatte vor einer halben Stunde geklingelt, aber er hatte ihn einfach ausgeschaltet und starrte seitdem an die Decke. Er würde heute ohne Noah trainieren. Und er würde dem Coach begegnen, der der Mannschaft die Botschaft überbrachte, dass es keinen zweiten Tight End mehr gab. Keinen zweiten Taylor.

Er ignorierte das Geräusch der Schritte auf der Treppe. Kurz darauf flog ihm ein Kissen ins Gesicht.

„Aufstehen!"

Taylor schob das Kissen beiseite und drehte den Kopf weg. Peyton kam durch das Zimmer, kontrollierte den Radiowecker auf dem Nachttisch und schaute auf Taylor herab. „Was ist los mit dir? Wir müssen in zwanzig Minuten fahren."

Der Coach würde zur Tagesordnung übergehen und so tun, als wäre nichts passiert, dessen war sich Taylor sicher. Und er war sich sicher, dass er das nicht durchstehen würde. Das Theaterspielen mit Cole in der Krankenstation hatte Taylor schon mehr erschöpft als zehn Bahnen mit dem Gewichtsschlitten.

Er spürte Peytons Hand, die seinen Unterarm packte, und ließ sich von ihm im Bett nach oben ziehen.

„Los. Du willst doch nicht zu spät kommen."

Taylor verspätete sich nie. Er stand morgens auf, wenn der Wecker klingelte, ohne sich noch einmal umzudrehen. Er absolvierte seinen Trainingsplan, ohne ihn jemals zu hinterfragen. Er funktionierte wie ein Uhrwerk. Deshalb schaute Peyton ihn heute auch so seltsam an, während er aufstand und sich fertigmachte.

Als sie runterkamen, war der Coach noch da. Er saß mit seiner Zeitung und einem Kaffee an der Theke in der Küche und telefonierte. Sara huschte bemüht unauffällig zwischen Anrichte und Theke hin und her und stellte ihnen ihr Frühstück hin, als sie sich setzten.

„Ärgerlich", sagte der Coach gerade und schaute mit grimmiger Miene durch die bodentiefen Fenster in den sonnigen Garten hinaus. „Aber absehbar. Okay, dann bestell Lamar Woodson für heute Vormittag in mein Büro. So früh wie möglich. Ich bin ab neun Uhr da."

Er beendete das Telefonat und ließ seinen Blick über Taylor und sein Müsli schweifen.

„Noah fällt aus", sagte er.

Taylor konzentrierte sich darauf, nicht an Noahs Gewicht auf seinen Schultern und das blutige T-Shirt in seinem Wäschekorb zu denken.

„Wie lange?", fragte er so ruhig wie möglich.

„Herzversagen. Er ist letzte Nacht kollabiert. Du trainierst ab heute mit Lamar." Der Coach faltete seine Zeitung zusammen und erhob sich. „Hoffen wir mal, dass er belastbarer ist", sagte er mehr zu sich selbst, leerte mit zwei tiefen Zügen seine Kaffeetasse und stellte sie auf das Tablett, das Sara gerade vorbeitrug. „Eine gottverdammte Zeitverschwendung war das, diesen Jungen auszubilden."

Peyton, der auf dem Hocker neben dem Coach Platz genommen hatte, zog die Zeitung zu sich herüber, schlug sie auf und biss in sein Brötchen. „Das wird knapp, Dad", sagte er, während er bis zum Sportteil vorblätterte. „In ein paar Wochen geht die Saison wieder los."

Lamar war der dritte Tight End der Eagles. Im Grunde genommen der Backup des Backups. Noahs Ersatz. Er war bisher noch nie bei einem Spiel zum Einsatz gekommen und Taylor bezweifelte stark, dass er den Ansprüchen des Coaches genügen würde. Vor allem in der Kürze der Zeit.

„Allerdings", erwiderte der Coach. „Das wird ein hartes Stück Arbeit."

Herzversagen.

Er würde Lamar schützen müssen. Irgendetwas musste er unternehmen. Vielleicht konnte er ihn dazu bringen aufzuhören. Aber dann würde der Nächste in den Startlöchern stehen. Und der Übernächste. Die High Schools waren voll mit footballspielenden Jungs, die darauf hofften, in ein Division-I-Collegeteam aufgenommen zu werden.

Er würde am anderen Ende, beim Coach, ansetzen müssen. Taylor spürte, wie ihm heiß wurde. Er schob die Müslischale von sich.

„Denkst du, es ist eine gute Idee, Lamar jetzt genauso ranzunehmen wie Noah?", hörte er sich laut fragen.

Der Coach, der gerade sein Handy und seine Lunchtüte in die Tasche packte, hielt inne und sah zu Peyton herüber, als ob der ihn angesprochen hätte. Dann sah er Taylor an und runzelte die Stirn.

„Was denkst du, wie du zu dem geworden bist, der du heute bist?", fragte er in einem Tonfall, der Peyton von der Zeitung aufsehen ließ.

Taylor spürte einen Kloß im Hals und schwieg. Der Coach fixierte ihn mit stählernem Blick. „Indem ich dich zehn Jahre lang hart rangenommen habe." Heftiger als nötig klickte er seine Tasche zu und erhob sich. „Ich beaufsichtige heute euer Training. Ich will Lamar arbeiten sehen."

Mit diesen Worten ging er.

Keine Frage, Lamar würde sich über die Nachricht freuen, dass Noah weg war. Nicht offiziell natürlich. Aber Taylor wusste, dass er darunter litt, die dritte Wahl zu sein und nicht eingesetzt zu werden. Lamar war ehrgeizig, wie sie alle.

„Taylor?"

„Ich hätte es wirklich wissen müssen", brach es aus Taylor heraus. Er fokussierte sich auf Peyton, der einen Meter vor ihm saß und langsam an seinem zweiten Brötchen kaute. „Der Coach überlässt nichts dem Zufall."

Peyton hielt in der Kaubewegung inne. Er schien zu überlegen, worauf Taylor hinaus wollte.

„Er braucht immer ein Backup", fuhr Taylor fort. „Und dann ein Backup vom Backup. Und wenn jemand wegbricht, dann muss er exakt die Lücke füllen. Größe, Gewicht, Leistung, das muss alles genau stimmen. Und dafür tut er einfach alles."

Peyton spülte seinen Bissen mit einem halben Glas Orangensaft hinunter. „Wovon sprichst du? Ist es wegen diesem Noah?"

„Er hatte einen Herzstillstand, Pete. Mit einundzwanzig."

Peyton nickte und stieß die Luft aus. „Ja, ich weiß."

„Das ist eine verdammte Scheiße. Er hätte sterben können."

„Taylor, jetzt beruhige dich."

„Der Coach geht über Leichen. Meinetwegen."

„Deinetwegen? Wie meinst du das?"

Taylor konnte nicht mehr essen und auch nicht mehr sitzen und stand vom Hocker auf. Er lief zu den Fenstern hinüber und wieder zur Theke zurück.

„Lamar ist jetzt der nächste in der Reihe. Er wird mit mir trainieren, jeden Tag, und dann, wenn er die Leistung nicht erbringt, genauso enden wie Noah."

Peyton ließ Taylor nicht aus den Augen und klappte die Zeitung zu. Er runzelte die Stirn. „Jetzt komm mal wieder runter. Ein Footballspieler ist kollabiert, sowas kommt vor. Wahrscheinlich war er krank und wäre somit eh nie in die NFL aufgestiegen. Und ja, dann kommt der Backup zum Zug. Was soll Dad tun? Mit nur einem TE in die Saison gehen, damit niemandes Gefühle verletzt werden?"

Taylor antwortete nicht. Peyton verstand ihn nicht. Aber wie sollte er auch? Er kannte den Coach auf einer Ebene, die Taylor verschlossen war. Das hatte sich trotz allem, was passiert war, nie geändert.

Er sollte Peyton mit der Drogengeschichte verschonen. Ihn da heraushalten. Aber diese Sache durfte nicht so weitergehen.

Taylor drehte Peyton den Rücken zu, rieb sich über den Schädel und merkte, dass er Kopfschmerzen bekam.

„Taylor, was ist mit dir?"

Peyton war aufgestanden und als Taylor sich umdrehte, standen sie sich direkt gegenüber.

„Noah hat mit mir gesprochen, bevor er zusammengebrochen ist." Er machte eine Pause. „Er war nicht krank."

Peyton schüttelte den Kopf. „Wie meinst du das?"

„Es ist der Coach. Er macht sie zu…Opfern. Für seine…seine *Sache*."

„Seine Sache? Opfer? Scheiße, Ty, wovon redest du?"

„Sie nehmen Drogen, verstehst du? Aufputschmittel. Weil der Coach es so will."

Peyton, der nach Taylors erstem Satz direkt wieder etwas hatte entgegnen wollen, klappte überrascht den Mund zu. Er wich einen Schritt zurück, ein für ihn höchst ungewöhnliches Flackern in den Augen.

„Wir reden hier schon von derselben Person, ja?", sagte er so langsam und deutlich, als würde er mit einem geistig Verwirrten reden. „Von unserem Dad? Diesem Typen, der pedantisch auf das Einhalten aller Regeln beharrt? Und der *niemals* eine brechen würde, geschweige denn das Gesetz?"

Taylor wusste, dass Peyton Zeit brauchen würde, um diese Information zu verarbeiten, und ignorierte diesen Einwand.

„Der Druck, den er meinetwegen aufbaut, macht die Leute kaputt."

Peyton zog die Brauen zusammen und Taylor merkte, dass er dabei war, sich ihm gegenüber zu verschließen.

„Deinetwegen? Wieso deinetwegen? Dad ist der Coach der gesamten Mannschaft."

Taylor wusste nicht, warum es ausgerechnet jetzt geschah; vielleicht, weil Peyton ihn so gar nicht verstehen wollte, oder weil er nicht damit aufhören konnte, den Coach zu glorifizieren, aber auf einmal sah er rot.

„Nein, verdammt, ist er nicht!", schrie er seinen Bruder an. „Siehst du das nicht?"

Peyton sagte nichts mehr, sondern lehnte mit verschränkten Armen an der Theke.

Sara verschwand hinter Peyton aus dem Raum und Taylor wusste, es war auch für ihn Zeit zu gehen. Er ging auf Peyton zu und schnappte sich die Wasserflasche, die Sara dort wie jeden Morgen für ihn bereitgestellt hatte.

„Er ist *mein* Coach. Und sonst ist er gar nichts."

Emilia saß in der Küche, schob sich eine Gabel Salat in den Mund und klickte in ihrem Laptop die nächste Anzeige an.

„Hier ist noch eine. Ein Zimmer, W-LAN, Balkon, sechshundert Dollar im Monat. Oh, es ist in Richardson."

Hank schaute von seinem Hanfbeutelchen auf und verzog das Gesicht. „Das ist vierzig Kilometer von hier. Die Spritkosten würden dir das Genick brechen."

Emilia seufzte und spießte sich ein Stück Radieschen auf. „Ich weiß."

„Vergiss es einfach und bleib hier."

„Das geht nicht."

„Diesen bescheuerten Job kannst du dann auch wieder kündigen. Ich verstehe überhaupt nicht, wozu du dich als Kellnerin in einem Bistro abrackerst für zehn Dollar die Stunde."

Emilia klappte ihren Laptop zu und schob ihn beiseite. „Ja, Hank, das ist mir klar, dass du *das* nicht verstehst."

Sie hörten die Haustür klacken und ein Poltern aus dem Flur. Hank feuchtete sein Zigarettenpapier mit der Zunge an und drehte es mit den Fingern zu einer Tüte. „Es gibt so viel lukrativere Arten, um an Geld zu kommen. Aber mich fragst du ja nicht."

„Tu ich auch nicht", entgegnete Emilia in dem Moment, in dem Cameron die Küche betrat.

„Dabei sitzt du hier direkt an der Quelle", fuhr Hank mit einem Grinsen in Camerons Richtung fort.

Cameron ignorierte ihn und öffnete nacheinander den Kühlschrank und die Töpfe, die auf dem Herd standen. „Hallo zusammen. Gibt's irgendwas zu essen? Ich verhungere."

„Da ist noch Salat." Emilia wies mit dem Kinn auf die Schüssel, die neben dem Herd stand und die Cameron bei seiner Inspektion geflissentlich übergangen hatte.

„Danke, Emilia. Ich meinte *richtiges* Essen." Er wandte sich zu Hank um. „Das nächste Mal, wenn wir uns eine Frau ins Haus holen, achten wir darauf, dass sie kochen kann."

„Phf, ich kann kochen."

„Du kannst Salat und Müsli zusammenkippen."

„Ich weiß überhaupt nicht, warum du hier rumstänkerst. Nimm dir doch einfach deinen komischen Container aus dem Kühlschrank und gut ist", mischte sich Hank ein in dem Augenblick, in dem Cameron genau das tat.

„Ja, schon." Er kippte sich den Inhalt, der verdächtig nach Eintopf aussah, auf einen Teller und schob ihn in die Mikrowelle. „Ab und zu eine selbstgemachte Lasagne wäre aber auch nicht schlecht."

Er öffnete sich eine Flasche Limonade, lehnte sich gegen die Anrichte und schien allmählich zur Ruhe zu kommen, während sein Essen hinter ihm kreiste und warm wurde.

„Wie war's beim Training?", fragte Emilia, die daran denken musste, in welchem Zustand Taylor gestern aus der Krankenstation gekommen war. Er hatte vollkommen neben sich gestanden und weder Emilia noch Peyton hatten daher weiter gefragt. Peyton hatte sie danach direkt zum Institut gebracht.

„Wie immer." Cameron trank einen Schluck und musterte sie über den Flaschenhals hinweg. „Wieso?"

„Wie geht's Taylor?"

Cameron grinste und Emilia dachte, wie ärgerlich es war, dass die Quelle der Information, über die sie verfügte, so eine anstrengende Person sein musste.

„Auch wie immer", sagte er. Die Mikrowelle pingte und er kam mit dem Essen zum Tisch und setzte sich Emilia gegenüber. „Hat den ganzen Tag lang wie ein Verrückter trainiert. Also nichts Neues."

Er begann seinen Teller mit beträchtlicher Geschwindigkeit zu leeren, während sich Hank zurücklehnte und seinen Joint anzündete.

„Peyton und ich haben ihn gestern von der Krankenstation abgeholt und da war er gar nicht *wie immer*", sagte Emilia, Camerons Tonfall imitierend.

Cameron schaute von seinem Essen auf. „Tatsächlich? Na, vielleicht deswegen, weil *Peyton und du* ihn von der Krankenstation abgeholt habt."

„Er hatte das Shirt voller Blut und schien unter Schock zu stehen." Emilia war fest entschlossen, Camerons Sticheleien so lange zu ignorieren, bis sie alle relevanten Informationen aus ihm herausgeholt hatte. „Du wirst ja wohl wissen, was da passiert ist."

Es war Taylors Gesichtsausdruck, der ihr seit gestern Nachmittag ein ungutes Gefühl bereitete. Er hatte ausgesehen, als hätte ihn irgendetwas in seinen Grundfesten erschüttert. Sie wusste, dass in dieser Trainingshalle etwas vorgefallen war.

Cameron senkte den Blick und kratzte den letzten Löffel Eintopf auf seinem Teller zusammen. „Ja, ich weiß, was passiert ist."

Er wandte sich Hank zu, der die Stuhllehne zurückgekippt hatte und eingeräuchert an der Wandseite saß. „Unser Noah hat eine Überdosis genommen und hatte nach dem Training gestern einen Herzstillstand." Seine Stimme war auf einmal ernst und seine Brauen waren zusammengezogen, als Hank den Stuhl nach vorne fallen ließ und beide Hände auf Schulterhöhe hob.

„Warum schaust du mich so an? Ich habe damit nichts zu tun."

„Natürlich hast du was damit zu tun. Du hast ihm das Zeug doch verkauft."

„Ich habe aber nichts mit seiner Überdosis zu tun. Dafür ist er selbst verantwortlich."

Emilia starrte abwechselnd Cameron und Hank an und konnte in den ersten Sekunden gar nicht glauben, was sie hörte. Und Cameron saß hier bei seinem Linseneintopf und behauptete, das Training heute sei *wie immer* gewesen? Sie musste schwer schlucken, um ruhig zu bleiben.

„Lebt er noch?", fragte sie.

Cameron nickte. „Soweit ich weiß, liegt er im Koma."

Das alles würde auffliegen. Sie würden doch wissen wollen, woher Noah das Zeug hatte, das er eingenommen hatte. Verdammt noch mal, Hank. Warum konnte ihr Bruder nicht einfach normale Sachen machen? Zur Uni gehen, im Schnellimbiss jobben, Gitarre spielen?

„Ich habe ihm genau erklärt, wie viel er nehmen darf. Wenn er sich daran nicht hält, ist das nicht mein Problem."

„Halt die Klappe, Hank."

„Das ist alles die Schuld von eurem Oberfeldwebel von Trainer", fuhr Hank ungerührt fort. „Der macht euch doch alle ganz verrückt mit seinen unmenschlichen Methoden. Sieben Uhr morgens anfangen, zwölf Stunden trainieren und immer noch weiter werfen, schneller laufen, härter tackeln. Kein Wunder, dass sie alle wie die Lemminge angerannt kommen und sich das Zeug löffelweise hinter die Binde kippen, um durchzu…"

„*Halt die Klappe!*" Cameron schlug mit der Faust auf den Tisch. Emilia zuckte zusammen und Hank verstummte. Etwas Asche fiel von seinem Joint auf die Tischplatte.

Cameron atmete ein paar tiefe Züge lang, schloss die Augen und drückte sich die Finger gegen die Schläfen.

„Du musst damit aufhören", sagte er.

„Sieh an", warf Emilia von der anderen Tischseite aus ein. „Cameron Falcon, der Quarterback und Kapitän, ist aus dem Dornröschenschlaf aufgewacht."

Cameron öffnete die Augen und funkelte sie über den Tisch hinweg an. „Es hat nie einen Dornröschenschlaf gegeben. Hank hat Recht. Der Coach macht Druck. Bei uns allen."

Emilia kniff die Augen zusammen. „Was willst du damit sagen?"

Cameron zuckte die Achseln und wechselte einen kurzen Blick mit Hank.

„Soll das heißen, er setzt auch dich unter Druck?" Sie starrte Cameron an und nahm aus den Augenwinkeln wahr, wie Hank sich wieder in den Qualm an der Wand zurückzog.

Cameron schüttelte den Kopf. „Lass gut sein, Emilia. Am besten vergisst du das alles hier so schnell wie möglich wieder." Er wischte mit den Händen über den Tisch, als könnte er damit auch alles entfernen, worüber sie in den letzten Minuten gesprochen hatten. Obwohl er ihr auszuweichen versuchte, hielt sie seinen Blick fest und lehnte sich über den Tisch in seine Richtung.

„Cameron, ein Junge liegt im Koma. Wegen Hanks zusammengemixten Aufputschmitteln."

Cameron sagte nichts, aber er nickte. Emilia dachte, dass sie ihn noch nie so ernst erlebt hatte. Sie hatte ihn aber auch selten die Beherrschung verlieren sehen wie gerade eben.

„Ich habe euren Coach erlebt. Ich weiß, wie er sein kann. Aber womit auch immer er dich er…"

„Entschuldige mal, Emilia." Cameron verschränkte die Arme vor der Brust. „Ich weiß ja, dass du unsere Fakultät in deiner Tätigkeit als Tutorin, sagen wir mal, *peripher gestreift* hast und deswegen denkst, du kennst dich mit Football aus. Aber das stimmt nicht. Der Coach hat…"

„Cameron, *ein Junge liegt im Koma*. Was, um Himmels Willen, hast du damit zu tun?"

Cameron klappte den Mund zu und runzelte die Stirn. Emilia wusste, dass sie für ihn bislang Hanks kleine Schwester war und weiter nichts. Wahrscheinlich überlegte er gerade, ob er sich auf ein Gespräch dieser Art mit ihr einlassen wollte oder nicht, da meldete sich Hank wieder zu Wort: „Entspann dich, Em. Er ist nur der, der die Partys schmeißt."

Emilia blieb auf Cameron fokussiert. „Das nutzt euer Coach aus, richtig, Cam? Deinen Kontakt zu Hank und zu den ganzen anderen Leuten in der Fakultät?"

Der Geruch des Grases breitete sich allmählich in der Küche aus und Emilia merkte, wie es anfing, sie zu benebeln. Das alles fühlte sich für sie auf einmal unwirklich an. Dass sie hier saß und versuchte, aus Cameron die Wahrheit herauszubekommen, wo er doch bislang nichts als Neckereien für sie übrig gehabt hatte.

Hank war ein selbstbezogener Mistkerl, dem es um nichts als seinen eigenen Gewinn ging, und das würde sie auch nie ändern können. Selbst wenn ihr ihre Mutter zehnmal aufs Dach stieg. Aber Cameron war nicht so. Er hatte Freunde, um die er sich kümmerte und war, seit sie ihn kannte, ein Teamplayer.

„Er ist über mich an Hank herangekommen", gab Cameron auf einmal zu und zuckte gleichzeitig entschuldigend die Achseln. „Ich konnte es nicht verhindern."

Für ein paar Sekunden trat Stille ein. Cameron schien nichts weiter dazu sagen zu wollen und Emilia war einen Moment lang zu überrascht davon, die Mauer tatsächlich eingerissen zu haben.

„Naja", warf Hank von rechts ein. „So richtig *wollten* wir das ja auch nicht verhindern."

Cameron wedelte den Rauch zur Seite und stand auf einmal vom Stuhl auf. „Kannst du die Kifferei nicht mal lassen?", fuhr er Hank an. „Nur einen Tag lang? Es nervt."

Hank wippte mit seinem Stuhl nach vorne und drückte tatsächlich die Reste seines Joints in ein leeres Schokoladenpapier, das auf dem Tisch lag. „Schon gut."

„Du verstehst das nicht", sagte Cameron an Emilia gerichtet und lief vom Fenster zum Kühlschrank und wieder zurück. „Es ist wichtig für den Coach, dass unsere Mannschaft zu den besten gehört. Es ist seine Aufgabe, dafür zu sorgen."

Niemand sagte etwas dazu. Cameron lief weiter hin und her und Hank, der ohne etwas zu rauchen oder zu trinken richtiggehend verloren wirkte, versuchte einen Hustenanfall zu unterdrücken.

„Niemand von uns wird von einem Top-Team gedraftet, wenn unsere Mannschaft unter ferner liefen rangiert", sagte Cameron. „Niemand. Selbst jemand, der so gut ist wie Taylor, hat es schwer."

Emilia nickte mechanisch. Das konnte der Coach natürlich nicht zulassen.

Sie musste an die wenigen Aufeinandertreffen denken, die sie mit John Bowman gehabt hatte, und ihr lief es kalt den Rücken hinunter. Wie er vor ihr gestanden hatte, riesengroß, mit diesem akkuraten Haarschnitt und dem stechenden Blick.

Wussten Sie, dass Taylor mein bester und damit wertvollster Spieler ist? Er hat eine große Zukunft vor sich.

Wie er sie systematisch eingeschüchtert und bedroht hatte, um seinem Sohn auf seinem Weg zum Erfolg alle denkbaren und undenkbaren Steine aus dem Weg zu räumen.

Camerons Handy, das auf dem Holztisch lag, vibrierte laut. Sein Gesicht blieb völlig ausdruckslos, als er auf das Display blickte.

„Wenn man vom Teufel spricht, kommt er", murmelte er und nahm den Anruf entgegen.

„Ja", sagte er. „Verstehe. Ja klar, bis gleich."

Nach wenigen Sekunden legte er auf und schob das Handy in seine Hosentasche. „Der Coach will mich sehen." Er wandte sich bereits zur Tür.

„Cameron." Emilia wartete, bis er sich umgedreht hatte und sie ansah. „Was willst du jetzt tun?"

Cameron verzog keine Miene, sondern sah sie weiter an, als hätte sie gar keine Frage gestellt.

„Willst du wirklich so weitermachen wie bisher, selbst wenn Noah tot ist?", fragte Emilia und hielt seinen Blick so lange fest, bis er sich abwandte und ging.

XV

Am Freitagabend betrat Taylor die Küche und war froh darüber, alleine zu sein. Seit Peyton da war, war er das nicht mehr allzu oft. Die Trainingswoche war vorbei, das Wochenende stand an, aber Taylor fühlte überhaupt nichts. Er hatte jeden Tag mit Lamar trainiert und den Coach, der ihrem Training beigewohnt und Lamar genau unter die Lupe genommen hatte, viel zu oft gesehen.

Sara war da gewesen, denn der Steinfußboden und die Ablagen glänzten, als Taylor die Küche durchquerte. Im Kühlschrank standen seine sorgsam beschrifteten Essensboxen für heute und morgen nebeneinander im untersten Fach der Tür. Taylor nahm sich gerade eine heraus, als es an der Tür klingelte.

Er richtete sich auf, stellte die Box auf das Abtropfbrett und ging in den Flur zurück. Er dachte, dass es vielleicht Cameron war, der manchmal spontan vorbeikam, vor allem freitags und am Wochenende. Oder der Paketbote.

Freude und etwas wie Erleichterung durchflutete ihn, als er sah, dass es seine Mutter war, die vor der Tür stand. Sie hatte keinen Koffer dabei, nur einen Einkaufskorb, als käme sie gerade vom Markt und nicht aus dem Nachbarstaat. Sie lächelte ihn an.

„Mom", sagte er. „Das gibt's doch nicht. Was machst du denn hier?"

Er dachte kurz, dass sie jetzt, wo Peyton nicht mehr bei ihr lebte, vielleicht öfters herkam, um ihn zu sehen.

„Ich wollte dich besuchen." Sie nahm ihn in die Arme. Er erwiderte ihre Umarmung und wollte sie überhaupt nicht wieder loslassen, so gut fühlte es sich an, sie zu sehen.

„Was machst du gerade?", fragte sie, als er ihr den Korb abnahm und ihr in den Flur und die Küche hinein folgte.

„Nichts, eigentlich."

Sie ging um die Kochinsel herum und nahm seinen Essenscontainer in Augenschein.

Er zuckte die Achseln. „Ich wollte mir das gerade warm machen."

Er stellte den Korb auf die Ablage neben den Herd und sie kam heran und begann ihn auszupacken. Sie hielt eine Packung eingeschweißte Steaks in die Höhe. „Wollen wir uns vielleicht was Richtiges kochen?"

Taylor nickte und begann plötzlich doch zu spüren, dass heute Freitag war.

Der Stress fiel ein wenig von ihm ab, als er seiner Mutter zusah, die summend die Gewürze und Messer bereitlegte und ihn bat, die Pfanne von einem der oberen Haken herunterzuholen, an den sie nicht herankam.

Er hatte ganz vergessen, dass sie beim Kochen immer Musik gehört und gesungen hatte.

Der Coach hatte ein paar Jahre nach ihrem Auszug die Küche zu schick und unpraktisch umgestaltet. Das alte Radio war auch weg, das früher auf einem der Regale gestanden hatte.

„Peyton ist nicht da", sagte er aus irgendeinem Impuls heraus, als er die Pfanne neben sie auf eine der Herdplatten stellte.

Sie nickte ohne aufzuschauen. „Das ist schon okay." Sie reichte ihm eine Schüssel mit ein paar Kartoffeln und dem Sparschäler. „Ich bin hergekommen, um dich zu sehen."

„Wirklich? Aus Idaho? Einfach so?"

„Ja, sicher." Sie machte eine Pause und sah von den Gewürzen auf, die sie vor sich aufgereiht hatte. „Peyton hat erzählt, ihr habt euch gestritten."

„Was?", rief Taylor überrascht und ein wenig verärgert, „wir haben uns überhaupt nicht *gestritten.*"

Die Mutter versuchte ein Lächeln zu unterdrücken. „Ja, das weiß ich doch."

Taylor biss die Zähne aufeinander und setzte sich an die Theke.

Eine Weile schwiegen sie. Die Mutter marinierte das Fleisch und Taylor begann damit, die Kartoffeln zu schälen, was er noch nie besonders gut gekonnt hatte.

„Wieso ruft er dich an und erzählt sowas?", brach es irgendwann aus ihm heraus, als er das, was von seiner dritten geschälten Kartoffel übrig war, in die Schüssel warf.

Die Mutter antwortete nicht sofort. „Ich glaube, er hatte nach eurem letzten Gespräch kein gutes Gefühl."

„Phf, *kein gutes Gefühl.*" Taylor dachte daran, wie Peyton mit verschränkten Armen dagestanden und nichts von dem, was Taylor ihm gesagt hatte, an sich hatte herankommen lassen wollen. „Er kapiert aber auch einfach gar nichts."

Die Mutter nickte. „Er hat wirklich nicht verstanden, was du ihm zu sagen versucht hast."

„Da gab es nicht viel zu verstehen." Taylor kämpfte mit der nächsten Kartoffel. „Ein Junge aus dem Team hatte einen Herzstillstand."

Er konnte plötzlich nicht mehr weiterschälen und ließ, ohne es zu wollen, die Kartoffel und den Schäler in die Schüssel fallen. „Scheiße."

Die Mutter kam zu ihm an die Theke und setzte sich ihm gegenüber. „Ich habe gehört, dass du mit ihm zusammen gewesen bist, als es passiert ist." Ihre Stimme klang leise. Er sah auf seine leeren Hände hinunter und nickte einmal, als die Szene wieder vor seinem inneren Auge ablief.

„Ich habe immer mit ihm zusammen trainiert. Er hat nie ein Wort gesagt. Aber eigentlich hätte ich es sehen müssen."

Ein paar Atemzüge lang herrschte Stille in der Küche, dann sagte seine Mutter: „Dass das passieren würde?"

Er nickte.

„Taylor, das konntest du nicht. Du warst gar nicht in der Position, das zu sehen. John oder einer der anderen Trainer hätte es sehen müssen."

Taylor hob den Kopf und sah seiner Mutter ins Gesicht. Er spürte Wut in sich aufsteigen. Darüber, dass er nichts getan hatte, außer Noah dann, als es schon zu spät gewesen war, auf die Krankenstation zu bringen.

„Natürlich war ich in der Position. Ich war dabei, als der Coach ihn runtergemacht hat. Jeden Tag, jahrelang. Ich war dabei und trotzdem habe ich einfach weggesehen und nichts getan."

„Taylor…"

„Und weißt du was? Es passiert wieder." Er hielt den Atem an, als ihm bewusst wurde, dass es genauso war. Er hatte die ganze Woche lang mit Lamar trainiert und der Coach hatte keine Gelegenheit ausgelassen, ihn spüren zu lassen, dass er himmelweit davon entfernt war, seinen Ansprüchen zu genügen.

„Ich tue wieder nichts", brachte er heraus. „Dabei ist es meine verdammte Aufgabe, zu verhindern, dass es wieder passiert."

„Es ist nicht deine Aufgabe. Sondern Johns."

Taylor schüttelte den Kopf, obwohl sich das, was seine Mutter sagte, richtig anhörte. „Das funktioniert nicht."

„Und warum nicht?"

Weil der Coach es nicht schaffte. Weil er es sich zur Aufgabe gemacht hatte, Taylor auszubilden und ihn das voll und ganz beanspruchte.

„Taylor…"

„Ich weiß es nicht, Mom." Taylor atmete tief ein. „Er arbeitet total viel. Er sorgt dafür, dass alle die erforderlichen Leistungen bringen. Ich mache Sondertraining, fast jeden Abend und auch an den Wochenenden. Die anderen nicht. Trotzdem sollen sie die gleichen Leistungen bringen wie ich, vor allem meine Backups. Aber das können sie natürlich nicht. Noah hat zu mir gesagt, dass er das alles nicht mehr schafft. Danach ist er zusammengebrochen. Und jetzt ist Lamar an der Reihe. Und wenn ich nicht in der Mannschaft wäre, also, wenn statt mir Peyton in der Mannschaft wäre, so wie es hätte sein sollen, dann…dann…"

„Taylor!" Die Mutter legte ihre Hände auf Taylors Unterarme, damit er sie ansah und Taylor verstummte. Noch nie hatte er diese Dinge gesagt, oder auch nur gedacht. Und plötzlich waren sie einfach da und kamen aus ihm heraus.

Er spürte, wie schmerzlich er sie all die Jahre, die er hier nun schon allein mit dem Coach lebte, vermisst hatte.

„Du musst das alles nicht tun", sagte sie. „Du kannst gehen."

Taylor schwieg, während das, was sie sagte, in sein Gehirn sickerte. Er versuchte sich vorzustellen, er würde genau das tun: einfach gehen und all das hinter sich lassen. Aber da waren zu viele Mauern um ihn herum und er sah keinen Weg, der hinausführte. Es schnürte ihm die Luft ab und er spürte, wie ihm der Schweiß aus allen Poren brach.

„Ich kann nicht", sagte er und hörte selber, wie erstickt er klang.

Ihre Hände auf ihm waren immer noch da. Sie fühlten sich warm und stark an. „Doch, Taylor. Du kannst. Du bist hier niemandem irgendetwas schuldig."

Taylor war vierzehn Jahre alt, als seine Familie auseinanderbrach. Es war Herbst, genau zwei Jahre, nachdem Peyton sein Bein verloren hatte. Taylor trainierte jeden Tag im Footballteam der High School, auf die er und Peyton gingen, und danach noch ein paar Stunden im Trainingszentrum oder im Stadion der Universität.

Wenn er abends nach Hause kam, ging er meistens als erstes zu seinem Bruder ins Zimmer, denn der liebte es, von ihm zu hören, wie das Training gewesen war. Er interessierte sich fast so sehr für Taylors Zeiten, Werte und Fortschritte wie der Coach.

Er warf sich auf Peytons Bett, völlig groggy vom Training, fing die Bälle auf, die Peyton ihm vom Schreibtischstuhl aus zuwarf und erzählte ihm alles, was er wissen wollte. Wie das Stadion aussah, wer seine Mannschaftskameraden waren, welche Zeiten er erlief und welche Trainingseinheiten er heute absolviert hatte.

Er sagte nicht, dass er sich danach sehnte, klettern und skaten zu gehen; dass er in der Schule so schlechte Noten hatte, dass er es ohne Stipendium niemals auf die Universität schaffen würde; dass er Peyton beim Training und bei den Spielen so sehr vermisste, dass er den Sport manchmal am liebsten aufgeben würde, nur um nicht mehr ständig an die Zeit erinnert zu werden, als sie noch gemeinsam auf dem Platz gestanden hatten.

Er beschwerte sich nie.

An diesem Tag saßen sie nebeneinander auf dem Fußboden vor dem Bett und spielten Madden NFL. Taylor versuchte nicht daran zu denken, dass es schon nach neun Uhr abends war und er noch keine einzige seiner Hausaufgaben erledigt hatte, da sagte Peyton: „Mom und Dad lassen sich scheiden."

Taylor erstarrte und sein Quarterback auf dem Monitor wurde auf der Stelle gesackt. Peyton warf ihm einen Blick zu. „Das weißt du doch."

Taylor wusste es. Seine Eltern verstanden sich nicht mehr. Ihre Beziehung, die keine mehr war, grassierte seit zwei Jahren im Haus wie eine üble, unheilbare Krankheit. Es war klar gewesen, dass eine Trennung unmittelbar bevorstand. Dennoch gab es ihm einen Stich ins Herz, es von Peyton ausgesprochen zu hören.

„Wann?", fragte er und es klang wie ein Krächzen. „Jetzt sofort?"

„Mom hat mich vorgewarnt, dass sie es uns heute sagen wollen." Peyton spielte weiter, als ob nichts wäre, aber Taylor machte nicht mehr mit und er pausierte das Spiel und ließ den Controller in den Schoß sinken. „Sie hat diesen Job in Idaho bekommen, Ty."

Auch davon hatte Taylor gewusst. Sie hatte sich um mehrere Jobs in Idaho Falls beworben, wo ihre Eltern lebten, und eigentlich war klar gewesen, dass sie nach einer Trennung dorthin zurückziehen würde.

Taylor saß reglos da und ließ den Kopf hängen. Er spürte Peytons Blick auf sich und seinen Arm, der sich um seine Schultern legte.

„Mach dir keine Sorgen", sagte Peyton in dem Moment, in dem ihre Mutter aus der Küche rief: „Jungs! Kommt ihr mal?"

Taylor schloss die Augen, während Peyton die Hände auf dem Bett hinter sich abstützte und sich in die Höhe stemmte.

„Kopf hoch. Du wirst auch in Idaho Football spielen können", sagte er.

Taylor sah auf. Peyton stand vor ihm, seine halblangen Haare fielen ihm ins Gesicht, als er im Halbdunkeln des Zimmers auf ihn herablächelte. Im Fernseher hinter ihm lief das Intro des Computerspiels in Endlosschleife und die animierten Footballspieler liefen immer wieder dieselben Schritte und rissen immer wieder die Arme in die Höhe, in den Händen den glänzenden Super-Bowl-Pokal.

„Geh schon vor", sagte Taylor. „Ich komme gleich nach."

Peyton verschwand und Taylor blieb eine Minute lang auf dem Fußboden sitzen, die Unterarme auf die Knie gelegt.

Es würde bald vorbei sein. Wie der Vater ständig versuchte, Peyton aus dem Weg zu gehen. Wie er den Unfall und das amputierte Bein totschwieg. Die Kälte, die zwischen den Eltern entstanden war und die Tag für Tag eisiger wurde. Das alles würde er nicht mehr ertragen müssen.

Idaho Falls. Achthundert Kilometer.

Seine Großeltern lebten dort, deswegen war er schon oft dort gewesen.

„Taylor!", drang die helle Stimme der Mutter aus der Küche.

Taylor rappelte sich auf. Seine Beine trugen ihn kaum; einerseits wegen des harten Trainings heute, andererseits, weil er sich vor dem fürchtete, was gleich in der Küche besprochen werden würde.

Er trat in den dunklen Flur hinaus. Peytons Zimmer war in das Erdgeschoss verlegt worden, kurz nachdem er vor etwa eineinhalb Jahren aus der Reha nach Hause gekommen war. Er sah die hell erleuchtete Küche im vorderen Bereich des Hauses und ging darauf zu, als auf einmal sein Vater direkt vor ihm aus der offenstehenden Tür seines Arbeitszimmers trat und ihm den Weg verstellte.

Taylor fuhr zusammen. Sein Vater sagte keinen Ton. Er packte ihn am Oberarm, bugsierte ihn mit einem großen Schritt in sein Arbeitszimmer und schloss die Tür. Taylors Herz schlug heftig, aber er sagte nichts, als er seinem Vater gegenüber stand.

„Du weißt, was wir gleich mit euch besprechen werden?" Seine Hand umgriff immer noch Taylors Oberarm.

Taylor nickte. Selbst wenn er gewollt hätte, hätte er kein Wort herausgebracht.

„Sie wird dich fragen, ob du mit ihr kommst. Und deine Antwort wird ‚nein' sein."

Taylor war wie erstarrt.

„Hast du verstanden?"

Taylor hatte gedacht, dass es sein könnte, dass der Vater ihn nicht gehen lassen würde. Aber er wusste, wenn er jetzt nickte, wären die Würfel gefallen und er rührte sich nicht.

„Wir beide", sagte der Vater, „wir bauen hier gerade etwas auf. Etwas Großes. Es geht um deinen Erfolg. Und um meinen. Das machst du mir jetzt nicht kaputt."

„Taylor! John!" Sie hörten die Stimme der Mutter und ihre Schritte näherkommen. „Wo bleibt ihr denn?"

Taylors Herzschlag setzte aus. Der Griff des Vaters verstärkte sich, bis es schmerzte. Seine Augen schienen zu glühen wie im Wahn.

„Du bleibst bei mir", flüsterte er. „Das bist du mir schuldig."

Er hatte nie jemandem davon erzählt, was an jenem Tag im Arbeitszimmer geschehen war. Jetzt, acht Jahre später, saß er seiner Mutter gegenüber, in derselben Küche, in der ihre Eltern sie damals vor die vermeintliche Wahl gestellt hatten.

Bei wem willst du bleiben?
Ich bleibe bei Mom.
Ich bleibe bei Dad.

Er war selber überrascht darüber gewesen, wie ruhig und selbstsicher seine Stimme geklungen hatte. Er hatte es geschafft, seiner Mutter dabei in die Augen zu sehen, obwohl es ihm fast das Herz gebrochen hatte.

„Ich kann nicht gehen", sagte er jetzt zu ihr. „Genauso wenig, wie ich damals gehen konnte."

Seine Mutter sah ihn an. Bislang war sie entspannt gewesen und hatte sich auf ihn und die Mahlzeit konzentriert, die sie zubereiten wollten. Jetzt ließ sie ihren Blick einmal durch die große, stahlweiße Küche wandern, als würde auch sie versuchen, sich an jenen Tag zurückzuerinnern.

„Ich hätte das nicht zulassen dürfen", sagte sie und in ihrer Stimme lag so viel Traurigkeit, dass er schlucken musste. „Ich hätte wissen müssen, was es für dich bedeuten würde, bei ihm zu bleiben. Aber…" Sie stieß ein Geräusch aus, das fast wie ein Seufzen klang, und schaute auf die Stelle, an der der Vater damals, als die Entscheidung gefallen war, gestanden hatte. Taylor wusste nicht, ob sie es unbewusst tat, oder ob sie sich tatsächlich erinnerte.

„Du hast gesagt, es ginge dir gut. Und John brauchte dich damals so dringend."

Taylor schwieg. Es hatte einen Tag gegeben, irgendwann im Frühjahr nach dem Unfall, an dem der Vater aufgehört hatte, um Peyton und das verlorene Bein zu trauern. Es war der Tag gewesen, an dem er sich Taylor zugewendet und es sich zur Aufgabe gemacht hatte, ihn auszubilden.

Zu der Zeit etwa hatten seine Eltern aufgehört, miteinander zu streiten. Das Schweigen zwischen ihnen war eingetreten und seitdem immer weiter gewachsen.

„Ich musste es tun", sagte Taylor auf einmal und deutete etwas wie ein Achselzucken an. „Wegen mir ist das alles überhaupt erst passiert."

Noch nie hatte er diesen Gedanken, der immer schon, seit dem Tag des Unfalls, in ihm wohnte, laut ausgesprochen. Er hob den Kopf und warf seiner Mutter einen Blick zu, aber ihre Augen ruhten ruhig auf ihm und das gab ihm die Kraft, weiterzureden.

„Es war meine Idee, in die Ruine hineinzugehen. Peyton wollte das gar nicht."

Er hatte seit Jahren nicht mehr daran gedacht. Hatte diese Erinnerung tief vergraben und verschlossen gehabt. Jetzt war sie auf einmal wieder da und er sah alles so genau vor sich, als wäre es gestern erst passiert. Das staubige, alte Gebäude, so verheißungsvoll, dass er nicht hatte widerstehen können, der zerlöcherte Bauzaun, Peyton, der hinter ihm war.

Wir sollten nicht hier sein.

Komm schon. Vielleicht sind noch Leichen oder so im Keller.

„Ich war derjenige, der die Treppen hochgelaufen ist. Er wollte zurückgehen, aber ich habe ihn überredet, nach oben zu kommen."

Sein Mund fühlte sich trocken an und er musste schlucken. Er wünschte sich, er könnte aufhören zu reden und den Film anhalten, aber jetzt, wo die Schublade einmal geöffnet war, gab es kein Zurück mehr. Seine Mutter sah ihn schweigend an, die Lippen aufeinandergepresst, als wollte sie ihn auf keinen Fall unterbrechen.

Sie wusste nicht, wie genau es an jenem Tag zu dem Unglück gekommen war, denn er hatte nie darüber gesprochen. Es jetzt zu tun, fühlte sich ungeheuerlich an.

„Er wusste, dass es gefährlich war. Er hatte Angst. Aber ich habe nicht auf ihn geachtet. Ich wollte…"

Er verstummte. Er wusste nicht mehr, was er dort oben gewollt hatte.

„Taylor…"

„Und dann…ist er abgestürzt."

Und das Leben war aus den Fugen geraten. Eine neue Zeitrechnung hatte begonnen. Seit dem Unfall gab es nur noch ein *Davor* und ein *Danach* und alles drehte sich darum herum.

Weil er, alle Zäune, Schilder und Warnrufe ignorierend, unbedingt in eine Ruine hatte laufen müssen.

Taylor sah auf seine Hände hinunter. Er spürte sie wieder, die Panik, die ihn ergriffen hatte, als das Haus einzustürzen begann und er Peytons Schreie hörte. Es lief ihm kalt den Rücken hinunter, genau wie damals.

Ty! Hilfe! Es tut weh!

Der Moment, in dem die Schreie verstummt waren.

Seine Kehle schnürte sich zusammen und er spürte Tränen aufsteigen und hatte keine Kraft, dagegen anzukämpfen.

„Ich bin nach unten geklettert, so schnell ich konnte, aber…", seine Stimme brach. „Ich konnte ihn nicht retten. Ich…"

Seine Mutter war auf einmal bei ihm und hielt ihn fest und er konnte nicht mehr weitersprechen. Seine Schultern bebten.

„Es ist meine Schuld, dass Peyton abgestürzt ist", brachte er heraus und merkte, wie schwer es ihm fiel, sich wieder zu beruhigen. „Wegen mir hat er sein Bein verloren. Ich habe ihm alles ruiniert." Er machte eine Pause und atmete ein paar Züge lang zitternd ein und aus. „Und ich habe unserem Dad Peyton weggenommen."

Seine Mutter schüttelte den Kopf. „Es ist nicht deine Schuld." Ihre Stimme war leise, aber fest und obwohl sie viel kleiner war als er, fühlte sie sich doppelt so stark an. „Hörst du? *Es ist nicht deine Schuld.*"

Er wusste, dass es stimmte. Und er wusste, dass es nicht stimmte.

Er hatte seit Ewigkeiten nicht mehr geweint. In der Nacht des Unfalls, als sein Vater und er in jenem Krankenhaus nebeneinander vor der Scheibe gestanden und zu Peyton und der Mutter hineingesehen hatten, hatte er damit aufgehört.

Nach einer ganzen Weile, als er nur noch dasaß und sich erschöpft und leer fühlte, trat sie einen halben Schritt zurück. Sie legte ihre Hände auf seine Schultern und brachte ihn dazu, sie anzusehen.

„Peyton hatte einen Unfall. Und Unfälle passieren. Er ist noch da. Er war immer da. Dein Vater konnte das nur nicht sehen."

Taylor musste an Peyton denken, in seinem Krankenbett sitzend, lebendig und stark.

Ich bin noch hier, ich bin nicht gestorben!

„Aber du, du hast weitergemacht." Sie ließ ihn los und ließ sich, ihm zugewandt, auf den Hocker neben ihm sinken. „Als Peyton nach der Reha nach Hause kam und nicht wusste, wie er weitermachen sollte, hast du wieder angefangen, Football zu spielen. Das hat ihm neuen Lebensmut gegeben und die Kraft, nach vorne zu schauen. Und auch eurem Vater. Wir alle konnten dadurch weitermachen."

Sie machte eine Pause und zog die Brauen zusammen. Ihr Blick war auf einmal woanders und er sah Schmerz darin aufflackern.

„Das alles ist eine viel zu große Aufgabe für einen zwölfjährigen Jungen. Das hätten wir sehen müssen."

Sie wandte sich ein wenig von ihm ab und er dachte, dass diese Erinnerungen auch für sie nur schwer zu ertragen waren.

Seine Mutter war ihm grenzenlos stark erschienen. Sie hatte sich nach dem Unfall um Peyton gekümmert. Sie hatte ihn durch die Amputation und die Rehabilitation begleitet und ihm dann dabei geholfen, aus dem Rollstuhl heraus und wieder auf die Beine zu kommen. Es hatte Monate gedauert.

Sie hatte erbitterte Kämpfe mit dem Vater ausgefochten. Hatte versucht, ihn dazu zu bringen, seine alte Rolle als Ehemann und Vater wieder einzunehmen. Bis der Vater sich dem entzogen, die Front gewechselt und damit begonnen hatte, sich einem neuen Kampf zu widmen. Dem tagtäglichen Kampf mit Taylor, der bis zum heutigen Tag andauerte.

XVI

„Ich verstehe nicht, wieso du hier den Gradienten bildest."

Mason, der mit dem Rücken zu ihnen am Whiteboard stand, antwortete nicht, sondern schrieb weiter an seiner Gleichung.

„Mason! Kannst du bitte mal kurz erklären, wie du darauf kommst?"

Mason hielt inne und ließ den blauen Whiteboardmarker sinken. Ohne sich umzudrehen, legte er den Kopf in den Nacken und schickte ein genervtes Stöhnen in Richtung Decke.

Es war die zweite Tafel, die er beim Vorrechnen seiner Hausaufgabe vollschrieb, und das dritte Mal, dass er dabei unterbrochen wurde. Es war offensichtlich, dass er mit seiner Geduld allmählich am Ende war.

„Mason?"

Er drehte sich zu ihnen um und schob sich mit einer Handbewegung die dunklen Locken aus den Augen. „Wir benötigen in der dritten Gleichung einen Tensor, daher der Gradient", ratterte er im Stakkato herunter, ohne sie dabei wirklich anzusehen. Er warf einen Blick auf seine futuristisch aussehende Armbanduhr, fuhr wieder herum und schrieb weiter.

Paige runzelte die Stirn und sah hilfesuchend zu Emilia herüber, aber die konnte mit Masons Antwort ebenso wenig anfangen und zuckte nur mit den Achseln.

Normalerweise würde sie jetzt versuchen, Paiges Frage zu beantworten, ebenso wie Paige umgekehrt Emilias Fragen beantwortete. Gemeinsam konnten sie mit Masons Geschwindigkeit mithalten und sich gegenseitig die Wissenslücken füllen, so dass er ungestört seine Lösungsansätze ausarbeiten konnte. Aber mittlerweile war gar nichts mehr normal. Emilia hing mit ihrem Lernpensum über eine Woche hinterher und hatte diese Stunde mehr schlecht als recht vorbereitet. Sie hatte es zwar geschafft, ihre eigene Aufgabe vorzubereiten und vorzurechnen, aber es war die einfachste des ganzen Übungszettels gewesen und die anderen hatte sie sich noch nicht einmal richtig angeschaut.

Jetzt saß sie im Übungsraum in der vordersten Reihe und hatte Mühe damit, alles mitzuschreiben, auch wenn sie nichts davon verstand, denn Mason schrieb so schnell wie er sprach. Sie würde sich den Stoff Zuhause in Ruhe anschauen und nacharbeiten müssen.

Zuhause. In Ruhe. Haha.

Die Tür ging auf und Charlotte kam herein und durchbrach die Stille in dem Raum. „Hallo zusammen", rief sie.

Ohne aufzuschauen murmelte Paige etwas, das als Gruß durchgehen konnte.

Mason sah wieder auf seine Uhr. „Zwölf", sagte er und fuhr zu schreiben fort, wobei er sein Tempo noch ein wenig erhöhte.

Emilia verfolgte aus den Augenwinkeln, wie Charlotte sich auf den Platz neben Paige fallen und eine Kaugummiblase platzen ließ. Sie trug einen kurzen Rock, ein buntes, bauchfreies Oberteil und Stiefel und sah aus, als wäre sie gerade erst von einer Party gekommen. Ihre langen, blondierten Haare hatte sie nachlässig hochgesteckt.

„Ist was?", fragte sie in Emilias Richtung, rutschte ein wenig auf ihrem Stuhl nach unten und angelte sich Block und Etui aus ihrem Rucksack.

„Findest du es okay, zwölf Minuten vor Schluss hier aufzutauchen?" Emilia wusste nicht, warum ihr das ausgerechnet heute so aufstieß. Charlotte kam eigentlich immer zu spät. Nicht nur zur Lerngruppe, sondern auch zu Übungen, Vorlesungen und sämtlichen Verabredungen. Bisher hatte Emilia das mit einem Achselzucken abgetan. Es war Charlottes Sache und es waren Charlottes Noten. Heute sah sie sie jedoch förmlich vor sich; wie sie im Bett irgendeines Typen herumlungerte, den sie auf einer Party aufgerissen hatte, auf die Uhr schaute und achselzuckend eine weitere Nummer schob, während sie und Paige schwitzend versuchten, Masons Herleitungen zu folgen.

„Wieso?" Charlotte ließ eine weitere Blase knallen und klappte ihren Block auf. „Was dagegen?"

„Allerdings."

Was sie in dieser Zeit alles erledigen könnte! Wohnungen besichtigen, zum Beispiel. Oder sonntags mal die Früh- statt die elende Spätschicht im Cargan´s abreißen.

Sie hatte nicht weiter mitgeschrieben und Mason war am rechten unteren Rand der Tafel angekommen und quetschte bereits die letzten Variablen in die verbliebene Ecke.

„Ich frage mich gerade, was eigentlich dein Beitrag zu dem Aufgabenzettel ist."

„Emilia", stöhnte Paige, die die Tafel nicht aus den Augen ließ und sich mit dem Unterarm den Schweiß von der Stirn wischte. „Jetzt hör auf."

„Wieso?" Emilia verschränkte die Arme vor der Brust und lehnte sich zurück. Mason griff nach dem Magnetschwamm und begann mit zackigen Bewegungen, die Tafel zu reinigen.

„Es stimmt doch. Charlotte kommt kurz vor Schluss hier reingeschneit, wahrscheinlich gerade aus dem Bett irgendeines Footballspielers gestiegen, und will unsere Ergebnisse absahnen. Das nervt!"

„Acht."

Paige ließ den Stift fallen und blätterte eine Seite ihres Blockes um und Charlotte konnte sich ein Grinsen nicht verkneifen. „Keine Angst, Emilia. Es war diesmal nicht *dein* Footballspieler, aus dessen Bett ich gerade gestiegen bin."

Emilias Herz machte einen wütenden Satz und sie kniff die Lippen aufeinander. „Darum geht es hier doch gar nicht."

Masons blauer Stift schwächelte und er wechselte zu Grün, bevor er auf dem blankgeputzten Board fortfuhr. Emilia hatte es aufgegeben, folgen zu wollen und Charlotte schien ebenfalls kein Interesse zu haben.

Was für eine gigantische Zeitverschwendung diese Stunde doch war.

„Doch, ich glaube, genau darum geht es", erwiderte Charlotte.

Emilia fuhr auf ihrem Stuhl herum. Sie spürte, wie ihr die Röte ins Gesicht stieg. „Paige und ich haben vorhin unsere Aufgaben vorgestellt. Mason stellt seine jetzt gerade vor."

Zugegeben, Mason bekam immer die schwersten Aufgaben des Zettels. Er schien es entweder nicht zu bemerken, oder er war froh darüber, dass Paige und Emilia ihm die leichteren vom Hals hielten, so dass er sich ganz auf die herausfordernden Sahnestücke konzentrieren konnte.

„Und wo bleibt dein Beitrag? Tut mir leid, Charlotte, aber meiner Meinung nach hast du kein Anrecht, mit deinem Namen auf dem Aufgabenzettel zu stehen."

Charlotte richtete sich ein wenig in ihrem Stuhl auf.

Paige hörte auf zu schreiben. „Warte mal kurz", rief sie Mason zu, der tatsächlich stoppte und sich umdrehte, die Hände blaugrün gefleckt, die Augenbrauen zu einem Strich zusammengezogen.

„Also, was ist heute los mit dir, Emilia?", fragte Paige.

„Was mit *mir* los ist?" Emilia saß kerzengerade da und sah abwechselnd Paige und Mason an. „Merkt ihr das eigentlich gar nicht? Jeder leistet hier seinen Beitrag, nur *sie* nicht. Sie kommt immer zu spät und erntet nur die Lorbeeren. Das mache ich ganz einfach nicht mehr mit."

Alle schwiegen und stierten Emilia an, der in dem Moment, in dem ihr klar wurde, was sie losgetreten hatte, der Schweiß ausbrach. Jetzt konnte sie nicht mehr zurückrudern.

„Können wir weitermachen?", fragte Mason in die betretene Stille hinein.

„Ist dir das vollkommen egal?", fuhr Emilia Mason an, der die Schultern hochzog, wieder fallen ließ und keine Miene verzog. Nur die Hand, in der er den Marker hielt, zuckte nervös.

„Ja." Charlotte bewegte sich wie eine Schlange auf Emilia zu. „Es ist ihm egal, kapiert?" Ein Grinsen schlich sich in ihr Gesicht zurück. „Außerdem leiste ich durchaus einen Beitrag."

„Ach ja? Indem du jeden Sonntag den aktuellen Uni-Tratsch in die Lerngruppe trägst, oder was?"

„Zum Beispiel."

Paige stöhnte. „Emilia, kannst du bitte Charlie in Ruhe lassen, damit wir weitermachen können?"

„Na toll." Emilia versuchte mühsam, die Wut niederzukämpfen, die in ihr hochzukochen begann. „Also merkst du auch nichts."

„Das ist doch jetzt vollkommen egal", rief Paige in dem Moment, in dem Masons Uhr laut zu piepen begann. Paige zuckte zusammen und fuhr sich mit den Händen durch die Haare, die kurz darauf wild vom Kopf abstanden.

Mason packte seinen Aufgabenzettel und die Whiteboardmarker in seine Ledertasche, klemmte sie sich unter den Arm und rauschte aus dem Raum.

„Gut gemacht, Emilia", schnappte Paige, als die Tür hinter ihm ins Schloss fiel. Sie schlug ihren Block zu und stopfte ihn in ihren Rucksack. „Erst wartest du hier mit einer nicht ganz schlüssig gerechneten Aufgabe auf und jetzt ist Mason mit der Lösung für seine abgehauen. Dankeschön." Sie warf sich den Rucksack auf den Rücken.

„Weißt du, Emilia", sagte Charlotte, „vielleicht solltest du deine privaten Befindlichkeiten das nächste Mal Zuhause lassen."

Sie folgte Paige, die bereits zur Tür gehastet war. „Mason, warte!"

Dann waren sie beide verschwunden.

Emilia musste all ihre Kraft zusammennehmen, um aufzustehen, ihr Zeug zusammenzupacken und draußen auf ihr Fahrrad zu steigen.

Sie hatte heute den Mund aufgemacht und erwartet, dass zumindest Paige ihr durch die Tür folgen würde, die sie aufgestoßen hatte. Aber sie hatte es nicht getan. Weil Charlotte glänzte und jeder etwas von ihrem Glanz abhaben wollte.

Sie parkte ihr Rennrad in einem der Fahrradständer neben dem Mitarbeitereingang des Cargan's, stieß die Tür auf und ging den Flur entlang, wo sich die Schließfächer für die Angestellten und der Umkleideraum befanden. Sie begrüßte Ruby, die irgendwas Künstlerisches studierte und fast jeden Sonntag mit ihr die Spätschicht schob, und begann damit, sich umzuziehen.

„Alles okay mit dir?", fragte Ruby, während sie nebeneinander vor dem fast blinden Spiegel standen und sich die Schürzen umbanden.

„Ja, wieso?"

„Nur so. Du wirkst noch schlechter gelaunt als sonst."

Emilia antwortete nicht und sie gingen gemeinsam nach vorne und ließen sich von Mark einteilen.

Ruby, die heute den Außenbereich und die Tische an den vorderen Fenstern zugeteilt bekam, war die geborene Kellnerin. Sie wirkte, als hätte sie richtig Spaß an der Sache, und flirtete mit den Gästen was das Zeug hielt, egal ob Männer oder Frauen.

Sie war auch so eine, die glänzte.

Tanz und Schauspiel, fiel Emilia wieder ein, als sie Ruby zusah, die sich und ihr Tablett schwungvoll zwischen den voll besetzten, eng gestellten Tischen hindurchmanövrierte. Das war es, was sie studierte.

Emilia hingegen kellnerte einfach nur. Naja, dachte sie, dafür stimmte ihre Kasse am Ende des Tages und sie musste sie nicht mit der Hälfte ihres Trinkgeldes auffüllen, so wie Ruby, die vor lauter Tanzen und Flirten anscheinend das Zusammenzählen nicht mehr hinbekam.

In Emilias Bereich, der im hinteren Teil des Bistros lag, war nicht so viel los und während sie zwischen den wenigen besetzten Tischen und der Bar hin- und herlief, fragte sie sich, warum sie Charlotte ausgerechnet heute ihre Meinung gesagt hatte.

Ob es wirklich daran lag, dass sie Sex mit Taylor gehabt hatte?

Charlotte war ihr immer schon ein Dorn im Auge gewesen. Und es stimmte, dass ihr seit jenem Tag, an dem sie hinter Taylor das Badezimmer, *ihr* Badezimmer, verlassen und sich an ihn geschmiegt hatte, bei Charlottes Anblick jedes Mal die Galle hochkam.

Sie stand gerade an einem ihrer Tische, kassierte ab und war damit beschäftigt, den Gedanken an Taylor und Charlotte im Badezimmer wieder loszuwerden, da sah sie ihn.

Ihr Herz machte einen Satz. Neben den zierlichen, weißen Bistrotischen auf der Sonnenterrasse wirkte er besonders groß und breitschultrig. Er trug kurze Hosen und ein schwarzrotes, ärmelloses T-Shirt mit Kapuze. Seine Miene wirkte unergründlich und verschlossen, während er neben Peyton herging, der mit ihm redete und im Vorbeigehen ein paar Leute grüßte.

Emilia blieb wie erstarrt stehen, das leere Tablett auf der Hüfte, und sah ihnen zu, wie sie hintereinander das Lokal betraten. Sie spürte bei seinem Anblick, wie sehr sie ihn trotz allem vermisste. Als sie ihn das letzte Mal gesehen hatte, hatten sie ihn aus der Krankenstation abgeholt und er hatte einen so erschütterten Eindruck gemacht, dass sie sich sogar Sorgen um ihn gemacht hatte.

„Peyton, was soll das? Was wollen wir hier?" Taylor stieg auf der Beifahrerseite aus seinem Pickup, schob sich die Hände in die Taschen seiner Shorts und sah zu dem flachen, weißen Gebäude hinüber. Obwohl er ganz in der Nähe des Cargan's wohnte, war er seit seiner Zeit in der Junior Highschool nicht mehr hier gewesen. Das Bistro lag irgendwie immer in der falschen Richtung, egal von wo er kam.

„Ach, komm schon." Peyton schloss den Wagen ab und ging Taylor voran die Stufen zur Terrasse hinauf. „Ich hab einfach mal wieder Hunger auf Hähnchen."

Taylor glaubte ihm kein Wort, aber er hatte ebenfalls Hunger, deshalb widersprach er nicht mehr. Gemeinsam gingen sie an den vollbesetzten Bistrotischen vorbei zum offenstehenden Eingang hinüber.

Es war zwei Tage her, seit ihre Mutter vorbeigekommen war und sie hatten sie gerade zum Flughafen gebracht. Taylor war es schwerer gefallen als sonst, sich zu verabschieden und er merkte, dass ihm gerade jede Gesellschaft zuviel war. Peyton hatte aber nicht locker gelassen und darauf bestanden, mit ihm gemeinsam hierher zu fahren.

„Weißt du noch, wie Dad uns hier das Billardspielen beigebracht hat, als wir acht oder neun waren?", sagte er und trat vor Taylor durch die Eingangstür.

Taylor wusste es nicht mehr.

Er sah sich in dem Gastraum um, der groß war, durch die vielen Tische und die niedrige Decke jedoch heimelig wirkte. Es gab viel Holz und altes Dekozeugs und hinter der Bar, die sich die gesamte rechte Wandseite entlang zog, tatsächlich einen alten Billardtisch.

„Hey, Mark." Peyton beugte sich über die Bar hinweg, wo Mark Cargan an der Spüle stand, und begrüßte ihn per Handschlag. „Wie geht es meiner kleinen Kellnerin so?"

„Macht sich", brummte Mark, winkte mit dem Spüllappen an Peyton vorbei und machte große Augen. „Sag bloß, du hast deinen Bruder mitgebracht. Wo warst du all die Jahre, Junge? Wohnst du nicht mit Johnny zusammen gleich um die Ecke?"

Taylor antwortete mit einem vagen Nicken und warf Peyton einen Blick zu, der sofort in die Bresche sprang.

„Oh, Taylor isst nicht oft auswärts", sagte er und fügte im vertraulichen Tonfall hinzu: „Er wird vom Institut mit genau abgestimmter Ernährung versorgt. Außerdem trainiert er furchtbar viel."

„Ach, tatsächlich." Mark nickte beeindruckt und versuchte Taylor ins Visier zu nehmen, aber der schlenderte bereits Richtung Billardtisch und hörte Mark noch sagen: „Siehst du, das wusste ich überhaupt nicht."

„Ja", lachte Peyton, „glaub mir, das ist auch eine Wissenschaft für sich."

Dann war er außer Hörweite. Er fuhr mit der Hand über die niedrigen, abgestoßenen Lehnen der Barhocker und den Billardtisch und merkte, wie die Erinnerungen zurückkamen. Sie waren in den Jahren vor dem Unfall öfter hier gewesen, sie alle vier. Meistens hatten sie auf dem Heimweg von einem Spiel hier angehalten und zu Mittag gegessen. Taylor wusste sogar wieder, wo sie immer gesessen hatten. Auf dem Ecksofa an dem halbrunden Tisch am Fenster. Peyton und der Vater hatten dort stundenlang die Spiele nachbesprochen und analysiert und Taylor hatte nach fünf Minuten abgeschaltet, mit der Mutter Karten gespielt und gehofft, dass sie bald aufbrechen würden.

Peyton tauchte auf und schob ihn auf einen freien Tisch im hinteren Teil des Gastraumes zu, direkt unter einem Hirschgeweih, wo bislang nur wenige Tische besetzt waren.

„So, abgehängt." Er ließ sich Taylor gegenüber auf einen der Holzstühle fallen und schien nach der Bedienung Ausschau zu halten.

„So wie ich den Typen kenne, übernimmt er gleich diesen Tisch, nur damit er uns weiter vollquatschen kann", murrte Taylor. „Ich schwöre dir, ich musste fünf Minuten lang überlegen, wen er mit *Johnny* meint."

Peyton verbiss sich ein Grinsen und schüttelte den Kopf. Taylor merkte, wie sehr ihm Peytons gute Laune schon den ganzen Tag auf die Nerven ging.

„Den übernimmt jemand anders", sagte Peyton. „Apropos John: wusstest du, dass unser Vater was mir eurer PR-Tante am Laufen hat?"

Taylor, der damit begann, ein paar Bierdeckel zu einem Turm zusammenzubauen, zuckte die Achseln. „Mit Kelly Deneberger? Kann sein. Ehrlich gesagt ist mir egal, mit wem er was hat, solange er sie nicht bei uns einziehen lässt."

„Ich hab sie in seinem Büro zusammen gesehen. Wie alt ist sie? Achtundzwanzig?"

„Du kriegst nichts mehr mit, Pete. Das ist doch nichts Neues. Davor war er mit unserer Physio-Tante zusammen, die war auch noch keine dreißig. Und davor…"

Peyton hob eine Hand. „Bitte, hör auf. Ich will es nicht hören."

„Was hast du in seinem Büro gemacht?" Soweit Taylor wusste, rief der Coach Peyton nicht für Standpauken in sein Büro. Und einen anderen Grund, dort aufzuschlagen, konnte er sich nicht vorstellen.

Peyton zuckte die Achseln und reichte Taylor einen Bierdeckel an, als ihm seine ausgingen. „Wir hatten ein Vorstellungsgespräch mit einer Sportstudentin. Violet." Er hatte plötzlich sein Handy in der Hand, schaute darauf und steckte es wieder ein. „Übrigens, ich habe nachher noch ein Date mit ihr."

Taylor wunderte sich, dass sich der Coach Zeit für so etwas nahm. Er führte nicht einmal die Vorstellungsgespräche für sein eigenes Büro selber durch, sondern schickte Nolan vor.

Er wollte gerade einen Kommentar in diese Richtung loswerden, da blieben ihm die Worte im Hals stecken.

Emilia trat an ihren Tisch heran. Unter ihrer Kellnerinnenschürze trug sie kurze rote Hotpants und ein knappes weißes Top, die Dienstkleidung der weiblichen Bedienungen des Cargan´s. Das Outfit brachte ihre Figur so gut zur Geltung wie nichts, was er jemals zuvor an ihr gesehen hatte.

Sie reichte ihnen die Karten und sagte: „Hi.“ Sie sah blass aus und wirkte so verlegen, dass Taylor seinem Bruder, der sie von oben bis unten musterte, am liebsten einen Tritt verpasst hätte.

„Ich finde, dieses Outfit steht dir richtig gut“, sagte er zu ihr. „Oder, Ty?“

Taylor öffnete die Karte, rutschte ein wenig in seinem Stuhl hinunter und antwortete nicht.

„Wollt ihr schon irgendwas bestellen?“, fragte Emilia.

„Ich glaube, wir wissen noch nicht, was wir nehmen wollen“, hörte er Peyton sagen. „Komm doch gleich nochmal wieder, ja?“

Emilia entfernte sich von ihrem Tisch und Taylor ließ die Karte sinken und sah, dass Peyton ihr hinterherschaute. Von hinten sahen die Shorts noch knapper aus als von vorne.

Mit einer Handbewegung fegte er seinen zweistöckigen Bierdeckelturm vom Tisch.

„Was soll diese Scheiße, Mann?“, fuhr er Peyton an, gerade so laut, wie er hier im Bistro konnte, ohne Aufmerksamkeit auf sich zu ziehen.

Peyton ließ seinen Blick noch eine Weile auf Emilias Hintern verweilen, der gerade die Bar erreicht hatte, bevor er sich Taylor zuwandte.

„Wieso?“

„Wieso? Das fragst du mich noch? Was tut Emilia hier?“

„Sie arbeitet hier. Sag doch mal ehrlich, dieser Body…“

„Hast *du* ihr etwa diesen Job besorgt? *Hier*?“

Peyton ließ seinen Blick durch den Laden schweifen, als gäbe es absolut nichts daran auszusetzen. „Natürlich. Sie brauchte einen…“

„Sie lässt sich hier von fünfzigjährigen Anglern und Jägern auf den Hintern glotzen. Mann, wieso verschaffst du ihr keinen ordentlichen Job?“

Peyton klappte die Karte zu und winkte in Richtung Bar. „Oh man, ich muss sie nochmal aus der Nähe sehen.“

„Zum Beispiel in deiner Forschungsgruppe. Sie ist Mathematikerin.“

Peyton schien ein paar Sekunden lang darüber nachzudenken und legte sich eine Hand auf die Brust. „Dafür braucht man Herzblut. Außerdem sind die Stellen in der Forschung miserabel bezahlt." Er machte eine Pause. „Ich verstehe nicht, warum du dich wegen Emilia überhaupt so aufregst."

Taylor biss wütend die Zähne zusammen. Weil er Peyton vertraut hatte. Weil er gedacht hatte, sie sei bei ihm in guten Händen.

Als sie wieder an den Tisch herantrat, begegnete er zum ersten Mal ihrem Blick. „Ähm", sagte er. „Ich nehme das Hähnchen und die Wedges. Und eine Coke."

Es fühlte sich so falsch an, sie hier zu sehen. Sie waren zusammen aus gewesen. Sie war seine Tutorin gewesen, hatte vor ihm am Whiteboard gestanden und ihm Statistik beigebracht. Und jetzt stand sie in dieser Verkleidung in diesem Laden, schrieb seine Bestellung auf einen Block und würde am liebsten im Erdboden versinken.

Er überlegte, ob er einfach aufstehen und gehen sollte, da richtete sie sich an Peyton: „Und du?"

„Hmm." Peyton fing wieder an, die Karte zu studieren. „Ich glaube, ich muss noch ein bisschen überlegen."

Taylor verpasste Peyton unter dem Tisch einen Tritt, wobei er darauf achtete, das richtige Bein zu erwischen, aber Peyton verzog nur einen Mundwinkel.

„Weißt du, Emilia, wir wurden doch neulich unterbrochen. Als wir zusammen im Auto saßen und du dich wegen dem Date und dem Kuss und alldem entschuldigen wolltest…"

Er machte eine Pause und Emilia senkte den Blick und eine leichte Röte kroch aus ihrem Ausschnitt empor und hob sich deutlich von dem blütenweißen Shirt ab. Peyton beobachtete sie genau. „Ich dachte, vielleicht wolltest du noch irgendwas dazu sa…"

Weiter kam er nicht, da riss ihm Taylor die Karte aus den Händen und warf sie auf den benachbarten freien Bistrotisch. „Verdammt noch mal, Pete!", schnauzte er und ärgerte sich über sich selbst fast so sehr wie über seinen Bruder. Weil es ihm nicht gelang, ruhig zu bleiben, obwohl Peyton doch so offensichtlich darauf aus war, ihn zu provozieren. „Er nimmt das Gleiche wie ich."

Emilia sah ihn an und er merkte, dass es ihr nach einigen Sekunden gelang, sich ein wenig aufzurichten, ehe sie sich wieder an Peyton wandte.

„Nein." Ihr Tonfall war eisig. „Ich werde überhaupt nichts mehr dazu sagen." Sie notierte sich etwas auf ihrem Block, wandte sich ab und ging davon.

„Was ist das hier für dich?", fuhr Taylor auf, sobald sie außer Hörweite war. „Ein Spiel? Ist das deine morbide Art, dich dafür zu rächen, dass sie dir eine Abfuhr erteilt hat? Merkst du eigentlich nicht, dass es ihr heute nicht gut geht?"

Peyton runzelte nur die Stirn und Taylor sagte: „Weißt du was? Das schaue ich mir nicht mehr länger mit an."

Er schob seinen Stuhl zurück, aber Peyton erhob sich im selben Moment, legte ihm eine Hand auf die Schulter und drückte ihn wieder hinunter. „Du bleibst jetzt hier."

Taylor verharrte in seiner Bewegung. Bei jedem anderen Menschen hätte er sich jetzt einfach durchgesetzt. Hätte die Hand abgeschüttelt und wäre gegangen. Aber gegen Peyton hatte er keine Chance. Wenn sein Bruder vor ihm stand und ihn ansah, so wie jetzt, war es, als würde er sich selbst gegenüberstehen. Aber nur der Teil von ihm, der stark und mutig und gut war. Und der ihm selbst auf einmal fehlte.

Es ging Peyton überhaupt nicht um Emilia, wurde ihm klar. Und auf einmal fühlte er sich ganz schwach und müde. Er konnte ganz einfach nicht mehr.

Er sackte auf seinen Stuhl zurück und dachte: *Ich hasse dich.*

„Okay", sagte er.

„Was, okay?"

„Ich hätte es nicht tun sollen."

Sie schwiegen beide, aber Taylor, der den Kopf gesenkt hielt und die Kratzer auf dem alten Holztisch betrachtete, spürte Peytons Blick auf sich brennen.

„Warum hast du es getan, Ty? Warum?"

Taylor antwortete nicht. Peyton beugte sich nach vorne. „Sag's mir. Ich muss es hören. Weil ich es sonst verdammt nochmal nicht glauben kann."

Taylor versuchte zu schlucken, aber da war ein Kloß in seinem Hals, so groß, dass er kein Wort herausbrachte. Er wusste nicht, warum er Peyton keine Antworten geben konnte, nachdem er zwei Tage zuvor bei seiner Mutter gar nicht mehr hatte aufhören können zu reden.

Es ist nicht deine Schuld.

Er rieb sich über den Kopf und das Gesicht. „Ich…ich weiß nicht. Du bist mein Bruder und…ihr saht so glücklich zusammen aus. Ich wollte nur, dass du …" Er brach ab und ließ die Hand fallen. Peyton starrte ihn an und Taylor konnte förmlich zusehen, wie sich die losen Enden seiner Wissenslücken miteinander verbanden.

Peyton atmete tief ein. Es klang fast wie ein Seufzen. „Falls es dir noch nicht aufgefallen ist: *Du* bist auch *mein* Bruder."

Er machte eine Pause, dann lehnte er sich noch ein wenig weiter über den Tisch. „Weißt du, Taylor, ich habe nur ein einziges Problem. Und das ist nicht mein fehlendes Bein, falls das deine Sorge sein sollte."

Taylor schwieg.

„Das bist du", sagte Peyton. „Du bist nicht glücklich. Weil du dir Gedanken wegen irgendwelcher alten Geschichten machst. Du machst dir Vorwürfe wegen eines Beins, das seit zehn Jahren begraben ist."

Peyton musterte Taylor, als wollte er sichergehen, dass er das, was er sagte, auch aufnahm. Dann wanderte sein Blick zur Bar hinüber, wo Emilia mit einem voll beladenen Tablett auftauchte.

„Weißt du, du hast Recht", sagte Peyton. „Das alles ist ein Spiel. Und es wird Zeit, dass du wieder mit einsteigst."

XVII

Taylor hievte seine Trainingstasche von der Rückbank des Pickups und schlug die Autotür zu.

„Wie war eigentlich dein Date mit dieser Studentin?", fragte er. „Wie hieß sie noch?"

Peyton kam um die Ladefläche herum und schloss zu ihm auf. Gemeinsam liefen sie die Verandatreppe hinauf.

„Violet."

„Ach ja, richtig."

„Gut", sagte Peyton, während sie das Haus betraten. „Ich meine, sie ist echt heiß und wir verstehen uns gut und alles…" Er zuckte die Achseln, wartete, bis Taylor seine Tasche auf der Flurkommode abgelegt hatte und warf seinen Rucksack darauf.

„Aber?"

„Naja. Sie ist in der Forschungsgruppe. Ich bin praktisch ihr *Chef.*"

Taylor verzog einen Mundwinkel zu einem schiefes Grinsen. „Ach, nee. Und das hast du gestern noch nicht gewusst?"

Peyton grinste zurück und boxte Taylor gegen die Schulter, als sie die Küche betraten.

Der Coach saß mit gelockerter Krawatte und einer Tasse Tee auf seinem Stammplatz an der Kücheninsel und blätterte in der neuesten Ausgabe der Sports Illustrated. Als sie hereinkamen, sah er auf. Sein Blick glitt über Peyton hinweg und blieb an Taylor hängen, den er einem schnellen Check unterzog.

„Hey, Dad", sagte Peyton.

„Kommst du direkt aus dem Trainingszentrum?", fragte der Coach.

Taylor blieb mitten in der Küche stehen und nickte, während Peyton bereits am Kühlschrank war und sich eine Flasche Wasser und ein Glas Erdbeerjoghurt herausnahm.

„Dann iss noch was." Der Coach nickte zu Peyton hinüber, der an der Anrichte lehnte und den Joghurtdeckel aufschraubte. „Und zwar was anderes als das da."

Peyton hielt in seiner Bewegung inne und blinzelte, aber der Coach hatte sich schon wieder seiner Zeitschrift zugewandt.

Taylor ging wortlos an der Kücheninsel und an Peyton vorbei, nahm sich eine Schüssel aus dem Schrank und schüttete Müsli und Milch hinein.

„Wie war dein Tag, Dad?", fragte Peyton, während er Taylor beim Zubereiten seiner Mahlzeit zusah und langsam seinen Joghurt löffelte. „Gibt's was Neues von diesem verletzten TE?"

Der Coach sah auf und an der Art und Weise, wie er die Lippen aufeinanderpresste, erkannte Taylor deutlich, dass er keine Lust auf Fragen dieser Art hatte.

„Nein, Peyton. Mir liegen keine aktuellen Informationen über Noahs Gesundheitszustand vor."

„Nicht?"

„Nein. Ich habe aber auch keine angefordert. Er fällt in der kommenden Saison aus."

Taylor setzte sich mit seiner Schüssel ein Stück entfernt von der Küchenzeile an den Esstisch, der zwischen dem Wohnzimmer und der Küche stand. Er aß nicht gerne in der Gegenwart des Coaches, der stets jede seiner Bewegungen registrierte. Seit Peyton hier war und die Aufmerksamkeit des Coaches forderte, war es allerdings entspannter geworden. Auch jetzt zwang Peyton den Coach dazu, sich von Taylor abzuwenden und er begann damit, sein Müsli zu löffeln.

„Hör schon auf, Dad", sagte Peyton. „Er ist im Trainingszentrum zusammengeklappt, während eines angeordneten Zusatztrainings. Das ist dein Verantwortungsbereich. Cole wird dich doch über seinen Zustand informieren, auch ungefragt."

Der Coach legte eine Hand in die Zeitschrift und klappte sie zu, sein Blick verfinsterte sich.

„Lass gut sein, Junge." In seinem Unterton schwappte eine deutliche Warnung mit. „Ich brauche mich hier keinem Kreuzverhör zu unterziehen. Schon gar nicht von meinem eigenen Sohn."

Peyton klimperte mit dem Löffel und kratzte die Joghurtreste aus dem Glas. „Also ist dir egal, was mit ihm passiert ist? Und warum?"

Der Coach wandte sich mit einem Ruck zu Peyton herum, der rechts von ihm stand. Seine Lippen waren nur noch ein blutleerer Strich. „*Peyton!*"

„Ja, Dad, ich frage dich das." Peyton stellte mit einer Armbewegung das leere Glas hinter sich auf die Anrichte, ohne den Coach aus den Augen zu lassen. „Ist es dir egal?"

Der Coach antwortete nicht und Peyton zog die Augenbrauen bis fast zum Haaransatz nach oben.

Ein paar Sekunden lang sagte niemand etwas. Dann fragte Peyton: „Warum tust du das?"

Taylor hielt in seinen Kaubewegungen inne. Er hörte, wie der Coach einatmete.

„Ich habe gesagt, du sollst das sein lassen."

Peyton schüttelte den Kopf. „Ich habe dich immer für einen großartigen Coach gehalten. Ich habe zu dir aufgesehen. Und jetzt?" Er fuhr sich mit beiden Händen durch die Haare und sah einen Moment lang verzweifelt aus.

Die Miene des Coaches war wie versteinert. Zwischen seinen Brauen war eine steile Falte entstanden und seine Wangenknochen traten hervor, so stark presste er die Kiefer aufeinander. „Du weißt, warum ich das tun muss."

Peytons Ausdruck war das genaue Gegenteil von dem des Coaches. Seine Gesichtszüge entglitten ihm und seine kurzen Haare standen ihm wild vom Kopf ab. „Das kann nicht dein Ernst sein. Du *musst* es tun? Dad, du bist der *Coach*. Deine Spieler vertrauen dir. Welcher Coach zerstört seine eigene Mannschaft?"

Die Augen des Coaches wurden schmal und dunkel bei Peytons Worten. Er saß ganz aufrecht und beugte sich in seine Richtung. „So ein Schwachsinn. Ich zerstöre die Mannschaft nicht. Im Gegenteil. Ich treibe sie zu absoluten Höchstleistungen."

„Und zu welchem Preis?"

„Das ist ein *Leistungssport*. Dabei bleiben die Schwachen auf der Strecke. Das war zu meiner Zeit schon so und das ist heute nicht anders."

Peyton öffnete den Mund und sah aus, als wollte er direkt etwas erwidern; stattdessen sammelte er sich jedoch kurz und trat an den Tresen heran. „Dad. Wenn diese Sache auffliegt, ist doch auch seine Karriere in Gefahr." Er wies mit ausgestrecktem Arm auf Taylor, der im Zeitlupentempo seine Schale leerte, einen dumpfen Druck in der Brust.

Der Coach starrte Taylor ein paar Sekunden lang an. Sein Gesichtsausdruck war grimmig. „Gar nichts fliegt auf, dafür sorge ich schon", presste er hervor.

Peyton drehte sich zu Taylor um. Er versuchte, Taylors Blick aufzufangen, so als wollte er ein gegenseitiges Einverständnis zwischen ihnen herstellen, aber Taylor ging nicht darauf ein.

„Dafür sorgst du?", wandte sich Peyton wieder an den Coach. „Was ist mit Cole, Dad? Er ist der Arzt. Er wird doch wissen, was da los ist. Das ist ein verdammt schmaler Grat, auf dem du da wanderst."

Der Coach schlug unvermittelt mit der flachen Hand auf die Tischplatte und Peyton zuckte zurück. „Ich sagte, ich sorge dafür, verstanden?", schrie er. „Und jetzt geh mir aus den Augen!"

Peyton sog hörbar die Luft ein und ging einen Schritt zurück. Der Coach schien mit seiner Beherrschung Peyton gegenüber zu kämpfen.

„Du fragst mich, warum ich das tue?", sagte er nach einigen Sekunden. „Was denkst du denn? Dass ich es für mich tue?" Er lachte hart. „Nein. Ich tue das alles für Taylor. Für *seine* Karriere und *seinen* Erfolg." Er zeigte mit dem Finger auf Taylor, der etwa drei Meter von ihm entfernt am Tisch saß und den Kopf gesenkt hielt. „Hast du eigentlich auch nur die geringste Vorstellung davon, was für ein Knochenjob das ist, diesen Jungen Tag für Tag zu disziplinieren? Was mich das kostet? Er ist nicht wie du, Peyton. Du bist nicht hier, du siehst nicht, was für ein Kampf gegen Windmühlen das ist, immer wieder aufs Neue. Seit zehn verdammten Jahren arbeite ich daran, aus ihm herauszuholen, was in ihm steckt. Ich stehe hinter ihm, Tag und Nacht. Ich muss ihn ständig antreiben. Ich muss *alles* kontrollieren." Er holte tief Luft, sein Gesicht war rotgefleckt, an seinem Hals trat eine pulsierende Ader hervor. Immer wieder wies er auf Taylor, als hätte er einen Taktstock in der Hand. „Und was tut er? Er rennt durch die Gegend und gefährdet unsere ganze Arbeit und unseren Erfolg mit seiner elenden Disziplinlosigkeit. *Ich* habe ihn zu dem gemacht, der er heute ist. Ohne mich wäre er heute ein Nichts. *Ich* habe dafür gesorgt, dass er zu den vielversprechendsten Tight Ends der kommenden Saison zählt. "

Schwer atmend hielt der Coach inne. Er saß da wie leergebrannt. Ein paar Sekunden lang sagte niemand etwas; nur das Knuspern von Taylors Müsli war zu hören, während er langsam weiterkaute.

„Ja, dann", sagte Taylor irgendwann in die drückende Stille hinein, „kannst du ja jetzt zurücktreten."

Der Kopf des Coaches ruckte zu Taylor herum. Einen Moment lang wirkte er sprachlos, dann lachte er ungläubig auf.

„Wie bitte? Was hast du gerade gesagt?"

Taylor stand auf und brachte seine leere Schale zur Spüle. „Es wäre doch schade um die ganze harte Arbeit, wenn ich stattdessen aufhöre", sagte er mit einem Achselzucken.

Er drehte sich von der Spüle weg und sah, dass sich der Coach erhoben hatte. Mit schmalen Augen sah er ihn an.

„Was meinst du damit?", fragte er.

Taylor hielt seinem Blick stand und ging einen Schritt auf ihn zu, so dass sie sich direkt gegenüberstanden. „Entweder du gehst, oder ich. Für dich fange ich keinen Ball mehr."

Teil 3

XVIII

Emilia lag auf ihrem Bett an ein großes Kissen gelehnt und starrte auf ihr Handy. Draußen war es dunkel und im Haus herrschte ausnahmsweise völlige Stille. Sie war eigentlich extra früh ins Bett gegangen, weil sie morgen früh aufstehen und ein Referat halten musste, aber sie konnte nicht einschlafen.

Sie haben es getan. Sie haben es tatsächlich getan.

Ja, auch Paige.

Emilia konnte es nicht fassen. Wieder und wieder schaute sie auf ihr Display.

Du bist kein Teilnehmer dieser Gruppe mehr.

Sie hatten sie heute in der Uni versetzt. Als Emilia nach dem Mittagessen in die Bibliothek gegangen war, wo sie sich hatten treffen wollen, um das Referat für morgen zusammen vorzubereiten, war niemand da gewesen. Emilia hatte zehn Minuten gewartet, dann hatte sie Paige und Charlotte Chat-Nachrichten geschickt.

Ich bin hier. Wo seid ihr?

Kommt ihr noch?

Die Nachrichten waren bis jetzt unbeantwortet geblieben. Sie hatte versucht, das Referat alleine vorzubereiten, aber sie hatte sich nicht konzentrieren können, so sehr verletzte sie dieses Verhalten, vor allem von Paige.

Sie war allein. Sie war immer allein gewesen.

Emilia spürte, dass sie irgendeine Art von Trost brauchte. Sie warf ihr Handy auf die Decke neben sich, schob sich den College-Block und den Textmarker vom Schoß und stand auf. Sie verließ ihr Zimmer, ignorierte ihr vollgeschmiertes Whiteboard, das im Flur hing und sie auszulachen schien, lief die Treppe hinunter und schaltete in der Küche Camerons multifunktionalen Kaffeeautomaten ein.

Sie nahm sich den buntesten Becher vom Haken und in dem Moment, in dem sie ihn unter den Hahn stellen wollte, und dachte, dass die Maschine ganz schön laut war, klingelte es an der Haustür.

Sie zuckte zusammen. So, jetzt würde garantiert das ganze Haus aufwachen.

Sie stellte ihren Becher beiseite und ging in den Flur.

Draußen auf dem Treppenabsatz stand Taylor. Er trug eine ärmellose Sportjacke und seine Trainingstasche und sah aus, als würde er gerade von der Uni kommen. Ein Hoffnungsschimmer flackerte in Emilia auf. Sie hatten sich am Vortag im Bistro gesehen, jedoch keine Möglichkeit gehabt, miteinander zu reden. Vielleicht war er ja jetzt gekommen, um mit ihr zu klären, wie es zwischen ihnen stand.

„Hey", sagte sie.

„Hallo." Sein Blick streifte sie und wanderte dann an ihr vorbei. „Kann ich vielleicht reinkommen?"

„Ja, sicher." Emilia öffnete die Tür so weit, dass er eintreten konnte. Als er an ihr vorbeiging, fiel ihr ein, dass sie nichts trug außer einem enganliegenden, durchscheinenden weißen Unterhemd und Schlafshorts; sie schlang sich die Arme um den Oberkörper.

Er ließ sich die Tasche von der Schulter gleiten und ging ein paar Schritte im Flur auf und ab. Vor einem gerahmten Marvel-Filmposter blieb er stehen und betrachtete es, als sähe er es zum ersten Mal.

„Ich glaube, ich habe Lust, ins Kino zu gehen. Willst du mitkommen?"

Emilia strich sich eine Haarsträhne hinter die Ohren und brauchte ein paar Sekunden, um seinen Worten zu folgen. „Wie bitte?"

Er wandte sich von dem Poster ab und schob sich die Kapuze seiner Trainingsjacke über den Kopf und dann wieder herunter. Sein Blick war ruhelos und er schien Mühe zu haben, sie zu fokussieren. Emilia beobachtete ihn aufmerksamer und ein ungutes Gefühl beschlich sie.

„Alles in Ordnung, Taylor?"

Statt einer Antwort nahm er sein Getigere durch den dunklen Flur wieder auf. In ihrer Nähe blieb er stehen. „Mein Vater, er…ich…" Er stockte.

„Dein Vater? Du meinst, der Coach?"

Er nickte. „Ich habe mich mit ihm gestritten. Naja, nicht so richtig. Eigentlich hat sich eher Pete mit ihm gestritten. Ich war dabei. Ich bin dann gegangen. Und jetzt…ich weiß auch nicht." Er schüttelte den Kopf und sah an ihr vorbei. „Ich glaube, ich bin gerade aus dem Gefängnis ausgebrochen."

„Aus dem Gefängnis ausgebrochen?" Emilia begann zu frieren. Sie versuchte sich die Gänsehaut auf den Armen wegzureiben und gleichzeitig nachzuvollziehen, was Taylor da erzählte. Was auch immer mit ihm los war, jedenfalls war er nicht hergekommen, um mit ihr über sie beide zu reden.

Sie nickte zur offenstehenden, hell erleuchteten Küche hinüber, in der immer noch die Kaffeemaschine gluckerte. „Ich will mir gerade einen Kakao machen. Möchtest du vielleicht auch einen?"

„Klar. Gute Idee." Er folgte ihr in die Küche. Sie stellte sich an die Maschine und hoffte, er würde sich irgendwohin setzen, aber er lief herum, öffnete den Kühlschrank und das Eisfach und schloss beides wieder.

Sie dachte, dass sie Taylor noch nie in einem dermaßen rastlosen Zustand erlebt hatte und reichte ihm den ersten fertigen Kakao. Vielleicht half er ja. Sie hatte mal gelesen, dass Milch eine beruhigende Wirkung hatte.

„Weswegen habt ihr denn gestritten?" Sie nippte an ihrem heißen Getränk.

„Ich weiß nicht mehr genau. Es ging um Noah. Peyton ist deswegen ausgeflippt, dann ist unser Vater ausgeflippt und ich…"

Er blieb auf einmal stehen und sein Blick blieb an ihr hängen, als würde er sie zum ersten Mal wirklich wahrnehmen. „Ich habe ihm gesagt, dass es das jetzt war", sagte er. „Und dass ich aufhören werde."

„Aufhören? Womit denn aufhören?"

„Zu spielen. Für ihn."

Er setzte den Becher an und trank mit zwei großen Schlucken die ganze Tasse leer. Emilia musterte ihn. Wovon redete er bloß?

„Taylor, jetzt setz dich doch erstmal." Sie nahm am Tisch Platz und nickte einladend zu einem bequem aussehenden Sessel an der Stirnseite hinüber. „Lass uns in Ruhe darüber reden."

„Reden?", wiederholte er in einem Tonfall, als hätte sie vorgeschlagen, er solle eine Runde cheerleadern. „Ich kann mich jetzt nicht hinsetzen und reden." Er sah sich in der unaufgeräumten Küche um. „Ich muss irgendwas unternehmen."

„Jetzt noch?" Emilia legte ihre Hände um den warmen Becher und sah zur Küchenuhr hinauf. „Was denn?"

„Ich weiß nicht, es gibt so viele Möglichkeiten. Vielleicht schwimmen? Oder ins Autokino? Oder bergsteigen? Willst du vielleicht mitkommen?"

Emilia schüttelte den Kopf. „Ich muss Morgen früh um acht ein einstündiges Referat in Numerik halten. Alleine."

Bei dem Gedanken daran stand sie auf und stellte ihre halbvolle Tasse ins Spülbecken. Dabei sah sie Taylor an und fühlte sich auf einmal erschöpft. Sie konnte einfach nicht mehr.

„Ich weiß nicht, Taylor. Vielleicht solltest du einfach versuchen zur Ruhe zu kommen und eine Nacht über das alles schlafen?"

„Schlafen?"

„Du kannst auf dem Sofa übernachten. Ich hole dir eine Decke runter."

Am nächsten Morgen erwachte sie viel zu früh mit einem unguten Gefühl im Bauch. Sie tastete nach ihrem Handy und warf blinzelnd einen Blick darauf.

Halb sechs Uhr morgens. Die Sonne schien bereits durch die geschlossenen Vorhänge in ihr Zimmer. Im Garten zankten sich ein paar Meisen.

Unruhig rappelte sie sich im Bett auf und warf die Decke zurück. Und auf einmal kam die Erinnerung zurück.

Taylor war vergangene Nacht hier aufgetaucht. Einen Moment lang glaubte sie, nur von ihm geträumt zu haben. Er war komisch drauf gewesen und hatte jede Menge verworrenes Zeug erzählt. Sie hatte ihm eine Decke und ein Kissen gebracht, war dann ins Bett verschwunden und hatte ihn alleine unten gelassen.

Ihr ungutes Gefühl verstärkte sich und sie stand auf, zog sich in weiser Voraussicht eine fast knielange, dünne Strickjacke über ihr Unterhemd und lief so leise sie konnte ins Erdgeschoss hinunter. Die Tür zum Wohnzimmer stand offen und kurz darauf bestätigte sich, was sie geahnt hatte: Die Decke lag ordentlich zusammengefaltet auf der Sofalehne, ebenso, wie sie sie ihm hingelegt hatte. Darauf das Kissen.

Taylor und seine Tasche waren verschwunden.

Emilia blieb im Türrahmen stehen und zog sich die Strickjacke über der Brust zusammen. Es muss nichts heißen, sagte sie sich. Er ist hergekommen, hat festgestellt, dass hier tote Hose ist, und ist eben wieder nach Hause gefahren.

Ich muss jetzt irgendwas unternehmen.

Ja, es würde nichts heißen. Wenn er nicht in dieser absolut seltsamen Stimmung gewesen wäre.

Emilia konnte sich nicht vorstellen, dass Taylor wochentags mitten in der Nacht zu irgendwelchen Unternehmungen aufbrach. Er hatte einen zum Bersten vollgestopften Stundenplan. Er trainierte jeden Tag fünf Stunden lang. Und nachts schlief er.

Sie musste an den Tag denken, an dem Cameron so dermaßen ausgeflippt war. Taylor hatte eine Gehirnerschütterung gehabt und sie hatte ihn hergebracht, damit er sich auf ebendiesem Sofa gesund schlafen konnte.

Am nächsten Tag war er mit Dopingmitteln zum Spiel aufgebrochen und hatte sich in Lebensgefahr gebracht.

Sag mir das nächste Mal gefälligst Bescheid, wenn Taylor sich bei uns auf dem Sofa auskuriert.

Emilia war sich sicher: jetzt war das nächste Mal.

Sie machte kehrt und stieg die Treppen wieder hinauf. Cameron würde überhaupt nicht begeistert sein, wenn sie ihn um diese Zeit aus dem Bett holte.

In seinem Schlafzimmer war es stockdunkel. Emilia fiel auf, dass sie noch nie hier gewesen war und überhaupt keine Ahnung hatte, in welcher Richtung sein Bett stand.

„Cameron?", raunte sie ins Blaue hinein so laut sie sich traute. Sie betete darum, dass er alleine war. „Cameron, wach auf!"

Sie hörte ein Stöhnen und das Rascheln einer Decke. Ein Handy-Display leuchtete auf.

„Emilia?", krächzte Cameron. „Das geht echt gar nicht."

„Taylor ist verschwunden."

„Was?"

„Taylor ist verschwunden!"

Sie nahm eine Bewegung im Dunkeln wahr und nur zwei Atemzüge später stand er vor ihr, mit nichts als einer Trainingshose bekleidet, die er sich zuband.

„Was ist passiert?", fragte er, während er ihr die Treppe hinunter folgte.

„Er kam letzte Nacht hier an und war total merkwürdig drauf…"

„Wie? Wann kam er hier an?"

„So gegen Mitternacht, glaube ich." Emilia merkte, wie Camerons Nervosität auf sie überging und sie begann schneller zu reden. „Du hast schon geschlafen. Er meinte, er könnte nicht nach Hause gehen, weil er sich mit eurem Coach gestritten hat, oder so ähnlich. Ich hab ihm gesagt, er könnte auf dem Sofa schlafen…"

Cameron blieb vor dem Sofa stehen und rieb sich mit einem leisen Stöhnen über das Gesicht.

„Er hat sich mit dem Coach gestritten?", wiederholte er tonlos.

„Ich weiß nicht genau. Hm, nein. So hat er das eigentlich nicht gesagt."

Cameron warf ihr einen finsteren Blick zu. Er fischte sein Handy aus der Hosentasche und entsperrte es. „Und was genau hat er gesagt?"

Emilia versuchte sich zu erinnern. Sie war so verdammt müde gewesen.

„Er sagte irgendwas von Noah und Peyton. Und dass sein Vater ausgeflippt wäre. Und dass er jetzt aufhören würde, für ihn zu spielen."

Camerons Miene blieb ausdruckslos, während er sich das Telefon ans Ohr hielt und auf das Freizeichen wartete. Als Emilia nichts weiter sagte, schüttelte er den Kopf. „Sowas sagt er nicht", behauptete er. „Mist, er hat das Handy aus."

Er scrollte zu einem anderen Kontakt und ging im Wohnzimmer auf und ab.

„Er war ganz nervös", erinnerte sich Emilia. „Und redete was von schwimmen gehen und Bergsteigen."

„Hey, Peyton", sagte Cameron in diesem Moment ins Handy und blieb neben dem Billardtisch stehen, den Blick weiterhin auf das unberührte Sofa gerichtet, mit einem Gesichtsausdruck, als hätte es ihn persönlich beleidigt. „Wieso taucht dein Bruder mitten in der Nacht hier auf und redet vom Bergsteigen?"

Während Cameron lauschte, zogen sich seine Brauen so stark zusammen, dass sie sich beinahe über der Nasenwurzel trafen. „Ich weiß wirklich nicht, was daran lustig sein soll – Nein, er ist nicht mehr hier, er ist verschwunden – doch, das ist ein Problem. In einer Stunde fängt das Training an und wenn er nicht da ist… – Mich beruhigen? Sag mal, geht's noch?"

Mit einer ruckartigen Armbewegung nahm er das Handy vom Ohr, beendete das Gespräch und warf es zwischen die Sofakissen. „Arschloch."

Eine Weile war es still im Wohnzimmer. Emilia lehnte, eingewickelt in ihre Strickjacke, im Türrahmen und sah Cameron zu, der mit gesenktem Kopf zwischen Sofa und Billardtisch stand und angestrengt nachzudenken schien. Irgendwann sah er auf.

„Ich zieh mich an und geh zum Training", sagte er. „Da wird er ja wohl auftauchen."

Emilia war auf dem Heimweg von ihrer Spätschicht im Cargan's, als ihre Mutter anrief. Es war schon ihr dritter Anruf an diesem Tag. Den ersten hatte Emilia ignoriert und gehofft, dass sich, was auch immer es war, von selbst erledigen würde. Das zweite Mal war sie gerade im Kellnerinnen-Outfit von Tisch zu Tisch gehetzt. Jetzt blinkte ihr Radio-Display aufgeregt durchs Auto: *Mama ruft an. Annehmen.*

Emilia zögerte etwa zehn Sekunden lang, dann siegte ihre schlechtes Gewissen.

„Hi, Mama."

„Emilia! Ich rufe an, weil ich Hank seit Tagen nicht erreiche…"

Aha. Das hätte sie sich eigentlich denken können.

„…und noch ein paar Dinge wegen Freitag wissen muss."

„Äh…wegen Freitag?"

„Reist ihr schon am Donnerstag an?"

Hatte sie irgendwas verpasst? Wovon in aller Welt sprach ihre Mutter?

„Ich muss das für die Essensplanung wissen. Wenn ihr Donnerstagabend ankommt, habt ihr ja sicher Hunger. Kommt Iris auch mit?"

„Bist du sicher, dass du richtig informiert bist, Mama? Ich weiß nichts davon, dass wir kommen."

Ein paar Sekunden herrschte Stille. Emilia hörte das Rascheln von Papier und sah förmlich vor sich, wie die Mutter im Esszimmer am Tisch saß und in ihrem Kalender blätterte.

„Also, Hank hat mir letzten Monat zugesagt, dass er zu seinem Geburtstag herkommt. Ich hab mir das hier aufgeschrieben."

Emilia nahm ein paar tiefe Atemzüge und versuchte, sich auf den Verkehr und das Telefonat gleichzeitig zu konzentrieren.

„Ich habe auch schon eine Eistorte gekauft und ein paar Leute eingeladen. Sarah mit Milo. Und Josh und Seth, als Überraschung. Sag ihm bitte nichts davon."

„Mama." Emilia gab sich Mühe, nicht zu genervt zu klingen. „Ich glaube nicht, dass Hank plant, nach Hause zu fahren."

Die Mutter schwieg. Emilia hörte, dass sie schwer atmete und mehrmals dazu ansetzte, etwas zu sagen, aber sie selbst war zu müde und zu sehr mit ihren eigenen Gedanken beschäftigt, als dass es sie berührte. Sie hatte heute eine frostige Begegnung mit Paige und Charlotte im Hörsaal gehabt; Ruby hatte sie gefragt, ob sie sie zum Shoppen begleiten wollte. Außerdem war sie besorgt wegen Taylor und fragte sich, ob er inzwischen wieder aufgetaucht war.

„Redet ihr überhaupt miteinander?", drang die Stimme ihrer Mutter samt einer gehörigen Portion Vorwurf durch den Wagen.

Schon, dachte Emilia. Sie sagten sich gegenseitig Bescheid, wenn das Bad frei war, sie fragten sich, ob sie was vom Einkaufen mitbringen sollten. Und sie stritten sich. Ständig und wegen allem Möglichen.

Emilia setzte den Blinker, bog in ihre Straße ein und sah kurz darauf Hanks Jeep in der Einfahrt stehen.

„Ich sag ihm, dass du angerufen hast."

„Emilia…!"

„Ciao, Mama. Ich muss jetzt auflegen."

Sie beendete den Anruf, parkte ihren Wagen und stieg aus. Es wurde wirklich Zeit, dass ihr Kommunikationsgenie von Bruder die Gespräche mit der Mutter selbst übernahm.

Sie schloss die Haustür auf und hörte Hanks Stimme aus der Küche. Obwohl sie am liebsten sofort in ihr Zimmer gegangen wäre, beschloss sie, noch einen Abstecher zu machen und Hank direkt zur Rede zu stellen.

„…sehe Abigail morgen und nehme den Stoff mit, ob du willst oder nicht", hörte sie eine weibliche Stimme, als sie sich der offenstehenden Küchentür näherte. Iris war also auch da.

„Hör auf, das ist jetzt nicht der richtige Zeitpunkt."

„Für dich vielleicht nicht. Die Cheerleader sind so scharf darauf, für die ist jeder Zeitpunkt der richtige."

„Du hältst jetzt schön die Füße still", blaffte Hank. „Hier geht es zurzeit drunter und drüber. Ein Typ ist kollabiert und sie sagen…"

Emilia betrat die Küche und räusperte sich. Hank verstummte. Iris, die mit dem Rücken zur Tür saß, fuhr zu ihr herum. Es gelang ihr nicht, ihre aufgebrachte Stimmung vollständig zu verbergen.

„Bei wem geht es drunter und drüber?" Emilia nahm sich eine Flasche Wasser aus dem Kühlschrank und schenkte sich ein Glas ein. Sie hatte eigentlich gar nicht vorgehabt, etwas zu trinken, aber sie brauchte etwas Zeit, um sich einen Reim auf das zu machen, was sie gerade gehört hatte.

„Sag mal", mischte sich Iris an Emilia gewandt ein, noch bevor Hank etwas antwortete, „ist hier jemand eingezogen, oder für wen ist das Bettzeug da im Wohnzimmer?"

Emilia nippte an ihrem Wasser und betrachtete Iris, die sich ihr jetzt zugewandt hatte und sie fast herausfordernd ansah.

Bei was sollte sie die Füße stillhalten?

„Taylor ist hier aufgetaucht", sagte Emilia, da Iris anscheinend eine Antwort erwartete.

Iris verzog das Gesicht. „Wie bitte? Wohnt er jetzt hier, oder was?"

Emilia zuckte die Achseln. „Kann sein."

Iris wandte sich mit hochgezogenen Brauen zu Hank um, aber der wich ihrem Blick aus und begann in seinen Taschen nach seinem Kiffpäckchen zu kramen.

„Findet ihr beide das etwa okay?", fragte sie in den Raum hinein. „Darf ich euch daran erinnern, dass Hanks Nase gerade erst wieder verheilt ist? Ich meine, Cam sollte sich mal bewusst machen, dass er nicht allein hier wohnt, bevor er Leute wie Taylor einquartiert."

„Lass mal gut sein", nuschelte Hank in einer Atempause Iris´ und knisterte mit seinem Zigarettenpapier.

Iris fuhr zu Hank herum. „Ich denke, das sollte mal jemand aussprechen. Du traust dich ja nicht, seit…" Sie hielt abrupt inne. Emilia folgte ihrem Blick und sah Cameron in der Tür stehen.

Sie wusste nicht, wie lange er dort schon stand; seine Miene war vollkommen unbeweglich. Iris hatte die Lippen aufeinandergepresst. Emilia schaute in ihr Wasserglas. Sie fragte sich, wie Cameron an einem Tag wie heute auf Lästereien über Taylor reagieren würde.

Er ließ seine Tasche von der Schulter gleiten, ging zum Kühlschrank und nahm sich eine Plastikbox mit Essen heraus. Emilia, die direkt daneben stand, ging einen Schritt zur Seite. Sie wollte ihn fragen, ob er etwas von Taylor gehört hatte, schwieg jedoch. Sie wollte kein Öl ins immer noch flackernde Feuer gießen.

Hanks Feuerzeug klickte und unterbrach die angespannte Stille. Dann meldete die Mikrowelle, dass das Essen heiß war.

Cameron drehte sich mit einem Teller in der Hand Richtung Esstisch um und lehnte sich an die Anrichte. „Rede ruhig weiter, Iris", sagte er im bedrohlich ruhigen Tonfall.

Iris richtete sich ein wenig auf ihrem Stuhl auf. Ein paar Sekunden lang konnte Emilia sehen, wie sich ihre Unsicherheit mit ihrer Empörung duellierte.

„Stimmt doch", sagte sie nach einiger Zeit und sah hilfesuchend zu Hank, der sich in üblicher Pose an der Wand zurückgelehnt hatte, sein Handy, den Tabakbeutel und ein Getränk ordentlich vor sich auf dem Tisch aufgereiht. „Ihr könnt doch nicht ernsthaft Taylor hier einziehen lassen."

Cameron löffelte langsam sein Essen, das nach Linsen und Kartoffeln aussah. Er wirkte müde und angespannt. Von seiner üblichen Energie war überhaupt nichts zu spüren. Bei Iris' Worten verfinsterte sich sein Blick.

„Iris." Emilia versuchte, sie mit Blicken auf Camerons Stimmung hinzuweisen, aber Iris winkte nur ab.

„Es ist deine Verantwortung, wer hier einzieht, Cameron. Hank und ich haben zuerst hier gewohnt. Bis dein Taylor alles kaputt gemacht hat. Wegen ihm ist Kate aus der Cheerleadermannschaft geflogen. Und jetzt hat uns sein Ego-Trip auch noch das Geschäft mit den Footballern kaputt gemacht."

Mit einer Armbewegung stellte Cameron seinen Teller hinter sich auf die Anrichte. Seine Augen wurden schmal, die Wangenknochen traten deutlicher hervor, als er sich sichtlich anspannte. „Vorsicht, Iris", sagte er leise.

Iris überging die Drohung. Sie fing Emilias Blick auf, die erst jetzt merkte, dass sie Iris mit offenem Mund anstarrte.

Uns?

„Du brauchst mich gar nicht so anzuglotzen, Emilia. Ich habe dir von Anfang an gesagt, was von dem Typen zu halten ist, aber du musstest dich ja trotzdem mit ihm einlassen."

Emilia klappte den Mund zu. Sie konnte nicht fassen, was sie gerade gehört hatte.

„Iris, was soll das? Du vertickst Hanks Doping-Zeug an Cheerleader?"

Iris verzog das Gesicht, als lösten Emilias Worte Schmerzen in ihr aus, und wandte den Blick ab.

„Was verstehst du schon davon? Du mit deiner reichen Mami, die dir, ach Gott, nur das Zimmer in Cams Villa finanziert und nicht das Luxus-Appartement auf dem Campus. Ich fang gleich an zu heulen."

Sie spie die Worte förmlich aus und Emilia fühlte sich, als hätte sie einen Schlag in die Magengrube bekommen. Ihr blieb die Luft weg.

„Verdammt nochmal, Iris, hör sofort auf damit!", fuhr Hank sie in so ungewohnt scharfem Tonfall an, dass Iris empört nach Luft schnappte.

„Schön", fauchte sie, als sie merkte, dass sie auf verlorenem Posten stand. Sie stand so heftig auf, dass der Holzstuhl, auf dem sie gesessen hatte, umfiel. „Schön, dann gehe ich eben."

Sie marschierte aus der Küche und schlug die Tür hinter sich zu.

Cameron stöhnte. „Sowas kann ich gerade überhaupt nicht gebrauchen."

„Harten Tag gehabt?", fragte Hank, der ihn nicht aus den Augen ließ.

Cameron nickte erschöpft. „Du machst dir keine Vorstellung." Er hob seine Tasche auf, als würden sich ein Dutzend Pflastersteine darin befinden. „Ich geh ins Bett."

Hank drückte seine Zigarette im Aschenbecher aus. „Du meine Güte", sagte er, als Cameron verschwunden war.

Emilia öffnete die Klappe der Spülmaschine und stellte ihr leeres Glas hinein. Ihre Gedanken rasten, als sie versuchte, sich einen Reim auf all das zu machen.

Iris, deren größte Sorge es gewesen war, dass Kate aus dem Cheerleaderteam geflogen war. Die Hank vor ein paar Monaten erst bei der Mutter verpfiffen hatte, weswegen Hank sie an die Luft gesetzt hatte.

Ich habe dir gesagt, dass ich es tun würde. Ich war verzweifelt.

„Was war das denn gerade?", fragte sie.

„Das frage ich mich auch. Cam sah aus, als hätte er…"

„Ich rede davon, was Iris von sich gegeben hat." Ihr Magen schmerzte immer noch von dem Verrat und sie musste sich zusammenreißen, um die Tränen zurückzuhalten. „Ich habe ihr vertraut und sie hat mich anscheinend die ganze Zeit angelogen. Genau wie du."

Hank zog eine Augenbraue in die Höhe, was er perfekt beherrschte. Emilia konnte förmlich dabei zusehen, wie er seinen Kopf nach einer plausiblen Ausrede durchforstete.

„Erzähl mir keine Scheiße mehr", unterbrach sie ihn. „Spuck's aus! Wie hängt Iris in alldem drin?"

Hank mied ihren Blick und ordnete sein Zeug auf der Tischplatte neu an. Ohne Zigarette schienen seine Hände nicht zu wissen, was sie tun sollten.

„Lass gut sein, Em. Sie braucht die Kohle wirklich. Du weißt, dass sie ganz ohne Unterstützung ist und es nicht so leicht hat. Und die Cheerleaderinnen sind ein dankbarer Haufen. Hast du eine Ahnung, wie es bei denen zur Sache geht?"

Emilia stand mit verschränkten Armen da und starrte ihn an.

„Du brauchst das Geld aber nicht", sagte sie nach einer Pause. „Unsere Eltern zahlen dir die Miete, dein Auto, sogar dein verfluchtes Handy. Also, warum tust du das?"

Hank hob den Kopf und sah zu ihr auf. Im Schein der Lampe, die über dem Tisch hing, wirkte sein Gesicht eingefallen und er sah viel älter aus als dreiundzwanzig Jahre. Seine Hände spielten mit dem weichen Plastik seines Tabakbeutels. Emilia wusste ganz genau, in ein paar Sekunden würde er aufgeben und sich eine neue Zigarette drehen.

Er holte tief Luft. Er schien etwas sagen zu wollen, entschied sich jedoch dagegen und hob eine Schulter. Sein Mundwinkel zuckte. „Naja, weil ich verdammt gut darin bin."

Emilia merkte, wie der Ärger wieder in ihr aufstieg. „Ein Junge ist beinahe ums Leben gekommen. Wenn du *so gut darin* wärst, hättest du das ja wohl verhindern können."

Hank tat ihren Einwand mit einer Handbewegung ab, öffnete seinen Tabakbeutel und begann damit, sich eine Zigarette zu drehen.

Emilia stand da und konnte das alles immer noch nicht fassen. Iris war schon so lange mit Hank zusammen, dass sie beinahe ein Teil der Familie war. Emilia hatte geglaubt, sie gut zu kennen. Manchmal hatte sie sogar das Gefühl gehabt, dass sie so etwas wie Freundinnen waren. Und jetzt erfuhr sie, dass sie Leistungssportlerinnen mit Drogen belieferte?

„Warum hat sie das gemacht?", fragte sie nach einer Weile. „Dich ausgerechnet bei Mama verpfiffen?"

Hank zuckte die Achseln. „Sie wollte mich unter Druck setzen, als ich ihr vorübergehend den Hahn zugedreht habe."

„Den Hahn?"

„Ich habe sie nicht mehr beliefert. Kate war ihre Mittelsfrau im Cheerleaderteam. Als sie rausgeflogen ist, stand Iris ohne Kundschaft da. Da ist sie ausgeflippt. Sie hat zwar ziemlich schnell einen Ersatz gefunden, aber diese Abigail..." Hank machte eine Pause, blies den Rauch aus und hüllte sich allmählich in seine blaugraue Wolke. „Ich weiß ja nicht..."

Emilia runzelte die Stirn. Sie musste an die Szene in der Küche in Portland zurückdenken: die Mutter, die verzweifelt versuchte, Hank den Rucksack zu entreißen. Ihr kalter Blick in Emilias Richtung.

Tu doch nicht so. Du steckst doch mit ihm unter einer Decke.

Dabei war es Iris gewesen, die ganze Zeit.

Emilia stieg das Blut in den Kopf. Jetzt wusste sie auch, wie Iris wirklich über ihre Probleme dachte. Sie zwang sich dazu, diesen Gedanken beiseite zu schieben und ruhig zu bleiben.

„Stimmt es, dass du am Freitag nach Portland fährst?", fragte sie.

Hank sah sie an und brauchte einen längeren Moment, um dem Themenwechsel zu folgen. „Wie bitte?"

„Mama denkt, dass du am Freitag kommst. Genauer gesagt denkt sie, dass wir alle drei kommen."

Hank stutzte, dann schüttelte er den Kopf und versuchte ein Grinsen zu unterdrücken. „Sorry, aber am Freitag steigt hier die Party des Jahrhunderts. Sag ihr, ich fahre definitiv nicht nach Portland."

„Na sicher doch." Emilia schlug die Klappe des Geschirrspülers zu.

XIX

Taylor schlenderte mit seinem Handy in der Hand über die Terrasse, durch das Haus, bis in die Küche und tippte eine Nachricht für Peyton. Er war vor ein paar Stunden zurückgekommen und allmählich fand er, dass sich mal jemand blicken lassen könnte. Die Stille im Haus war ohrenbetäubend.

Er öffnete das Gefrierfach und überlegte eine ganze Weile, auf welches Eis er mehr Lust hatte, Orange oder Schokolade, da fiel die Haustür ins Schloss.

Oha, dachte er, als kurz darauf Cameron schwer bepackt in der Küchentür erschien.

Er wählte Orange, schloss die Klappe des Gefrierfachs und riss das Papier vom Eis. Er ignorierte den Blick, mit dem Cameron ihn bedachte, während er sich seiner Trainingstasche, seines Rucksackes und der Basecape entledigte, die er zielsicher auf einen Hocker am Tisch warf.

„Kannst du mir mal sagen, was zum Teufel du hier machst?" Sein Tonfall war so angespannt, dass Taylor ein flaues Gefühl beschlich. Er sah vom Mülleimer hoch, in dem er gerade die Eisverpackung versenkte, und stellte fest, dass Camerons Stirn in tiefen Falten lag.

„Und warum bist du überhaupt so nass?"

Taylor sah an sich herunter. Er trug lediglich Shorts, die so nass waren, dass ziemlich offensichtlich war, was er gerade getan hatte. „Ich war schwimmen."

Cameron schien einen Moment lang so verwirrt, als wüsste er nicht mehr, dass er einen Pool im Garten hatte.

Taylor biss in sein Eis. „Der Pool ist geil, Cam, den solltest du wirklich öfter nutzen."

„Alter, spinnst du eigentlich? Du warst zwei Tage lang verschwunden! Und dann tauchst du wieder auf und gehst seelenruhig schwimmen? Warum bist du einfach abgehauen?"

Taylor unterdrückte ein Seufzen. Da war er auch schon wieder, der ganze Druck aus dem Trainingszentrum. In Person von Cameron Falcon, der ihn zuverlässig bis in die Küche nach Haisley brachte.

„Cameron, sei so gut und komm runter."

„Antworte mir, verdammt noch mal!"

„Ich musste einfach mal raus."

Cameron kniff die Augen zusammen. „Du warst zwei Tage nicht beim Training, weil du *mal raus musstest?* " Er atmete ein paar Züge hörbar ein und aus. „Weißt du eigentlich, wie der Coach…"

„Nein", unterbrach ihn Taylor. „Ich war zwei Tage *weg*, weil ich mal raus musste. Beim Training war ich nicht, weil ich nicht mehr unter meinem Vater spielen werde." Er machte eine Pause. „Nie wieder."

Cameron starrte ihn an. Ein paar Sekunden lang versuchte er aufzunehmen, was Taylor gesagt hatte, dann schüttelte er einmal den Kopf. „Taylor, hör auf damit."

„Ich meine es ernst, Cam."

Cameron ging drei Schritte in den Raum hinein und ließ sich auf den Stuhl neben seiner Basecap fallen. „Das würdest du nicht sagen, wenn du gestern und heute den Coach erlebt hättest."

Taylor leckte den letzten Rest Eis vom Stiel. „Denkst du etwa, ich weiß das nicht? Ich kenne ihn besser als du. Ich weiß genau, wie und warum er ausrastet."

„Er hat mich im Büro antanzen lassen", sagte Cameron. „Er wollte von mir wissen, wo du bist und wann du wiederkommst. Ich konnte es ihm nicht sagen, da hat er mir die Hölle heiß gemacht."

Taylor spürte, wie ihn bei Camerons Worten ein kalter Schauer überlief. Er hätte wissen müssen, dass es weitergehende Folgen haben würde, wenn er von heute auf morgen nicht mehr zum Training auftauchte. Aber so weit hatte er nicht gedacht.

„Er hat mich zum Straftraining verdonnert, gestern und heute, zusammen mit Lamar", fuhr Cameron fort. „Er…"

„Cam…"

Cameron hob den Kopf und sah Taylor in die Augen. „Du musst wieder zum Training kommen, Ty."

Taylor schüttelte den Kopf. „Das kann ich nicht."

Cameron sah Taylor an, als wäre es die größte Verschwendung des Jahrhunderts, dass er in seiner Küche stand anstatt auf dem Footballfeld. „Das ist nicht richtig."

Taylor zerbiss den hölzernen Eisstiel und warf ihn in den Mülleimer. „Dass der Coach dich dafür verantwortlich macht, dass ich nicht da bin, ist nicht richtig." Er merkte, wie ihn bei dem Gedanken daran die Wut überkam.

Cameron saß mit gebeugtem Rücken da, die Ellbogen auf die Knie gestützt. „Das tut er doch immer. Er will, dass ich dich für ihn im Auge behalte. Dass ich auf dich aufpasse. Was glaubst du, was los war, als du im Frühjahr mit Gehirnerschütterung dieses Trainingsspiel gespielt hast?"

Taylor versuchte sich zurückzuerinnern. Der Coach war außer sich gewesen. Er hatte ihn in den Duschräumen kleingemacht. Und er hatte sich Emilia vorgenommen und ihr Schuldgefühle eingeredet. Dass Cameron ebenfalls Leidtragender gewesen war, war irgendwie an ihm vorbeigegangen.

Das kalte Gefühl in ihm breitete sich weiter aus und er nahm sich sein T-Shirt von einem der Stühle und zog es sich über den Kopf. „Das alles hat bald ein Ende."

Cameron lachte trocken. „Ach ja? Ich habe das Gefühl, es fängt gerade erst richtig an."

Taylor schüttelte den Kopf. „Mein Vater wird nicht zulassen, dass ich mit dem Football aufhöre."

Cameron verzog das Gesicht. „Das ist ja das Problem." Er machte eine Pause. „Er hat dich in sein Büro bestellen lassen. Gestern schon."

„Das war mir klar."

Cameron musterte Taylor so eingehend, als versuchte er herauszufinden, was in ihm vorging. „Du gehst nicht hin?"

„Nein."

Cameron stöhnte auf und rieb sich das Gesicht. „Taylor…"

„Hast du mir überhaupt zugehört? Er ist nicht mehr mein Trainer. Wieso sollte ich zu ihm ins Büro, wenn er mich rufen lässt?"

Cameron rang mit sich. „Wenn er mich morgen fragt, ob ich etwas von dir gehört habe, werde ich ihm sagen müssen, dass du hier bist."

„Ja, sag ihm das ruhig. Das ist kein Geheimnis." Taylor versuchte unbeschwert zu klingen und Cameron schwieg eine ganze Weile und sah ihn misstrauisch an.

Er steckt zu tief drin, dachte Taylor, der das Gefühl ganz genau kannte. Er befindet sich direkt unter der Knute des Coaches und kann nicht vor und nicht zurück.

Er öffnete das Gefrierfach und holte das Schokoladeneis heraus.

„Entspann dich." Er legte Cameron eine Hand auf die Schulter und reichte ihm das Eis. „Es wird alles gut. Du musst nur noch ein bisschen durchhalten."

Cameron sagte nichts mehr, aber er packte das Eis aus und biss hinein und Taylor war vorerst zufrieden.

Es klingelte an der Haustür. „Das ist Pete", sagte er. „Wir sind zum Basketballzocken verabredet."

Ohne Camerons Reaktion abzuwarten, ging er zur Tür und öffnete. Peyton kam herein und umarmte ihn.

„Mannomann, du hast einige Leute ganz schön nervös gemacht mit deiner Aktion", sagte er, während sie zusammen in die Küche gingen.

„Na", sagte Peyton zu Cameron, der eisessend auf dem Stuhl saß, die Füße hochgelegt hatte und ein wenig entspannter aussah. Er schlug ihm zur Begrüßung gegen die Beine. „Schreckmoment überstanden?"

Cameron sah finster zu ihm auf und antwortete nicht.

„Was ist? Unser Goldjunge ist doch unbeschadet wieder aufgetaucht."

Taylor, der seine nassen gegen trockene Shorts getauscht hatte, nahm den Basketball vom Garderobenschrank im Flur. „Wollen wir? Cameron, los, du kommst auch mit."

Cameron verzog das Gesicht und warf den Eisstiel in Hanks überquellenden Aschenbecher. „Euer Daddy hat mich gerade zwei Stunden lang Bälle werfen lassen, schönen Dank auch."

Taylor wechselte einen Blick mit Peyton, ging auf Cameron zu und schob seine Füße vom Stuhl. „Nichts da. Du bleibst nicht alleine hier in der Küche sitzen. Sonst steckst du dir gleich noch einen Joint an und endest wie Hank." Er stellte den Aschenbecher aus seinem Geruchsfeld.

Cameron gab sich geschlagen, angelte seine Basecap vom Hocker und ließ sich von Taylor auf die Füße ziehen.

Als sie zu dritt das Haus verließen, wies Peyton ein Stück die Straße hinunter. „Dad hat mir übrigens seinen Wagen geliehen." Er schaute Taylor schräg an. „Er nimmt mich auch mit zur Uni und zurück. Die Stimmung im Auto kannst du dir ja vorstellen. Frostig ist noch warm dagegen. Schließlich ist das alles ja *meine* Schuld. Ich habe dich mit meinem Gerede auf dumme Gedanken gebracht und dich gegen ihn aufgewiegelt. Außerdem hat er mir nicht geglaubt, dass ich nicht wusste, wo du warst."

Taylor stieß Cameron in die Seite. „Siehst du, Cam, Kopf hoch. Es ist alles Petes Schuld."

Er legte Peyton einen Arm um die Schulter und zog ihn in den Schwitz-kasten. „Du bist richtig schlechter Umgang für mich, Bruder", sagte er und drückte ein wenig fester zu, so froh war er, Peyton während all dem bei sich zu haben. „Aber was soll unser Vater schon dagegen tun?"

XX

Es war Donnerstagabend und Taylor saß alleine im Wohnzimmer und spielte mit Camerons Avatar irgendein Level von World of Warcraft, als es klingelte.

Er wartete einen Moment und hatte gerade beschlossen aufzustehen, als Hank aus seinem Zimmer kam. Kurz darauf klackte die Haustür. Der Avatar, eine Bogenschützin mit blauen Haaren, knackigem Hintern und Köcher auf dem Rücken, lief unerschrocken in eine bedrohlich wirkende Moorlandschaft hinein.

Er hörte Männerstimmen aus dem Flur. Ein Murmeln, das schnell lauter wurde. Dann schwere Schritte, die sich näherten.

Taylor pausierte das Spiel, da erschien er auch schon in der Tür. Hoch aufragend stand er da, mit versteinerter Miene, und kam einen Schritt in das Wohnzimmer hinein. Er starrte Taylor an, dann glitt sein Blick über das mit Kleidung übersäte Sofa und den Couchtisch hinweg, auf dem sich Cola, Chips und Laptop drängten, und blieb schließlich an dem Standbild der schwer atmenden, sexy Blauhaarigen hängen.

Taylors Herz setzte einen Schlag lang aus. Er hatte natürlich gewusst, dass der Coach eher früher als später hier auftauchen würde. Dennoch war es befremdlich, ihn hier zu sehen, in den Räumen, in denen er sonst Partys feierte oder mit Cameron chillte. Fast beklemmend.

Bevor jemand das Wort ergreifen konnte, tauchte Hank auf. Er trug nichts außer einer grauen Jogginghose, aber so eine, in der man rumgammelte, nicht joggte, und rieb sich die behaarte Brust.

„Sorry, Ty, er hat sich einfach vorbeigedrängelt", sagte er achselzuckend, bevor er wieder in sein Zimmer verschwand.

Der Coach war immer noch damit beschäftigt, Taylor und die Umgebung in sich aufzunehmen, und warf einen missbilligenden Blick hinter Hank her. „Was für Leute hausen hier eigentlich?", sagte er.

Dann fixierte er Taylor, der sich in eine aufrechte Position setzte und den Impuls, aufzustehen, mühsam unterdrückte.

„So", sagte der Coach. „Wie lange willst du dieses Spielchen hier noch treiben?" Er vollführte eine raumgreifende Armbewegung, wobei er den Schwerpunkt auf das Sofa und die Chipstüte legte.

Taylors Herz schlug hart, aber er blieb ruhig sitzen und hielt den Blick des Coaches stand.

„Antworte mir gefälligst!"

„Ich habe es dir gesagt."

„Wie bitte? Meinst du etwa den Mist, den du neulich in der Küche von dir gegeben hast? Sowas nehme ich nicht ernst." Er nahm Taylors halbleere Trainingstasche vom Billardtisch und warf sie neben das Sofa zu seinen Füßen.

„Los, steh auf und pack dein Zeug ein. Wir gehen. Über dein Trainingsversäumnis reden wir noch."

Taylor rührte sich nicht.

„Taylor." Die Stimme des Coaches klang so warnend, dass Taylor für eine Sekunde die Augen schloss.

„Nein."

„Was, nein?"

„Ich bleibe hier. Ich trainiere nicht mehr unter dir." Er sah dem Coach ins Gesicht, dessen Farbe langsam von rot zu blass wechselte, während ihm dämmerte, dass Taylor ernst meinte, was er sagte.

„Hör auf damit", zischte er. „Du wirfst zehn Jahre harte Arbeit nicht einfach weg. So dumm bist du nicht. Steh jetzt auf!"

Taylor deutete ein Kopfschütteln an. Er wusste, er konnte nichts tun, außer es auszusitzen. Er hätte nie gedacht, dass Nichtstun so anstrengend sein konnte. Er spürte förmlich, wie die Kraft aus ihm herausfloss.

„Ist dir das alles egal?", rief der Coach und wiederholte damit Peytons Worte, „was wir zusammen aufgebaut haben?"

Taylor schüttelte wieder den Kopf, deutlicher diesmal. „Nein."

„Und warum trittst du unsere Arbeit dann so mit Füßen?"

„Das tue ich nicht, ich…"

„Doch, das tust du." Der Coach redete so laut, dass er fast schrie. „Ich glaube, dir ist überhaupt nicht bewusst, wo wir gerade stehen. Was wir alles erreicht haben. Wir sind kurz vor dem ganz großen Durchbruch." Er breitete beide Handflächen in Taylors Richtung aus. „Du bist fast so weit, dass du alles vereinst, was einen ganz großen Spieler ausmacht."

„Darum geht es doch gar nicht."

„Oh, doch." Der Coach lachte humorlos auf. „Darum geht es. Nur darum. Du bist genau das, was die NFL braucht. Das hast du anscheinend noch nicht begriffen. Sonst wärst du heute verdammt nochmal beim

Training gewesen anstatt dich hier mit Softdrinks auf der Couch rumzufläzen."

Taylor atmete tief durch. „Und *du* hast anscheinend noch nicht begriffen, dass ich nicht Peyton bin. Sonst würdest du nicht versuchen, mit mir auf Teufel komm raus dieselben Ziele zu erreichen, die du damals mit ihm hattest."

Der Coach schloss den Mund und wirkte einen Moment lang aus dem Konzept gebracht. „Wie kommst du denn darauf?"

Taylor verengte die Augen und sah den Coach durch den halben Raum hinweg an. „Es war dein Traum, das alles mit Peyton zusammen zu verwirklichen. Aber sein Unfall hat dir einen Strich durch die Rechnung gemacht. Und dann, bevor du diesen Traum ganz aufgeben musstest, hast du es mit mir versucht. Aber mit mir…funktioniert es irgendwie nicht."

Der Coach ging einen Schritt rückwärts und stützte sich auf dem Billardtisch ab. Er schaute Taylor an und auf einmal schienen seine harten und angespannten Gesichtszüge aufzuweichen. Selbst seine hellblauen Augen, die sonst wie aus Eis wirkten, erschienen weniger kalt.

„Als Peyton sein Bein verloren hat…" Er konnte einen Moment lang nicht weitersprechen und legte sich eine Hand über die Augen, als wäre es zu schmerzhaft, sich daran zurückzuerinnern. „…ist für mich eine Welt zusammengebrochen." Er nahm die Hand von den Augen und Taylor erkannte den Schmerz darin. „Ich konnte es nicht ertragen, Taylor."

Taylor nickte nur leicht. Das wusste er bereits.

„Als er nach Hause kam und in diesem Rollstuhl saß…ich konnte ihn nicht ansehen. Ich habe es versucht, aber…"

Er schien auf einmal weit weg und jemand vollkommen anderes zu sein. Nicht der Mann, mit dem er die letzten zehn Jahre zusammengelebt und tagtäglich trainiert hatte. Dies war sein Vater von früher, dieser gebrochene, traurige Mann, der er nach Peytons Unfall gewesen war.

„Eines Tages habe ich es doch getan. Ich habe ihn angesehen, wie er draußen im Garten saß, in diesem…*Teil*. Ich habe versucht, es zu akzeptieren. Das habe ich wirklich. Aber, wen ich stattdessen gesehen hatte, war dich."

Taylor zuckte zusammen. Mit dieser Wendung der Geschichte hatte er nicht gerechnet. „Mich?"

„Ja, dich. Du warst auch da. Du hast Peytons Anweisungen befolgt. Du bist gelaufen, du hast den Ball gefangen und ich habe gesehen, welches

Potenzial in dir steckte." Er lächelte, aber es sah grimmig aus und seine Augen bekamen allmählich wieder diesen harten Glanz, den Taylor so gut kannte. „Ich habe *dich* gesehen, Taylor. In zehn Jahren. Ich hatte eine Vision. Und hier bist du heute, genauso, wie ich mir dich damals vorgestellt hatte. Es war eine Menge harte Arbeit, aber wir haben es geschafft."

Taylor starrte seinen Vater an, der jetzt wieder ohne Hilfe des Billardtisches stehen konnte, und schüttelte langsam den Kopf. „Es war deine Vision. Nicht meine."

Der Vater rang die Hände. „Du warst zwölf, Junge! Du hattest keine Visionen. Und du hast Football *geliebt*!"

Das stimmte. Er hatte es geliebt. Er liebte es bis heute.

„Du hast Football zu einer sehr ernsten Sache gemacht, Dad."

„Ja, natürlich. Weil es eine ernste Sache *ist*."

„Für mich war es das nicht."

„Ja, genau!" Der Vater funkelte Taylor durch den Raum hinweg an. „Deshalb warst du auch nie so gut wie Peyton. Ihr seid beide meine Söhne. Ihr habt das gleiche Potenzial in euch. Aber er war derjenige, der den Scouts aufgefallen ist. Er war derjenige, der das Stipendium bekommen hätte. Weil er ehrgeizig ist und die Dinge wirklich *will*. Und du…du hast dich mit zehn noch von jedem Flugzeug ablenken lassen, das übers Spielfeld geflogen ist."

„Ja, eben." Taylor merkte, dass er allmählich müde wurde. „Ich bin nicht er. Und deine Vision, die ist ziemlich groß und sie stand immer zwischen uns, all die Jahre. Das ist jetzt vorbei. Ich trage das nicht mehr mit."

Der Vater atmete einige Züge hörbar ein und aus und betrachtete Taylor dabei, als versuchte er einzuschätzen, wie endgültig sein Entschluss war. Dann ging er zwei Schritte und setzte sich in den Sessel, der neben der Gartentür stand. Taylor fiel auf, dass er ihn noch nie in dieser Position gesehen hatte, so in sich zusammengesunken.

„Du wirst es ohne mich nicht schaffen", sagte er mit einem Seufzen. „Das weiß ich. Und du weißt das auch. Du brauchst diesen Drill und diese Disziplin, die nur ich dir geben kann."

Taylor nickte und zuckte gleichzeitig die Achseln. „Das riskiere ich."

Emilia konnte es alleine nicht schaffen. Das hatte sie jetzt schriftlich. Während sie vor der Mathefakultät ihr Fahrrad aufschloss, versuchte sie nicht an den Zettel zu denken, den sie in der Übung gerade zurückbekommen hatte. Die Note war gerade noch ausreichend, aber sie hatte auch noch ein paar von Masons Lösungsansätzen einfließen lassen können. Und das würde ab jetzt vorbei sein. Sie konnte so viel lernen wie sie wollte, das Niveau eines Masons würde sie nie erreichen.

Sie schob gerade ihr Fahrrad aus dem Ständer und überlegte, ob sie noch einmal versuchen wollte mit Paige zu reden, da sah sie Charlotte aus dem Gebäude kommen. Sie marschierte so schnell es ihr Minirock und ihre hochhackigen Sandalen zuließen den leicht ansteigenden Weg entlang, der durch den Park des Unigeländes führte.

„Charlie, warte", rief Emilia, einem plötzlichen Impuls folgend. Sie schob ihr Fahrrad hinter Charlotte her und beeilte sich, zu ihr aufzuschließen. „Hey", sagte sie, um einen Plauderton bemüht, wobei sich ihr Magen krampfhaft zusammenzog. „Wie läuft es bei euch so?"

Von der Seite sah sie, wie Charlotte die Augen verdrehte. „Was willst du, Emilia?"

Augen zu und durch, dachte Emilia. Sie hatte nichts mehr zu verlieren.

„Ich…äh…wollte fragen, ob ihr mich für diese Woche vielleicht mit auf euren Zettel schreiben könntet?"

Charlotte blieb abrupt stehen. Sie stemmte eine Hand in die Hüften und verzog das Gesicht. „Wie war das?"

Emilia wandte den Blick zum Boden, aber dort sah sie nur Charlottes fliederfarben lackierte Zehennägel, die perfekt mit den blau-lila Sandalen harmonierten, deshalb sah sie wieder auf.

„Nur so lange, bis ich mir eine neue Lerngruppe organisiert habe."

Charlotte betrachtete Emilia eingehend und schien diesen Moment in vollen Zügen zu genießen.

„Wie stellst du dir das vor, Emilia? Dass wir dich *einfach so* auf unseren Zettel schreiben, ohne dass du *irgendeinen Beitrag* leistest?"

Emilia biss die Zähne zusammen und zwang sich, auf der Welle weiter zu schwimmen und nicht einfach das Weite zu suchen. „Ja, Charlotte. Ihr schreibt mich einfach drauf, ohne eigenen Beitrag. So wie wir das monatelang auch bei dir gemacht haben."

Charlotte grinste und zeigte ihre perfekten weißen Zähne. „Ach ja? Sei dir da mal nicht so sicher. Ich habe durchaus meinen Beitrag geleistet. Oder wer, denkst du, hat dafür gesorgt, dass uns der liebe Mason bei der Stange bleibt?"

Emilia starrte Charlotte an. „Was meinst du?"

„Ach Gott, bist du niedlich. Ich frage mich ehrlich, was ein Typ wie Taylor von so einer Schattenpflanze wie dir überhaupt will. Kapierst du es wirklich nicht?"

Emilia dämmerte, wovon Charlotte sprach, aber der Gedanke weigerte sich, in ihrem Kopf zur Realität zu werden.

„Pass auf." Charlotte rückte näher an Emilia heran, so dass sie ihr Vanille-Parfüm und den Kaugummi riechen konnte. „Wenn du wirklich mit auf unseren Zettel willst, kannst *du* Mason diese Woche ja einen blasen. Freitagnachmittag in der Männertoilette der Fakultätsbibliothek."

Mit diesen Worten wandte sich Charlotte ab und ging mit wehenden Haaren davon.

Reglos blieb Emilia mitten auf dem Weg stehen und starrte ihr hinterher.

Meinte Charlotte das wirklich ernst? Auf diese Weise schaffte sie ihr Mathestudium, das eigentlich viel zu schwer für sie war? Das war ihr *Beitrag*?

Und Mason? Der soziopathische Mason, der ganz in seiner Formelwelt lebte und nie jemandem in die Augen blickte, verkaufte sein Wissen und seine Leistung auf diese Weise?

Aber warum sonst sollte ein Genie wie er mit jemandem wie Charlotte zusammen in einer Lerngruppe sein?

Irgendwie kam sie Zuhause an. Die Fahrt war viel schneller gegangen als sonst und an die Hälfte der Kreuzungen, die sie passiert hatte, konnte sie sich nicht erinnern.

Sie fuhr in ihre Straße hinein und sah schon von Weitem Taylors riesigen, schwarzen Pickup vor dem Haus parken.

Er war wieder da.

Erleichterung überkam sie und sie beeilte sich, ihr Fahrrad abzustellen und ihren Schlüssel herauszukramen.

Sie betrat das Haus, hängte ihre Tasche auf und hörte seine Stimme aus dem Wohnzimmer. Er war es also wirklich und nicht nur sein Auto, das vor der Tür stand. Sie ging den Flur entlang Richtung Wohnzimmer, da nahm sie eine weitere Stimme wahr und verharrte in der Nähe der Tür.

Oh Gott, was tat denn sein Vater hier?

Emilia wollte Bowman auf gar keinen Fall begegnen, schon gar nicht heute. Sie wich Richtung Treppe zurück und ging in ihr Zimmer hinauf.

Dann kannst du Mason diese Woche ja einen blasen.

Es war unfassbar. Und es war eine Sackgasse. Bis zum heutigen Tag hatte sie wirklich geglaubt, dass es im Leben ausschließlich auf Fleiß und Einsatz ankam. Und jetzt stellte sich heraus, dass es mit ganz anderen Mitteln ebenfalls möglich war, ans Ziel zu gelangen.

Wie es schien, gab es doch noch etwas, das sie zu verlieren hatte.

Als sie erwachte, war es dunkel im Zimmer. Sie nahm ihr Handy vom Nachttisch und sah auf die Uhr. Halb zwei Uhr morgens.

Sie war gestern Abend völlig fertig gewesen und ohne Abendessen früh ins Bett gegangen.

Jetzt setzte sie sich im Bett auf und überlegte, ob sie runter gehen und sich etwas zu Essen machen sollte, da hörte sie den Kaffeeautomaten in der Küche arbeiten.

Taylor war zurück. Und sein Vater war hier gewesen.

Sie stand auf, lief die Treppe hinunter und sah ihn in der Küche stehen und einen Kakao zubereiten. Sie lehnte sich gegen den Türrahmen und betrachtete seinen breiten Rücken in dem eng anliegenden schwarzen T-Shirt.

„Hey", sagte sie.

„Hey." Er nahm die Tasse aus der Maschine und drehte sich um, kein bisschen überrascht, sie um diese Uhrzeit hier unten zu sehen.

Er reichte ihr die Tasse.

„Warum schläfst du nicht?", fragte sie.

Taylor zuckte die Achseln. „Ich bin nicht müde. Macht sich allmählich bemerkbar, dass ich nicht mehr trainiere."

Sie nippte an ihrem Kakao, der richtig lecker schmeckte, während er nach einer zweiten Tasse griff und die Maschine in Gang hielt. Die Ruhe, die er ausstrahlte, stand in einem so starken Kontrast zu der Stimmung, in der er vor zwei Tagen gewesen war, dass sie sich fragte, was in der Zwischenzeit passiert war.

„Meinst du das wirklich ernst? Dass du mit Football aufhören willst? War dein Vater deshalb gestern hier?"

Sie versuchte sich die Reaktion eines John Bowman vorzustellen, wenn sein *bester und damit wertvollster Spieler* so mir nichts, dir nichts das Handtuch warf. Sie erschauerte.

„Er und ich tun uns gegenseitig nicht gut", sagte Taylor. „Ich glaube, es war allerhöchste Zeit, das zu beenden." Er stand da, neben der Kaffeemaschine an die Anrichte gelehnt, ein Bein angewinkelt, und wirkte so entspannt und selbstsicher, wie sie ihn noch nie erlebt hatte.

Er hatte bislang gefühlt nichts anderes getan außer Football gespielt und trainiert, ebenso wie sie wenig anderes getan hatte als zu lernen. Sie hätte geglaubt, so ein routiniertes, zielgerichtetes Leben von einem Tag auf den anderen aufzugeben, musste sich anfühlen, wie in ein tiefes, dunkles Loch zu fallen. Etwas, wovor sie unheimlich Angst hatte.

Taylor wirkte überhaupt nicht ängstlich oder nervös.

„Und...war es schwierig?", fragte sie. „Es zu beenden?"

Taylor stellte seine leere Tasse in die Spüle und rieb sich mit der anderen Hand über den Kopf. Seine dunklen Haare waren nicht mehr ganz so kurz geschoren wie das letzte Mal, als sie ihn gesehen hatte.

„Ja. Es war schwierig, diese Entscheidung zu treffen. Und den richtigen Zeitpunkt zu finden." Er machte eine Pause. „Außerdem...der Coach ist ein ziemlich harter Brocken. Und er ist mein Vater." Er sah ihr in die Augen und sie erkannte entwaffnende Offenheit darin.

„Was willst du jetzt tun?", fragte sie.

„Hm. Ich bleibe erstmal hier. Warte eine Weile ab." Er sah sie an. „Wenn das okay für dich ist, natürlich."

Emilia sah ihn an und dachte, wie merkwürdig es doch war, dass er vor noch gar nicht langer Zeit der Grund dafür gewesen war, dass sie unbedingt hier hatte ausziehen wollen. Seine Anwesenheit brachte sie zwar nach wie vor aus dem Konzept. Jedoch war sie in diesem Moment so froh darüber, ihn hierzuhaben, dass sie gar nicht aufhören konnte ihn anzusehen und dabei ein verräterisches Kribbeln im Bauch spürte.

„Es ist schön, dass du wieder da bist." Sie lächelte ihn an, unsicher, wie er zu all dem, was zwischen ihnen war, stand.

Er erwiderte ihr Lächeln und seine Gesichtszüge veränderten sich. Seine blauen Augen wurden schmal und funkelten und er wirkte jünger und unbeschwert.

Er nickte zum schwarzen Spiegel des Küchenfensters, hinter dem sich die Nacht und der Garten befanden. „Wollen wir eine Runde schwimmen gehen?"

Er stieß sich von der Anrichte ab. „Komm schon."

„Was?" Emilia stellte ihre Tasse neben seine in die Spüle und folgte ihm durch den Flur und das Wohnzimmer bis auf die Terrasse. „Es ist mitten in der Nacht", rief sie und hörte selbst, wie lahm sie sich anhörte. Im sicheren Abstand zum Pool blieb sie stehen. „Du willst schwimmen? Jetzt? Das meinst du nicht…" Sie brach ab, als er sich in einer Bewegung das T-Shirt über den Kopf zog und sie sah, dass er es durchaus ernst meinte. Ihr Blick blieb auf seinem Rücken hängen, der nur aus Muskeln zu bestehen schien, die sich geschmeidig bewegten, als er sein Shirt auf eine Liege in der Nähe warf. Ihr Puls begann zu rasen, als er sich umdrehte und sie ansah, als wollte er sie zum Mitmachen auffordern.

Dann entledigte er sich seiner Jeans und warf sie auf die Liege, wo sie sich zu seinem T-Shirt gesellte.

Emilia wusste, sie sollte ihn nicht anstarren, als hätte sie noch nie einen attraktiven Mann in Boxershorts gesehen. Schließlich wohnte sie mit Cameron zusammen und der lief jeden zweiten Tag nur in Unterhosen durch das Haus.

Aber Cameron war Cameron, also sowas wie ein besserer Bruder für sie, und Taylor war…nun ja, Taylor. Ihr wurde heiß, als sie daran dachte, wie er auf ihr gelegen und sie in kürzester Zeit zum Orgasmus gebracht hatte. Ihr Blick wanderte an seinem Körper entlang nach oben. Die Poollampen tauchten die Reflexionen des Wassers und auch sein Gesicht in ein unwirkliches, blauweißes Licht.

„Kommst du mit rein?" Seine Stimme war rau und tief und er stand jetzt so dicht vor ihr, dass sie die Vibration seiner Worte spürte.

Sie wollte ihn fragen, wie er sich die Aktion genau vorstellte. Wie sie beispielsweise um zwei Uhr nachts ihre Haare wieder trocken bekommen sollte, ohne dabei das ganze Haus aufzuwecken. Aber ihre Gedanken wirbelten durcheinander und sie schüttelte den Kopf.

Da blitzte es plötzlich in seinen blauen Augen auf und ehe Emilia begriff, was passierte, hatte Taylor sie um die Taille gepackt. Emilia spürte seine warmen, großen Hände an ihrem Körper, dann verlor sie den Boden unter den Füßen und schrie auf. Eine Schrecksekunde lang hatte sie das Gefühl zu fallen, dann zog sie die Wucht des Aufpralls unter Wasser, das sich über ihr schloss. Emilia verlor die Orientierung, sie versuchte nach Luft zu schnappen und schluckte Wasser. Keuchend tauchte sie auf. Ihr Herz raste, doch dann war Taylor da und hielt sie fest. Er zog sie zu sich heran und sie schlang die Arme um seinen Hals, hustete und sog Sauerstoff in ihre Lungen.

„Taylor", rief sie, sobald der Schock nachließ, und schlug ihm gegen die Brust. Ihre Anspannung löste sich nach wenigen Sekunden und sie wurde sich seines Körpers an ihrem bewusst. Seine Brust berührte ihre, ihre Beine schlangen sich wie von selbst um seine Hüften. Seine Augen sahen in ihre und er verstärkte seinen Griff um sie und sie hielt den Atem an.

Auf einmal weitete sich sein Brustkorb und er begann zu lachen. Das Geräusch war laut und zerschnitt die schwere Stille der Nacht. Emilia stockte einen Herzschlag lang der Atem. Dann schwappte das Gefühl plötzlich auch auf sie über und sie merkte, wie etwas in ihr aufbrach. Denn Taylor hatte ja Recht: Es war in diesem Moment egal, ob Tag oder Nacht war. Oder wo sie sich befand. Das alles waren Schranken, die sie sich selbst auferlegt hatte und die nur in ihrem Kopf existierten. In diesem Moment entwich ihr der Atem und etwas, das sie lange zurückgehalten hatte, brach sich in ihr Bahn. Ihr Lachen brach aus ihr heraus, laut und befreiend, und vermischte sich mit Taylors.

Eine ganze Weile standen sie mitten in der Nacht ineinander verschlungen im Pool und Emilia spürte eine solche Leichtigkeit, als wäre da mehr als nur das Wasser um sie herum, das sie schwerelos machte.

Dann verfingen sich ihre Blicke ineinander. Emilia sah das Verlangen in seinen Augen, das gleiche, das sie ebenfalls verspürte, und sie vergaß alles um sich herum. Mit einer Entschlossenheit, die sie selbst überraschte, legte sie ihm eine Hand in den Nacken und zog seinen Mund auf ihren. Sie wollte mehr von ihm und ihre Zunge suchte nach seiner, bis er den Kuss erwiderte und sie näher an sich zog. Seine Hände umfassten ihr Gesäß und hielten sie an der Wasseroberfläche.

Der Kuss war drängend und intensiv und Emilia spürte eine neue Art der Erregung, die sie erfasste. Sie drängte sich ihm entgegen, umklammerte seinen Unterleib mit den Beinen und hatte das Gefühl, ihm nicht nahe genug kommen zu können. Abrupt unterbrach sie den Kuss und zog sich ihr enges Top aus, das ihr am Oberkörper klebte. Taylor hielt sie weiter fest, den Mund leicht geöffnet, den Blick unter gesenkten Lidern auf sie gerichtet. Er umfasste ihre Brust und sie stöhnte auf und streifte sich unter Wasser ihre Shorts ab. Das Gefühl, hier draußen im Pool vollkommen nackt zu sein, mit Taylors Körper an ihrem, überwältigte sie.

Das einzige Licht war das, was aus dem Pool herausstrahlte, das einzige, was sie spürte, war er. Seinen warmen, starken Körper an ihrem, seine Erektion an ihrer Mitte, an der sie sich rieb, bis sie es nicht mehr aushielt und nach dem Bund seiner Shorts griff. Taylor löste sich von ihr, was sie fast als schmerzhaft empfand, und suchte ihren Blick. Sein Atem ging ebenso schwer wie ihrer.

„Bist du dir ganz sicher?"

Statt einer Antwort zog sie ihn wieder zu sich heran und verstärkte den Druck ihrer Schenkel um seine Körpermitte. Noch nie hatte sie etwas mehr gewollt.

Taylor hob sie ein Stück an und zog seine Shorts herunter. Als er langsam in sie eindrang, schrie sie leise auf. Er hielt in seiner Bewegung inne, aber sie drängte sich ihm weiter entgegen. „Ich will dich. Hör nicht auf."

Taylor stöhnte und stieß tiefer in sie, bis sie vollkommen von ihm ausgefüllt war.

XXI

Emilia erwachte von einem Summen ganz in ihrer Nähe. Sie öffnete ein Auge und brauchte ein paar Sekunden, um festzustellen, dass schon später Vormittag war. Die Sonne stand hoch am Himmel und aus dem Garten drangen Gehämmer, Gewerkel und Männerstimmen zu ihr nach oben, so als wären dort mehrere Personen zugange. Autotüren klappten und Motoren brummten, ebenso wie ihr Schädel, als sie auch das zweite Auge öffnete.

Das Summgeräusch neben ihr dauerte an und sie streckte den Arm aus und angelte das Smartphone von ihrem Nachttisch, den Cameron ihr etwa eine Woche nach ihrem Einzug aus zwei aufeinandergestapelten Bierkisten und einer Glasplatte darauf gebaut hatte.

„Ja?" Ihre Stimme klang krächzend und sie räusperte sich mehrmals. Neben ihr regte sich etwas und ein schwerer, sonnengebräunter Arm schob sich träge über ihren nackten Bauch.

„Emilia", drang die Stimme ihrer Mutter in ihr Ohr.

Ich kann Hank nicht erreichen.

„Ich kann Hank nicht erreichen."

Emilia rappelte sich etwas im Bett auf und begann allmählich, die Orientierung wiederzuerlangen. Taylor lag neben ihr, knurrte Unverständliches und zog seinen Arm zurück. Emilia zog die Knie an die Brust und betrachtete ihn. Ihr Körper war noch ganz erfüllt von den Geschehnissen der vergangenen Nacht, die im Pool nur ihren Anfang genommen hatten. Viel geschlafen hatten sie jedenfalls nicht.

„Emilia? Hörst du mich?"

Emilia seufzte leise. „Ja, Mama." Sie riss ihren Blick von Taylor los, stand aus dem Bett auf und schlenderte zum geöffneten Fenster hinüber. Es war ein sonniger Freitagvormittag. Der Himmel war strahlend blau, nur ein paar Schäfchenwolken trieben dahin und spiegelten sich in der glatten Oberfläche des Swimmingpools, auf dem ihr Blick unwillkürlich verweilte.

Dann unterbrachen zwei Männer in grauen Overalls und Schirmmützen ihre Gedanken, die ein Stück vom Pool entfernt damit beschäftigt waren, eine voluminös wirkende Bar aufzubauen, die wesentlich professioneller aussah als ihre Nachttischkonstruktion.

„Hank hat zugesagt, heute herzukommen", sagte die Mutter. „Ich habe alles vorbereitet und eingekauft. Und jetzt erreiche ich ihn nicht." Sie hörte ihre Mutter in Taschen herumkramen und Schränke öffnen und schließen und wusste, dass sie gerade in der Küche stand, ihre Einkäufe verstaute und damit begann, das Mittagessen vorzubereiten. Derweilen stand Hank etwa zwei Meter unter Emilias Fenster an der Terrassentür und beaufsichtigte die Lieferung mehrerer großer schwarzer Kästen, die auf Sackkarren in den Garten gerollt wurden.

„Die eine Box da in die Ecke, so halb in den Büschen versteckt", drang seine Stimme bis in den ersten Stock hinauf. „Und die zweite da an die Hausecke, aber am besten gesichert. Könnt ihr die irgendwie an der Regenrinne befestigen?"

„Ich versuche seit gestern, ihn zu erreichen", fuhr die Mutter fort. „Das gibt es doch gar nicht. Wozu finanzieren wir ihm überhaupt ein Handy? Emilia? Bist du noch da?"

„Klar."

Emilia nahm eine Bewegung wahr, dann trat Taylor neben sie und verfolgte die Szenerie im Garten. Sie nahm das Telefon vom Ohr und drückte das Mikrofon gegen den Stoff ihres Trägertops. „Was wird das denn da unten?", flüsterte sie laut.

„Ich glaube, Hank hat für heute Abend ein paar Leute eingeladen", bemerkte Taylor.

„Emilia? Hörst du mir überhaupt zu? Wer ist denn da bei dir? Ist Hank etwa da?"

„Mama, jetzt beruhige dich mal, ja? Hank ist beschäftigt. Der organisiert gerade seine Geburtstagsfeier."

Die Mutter schwieg ein paar Sekunden lang. Emilia hörte sie atmen. Dann knallte eine Küchenschranktür zu. „Hol mir jetzt bitte *sofort* Hank ans Telefon."

Emilia schwieg und sah Taylor an, der immer noch neben ihr stand. Sein kantiges Profil, sein muskulöser Brustkorb, der sich leicht hob und senkte. Sie spürte ein Ziehen im Unterleib, als sie daran dachte, wie er letzte Nacht auf ihr gelegen hatte, in ihr gewesen war.

„Nein", sagte sie, den Blick weiterhin auf Taylor gerichtet. „Das mache ich nicht."

„Wie bitte?" Die Mutter zog hörbar die Luft ein. Draußen lieferte eine Getränkefirma gerade laut scheppernd einen wankenden Turm

Getränkekisten. Hank stand gestikulierend daneben. „Nein, nein, doch nicht hier abstellen, direkt zur Bar rüber bringen."

„Emilia! Ich höre doch, dass er da ist. Ich werde ja wohl meinem Sohn noch zum Geburtstag gratulieren können."

Sie klang richtig aufgebracht, aber Emilia berührte das nicht mehr.

„Weißt du was?", sagte sie und wunderte sich selber darüber, wie freundlich sie klang. „Komm doch einfach vorbei und gratuliere ihm persönlich. Dein Sohn würde sich sicher darüber freuen."

Damit nahm sie das Handy vom Ohr und beendete den Anruf, noch bevor ihre Mutter irgendetwas sagen konnte.

„Oh Mann", sagte sie, stieß die Luft aus und merkte, wie die Anspannung von ihr abfiel. Sie wusste genau, dass es nicht ihre Aufgabe war, auf ihren erwachsenen Bruder aufzupassen. Dass sich ihre Mutter lediglich in der Vorstellung verrannt hatte, Emilia könnte als ihr verlängerter Arm fungieren und ihre schützende Hand über Hank halten.

Taylor sah sie von der Seite an. „Hast du gerade wirklich eure Mutter zu Hanks Abrissparty eingeladen?" Er versuchte ein Grinsen zu unterdrücken.

Emilia atmete tief durch. Noch nie hatte sie ihrer Mutter eine solche Abfuhr erteilt. Es war höchste Zeit gewesen.

Sie schaltete ihr Handy aus und legte es auf den Schreibtisch.

Mittlerweile war richtig viel Betrieb im Garten. Techniker verkabelten die Boxen und eine Lichtanlage miteinander, der DJ, ein abgerissener Typ mit Beanie-Mütze und Tattoos, lud mit einem Assistenten ein Mischpult aus seinem Transporter in der Auffahrt.

Hank stand mitten auf der Wiese, eine Kippe im Mundwinkel, und winkte zu ihnen nach oben.

„Das kann ja was geben", kommentiere Taylor, der genug gesehen zu haben schien, und stieß sich vom Fenster ab. Sein Blick wanderte einmal durch den Raum und blieb dann an ihr hängen.

„Was hältst du davon, wegzufahren?", fragte er. Seine Augen leuchteten unternehmungslustig. Sie musste lächeln. Der neue, unbeschwerte Taylor gefiel ihr. Außerdem wusste er genau, dass sie heute nie und nimmer hier bleiben und sich diese Party antun würde.

„Okay."

„Okay?" Er schnappte sich den pinkfarbenen Stressball, der neben ihrem Laptop lag, und begann damit, ihn von einer Hand in die andere zu werfen.

„Ja. Aber gib mir noch ein paar Stunden. Ich muss vorher noch diese ganzen Änderungsanträge hier vorbereiten und meinen neuen Stundenplan zusammenstellen."

Sie hatte irgendwann in der Nacht beschlossen, den ganzen Übungsgruppenwahnsinn hinter sich zu lassen. Es musste gegen vier Uhr in der Nacht gewesen sein. Sie waren bereits in ihrem Zimmer gelandet und Taylor war eingenickt. Sie hatte in seinem Arm gelegen, nackt, mit feuchten Haaren, den Kopf auf seiner Brust, und seinem Herzschlag gelauscht. Sie war viel zu aufgewühlt gewesen, um zu schlafen. Und hatte es in diesem Moment einfach entschieden.

Sie würde Mathelehrerin werden. Beim Unterrichten fühlte sie sich wohl und sicher. Das lag ihr doch. Und dafür reichten ihre bisher erbrachten Leistungen aus. Sie brauchte sich mit den zu schweren Vorlesungen, den wöchentlichen Übungszetteln und Charlottes sogenanntem Beitrag nicht weiter auseinanderzusetzen. Sie benötigte nur noch einige zusätzliche Scheine in Didaktik.

Das wollte sie heute sofort angehen und dafür die Anträge runterladen und ausfüllen.

„Na klar", sagte Taylor. Er zog sie mit einem Arm an sich, legte seine Lippen auf ihre und küsste sie innig. Emilia spürte, wie ihr sofort die Knie weich wurden und die Empfindungen von letzter Nacht zurückkamen. Sie legte ihre Arme um seine Taille, stellte sich auf die Zehenspitzen und erwiderte den Kuss. Sie spürte, dass sie direkt dort weitermachen könnte, wo sie letzte Nacht aufgehört hatten. Gerade als sie sich diesem Gedanken hingeben wollte und ihre Anträge und Stundenpläne dabei waren, aus ihrem Kopf zu verschwinden, löste sich Taylor von ihr.

„Dann leg mal los", sagte er mit einem Lächeln, als wüsste er genau, was gerade in ihr vorging. „Sag Bescheid, wenn du fertig bist."

Er legte ihren Ball weit oben auf ein Regalbrett und verließ das Zimmer.

„Wie der hier rein marschiert ist." Hank lehnte am Rahmen des weit geöffneten Küchenfensters, blies rücksichtsvoll seinen Zigarettenrauch in den Garten, wo die Partyvorbereitungen gerade ruhten, und erschauerte. „Als ob er gerade dabei wäre, die Südstaaten zu erobern."

Er sah zu Taylor hinüber, der in Camerons schwarzer Football-Kochschürze summend am Herd stand und zwei Töpfe und eine Pfanne gleichzeitig beaufsichtigte. Eine Aufgabe, die ihm nach der vergangenen Nacht mehr als leicht von der Hand ging.

„Meine Eltern sind ja schon nervige Kontrollfreaks", fuhr Hank fort. „Aber dein Dad toppt die noch um Längen. Ich glaube, ich an deiner Stelle wäre schon viel eher bei ihm raus."

Taylor griff nach der Fleischgabel und nahm die Steaks aus der Pfanne. „Kannst du mal herkommen und die Kartoffeln abgießen?"

„Äh, ja, sicher." Hank drückte seine Zigarette in der trockenen Erde einer verstorbenen Basilikumpflanze aus. Er kam herüber, nahm den Topf mit den Kartoffeln vom Herd und goss das siedende Wasser ins Spülbecken. Taylor zog sich die Schürze über den Kopf, nahm zwei Teller vom Regal und richtete die Steaks an.

„Jedenfalls", sagte Hank, während er kurz darauf die Teller zum Tisch trug, „hoffe ich, dass sich das irgendwie wieder einrenkt zwischen euch."

Taylor setzte sich und sah zu Hank herüber, der auf der gegenüberliegenden Tischseite Platz nahm und anfing zu essen. „Wie genau meinst du das?"

„Naja, es sind doch alle ganz schön nervös in eurem Verein. Erst kippt Noah um, jetzt schlägst du quer. Es wird Zeit, dass sich die Wogen wieder glätten und alle ein bisschen zur Ruhe kommen."

„Und du denkst, das passiert, indem sich zwischen mir und meinem Vater irgendwas *wieder einrenkt*?" Taylor spießte sich eine Kartoffel auf die Gabel. „Interessante Theorie."

„Sicher." Hank nickte. „Du denkst vielleicht, nach allem, was passiert ist, muss es gleich der endgültige Bruch sein. Aber ich bin mir sicher, durch die räumliche Trennung im privaten Bereich könntest du es mit ihm als Trainer durchaus nochmal versuchen…"

Er brach ab, als sie den Schlüssel in der Haustür hörten und kurz darauf Cameron, der seine Sporttasche im Flur auf den Boden fallen ließ. Im nächsten Moment erschien er in der Küche. Er sah ernst aus, aber nicht mehr ganz so abgekämpft wie in den vergangenen Tagen.

Stirnrunzelnd ließ er seinen Blick über die Szenerie wandern. „Was ist denn hier los?"

Hank sah von ihren gefüllten Tellern auf und wies mit dem Kinn zu Taylor hinüber. „Er hat gekocht. Wieso?"

Cameron verzog das Gesicht. „Wieso? Ich bin es gewohnt, hinter euch beiden Trümmer und Blut zu beseitigen. Und jetzt? Fehlt nur noch eine Duftkerze zwischen euch." Er hob die Deckel von den Töpfen. „Ist noch was da?"

Taylor winkte Richtung Pfanne herüber. „Bedien dich. Ich hab ein Steak für dich mitgebraten."

Cameron belud sich einen Teller mit Fleisch, Kartoffeln und Gemüse und stellte ihn auf den Tisch. Dann holte er drei Flaschen Bier aus dem Kühlschrank und öffnete sie. Während Taylor seine entgegennahm und ein paar Züge trank, setzte er sich an den Tisch.

Er begegnete Taylors Blick, holte tief Luft und sagte: „Der Coach hat heute sein Büro geräumt."

Er sah Taylor an, als erwartete er irgendeine Reaktion von ihm, aber Taylor nickte nur.

Von der anderen Seite des Tisches war lautes Husten zu vernehmen. Camerons Kopf fuhr herum. Hank keuchte und legte sein Besteck ab. „Der Coach hat *was* getan?"

Cameron runzelte die Stirn, sah zu Taylor, der sich einen Bissen Steak in den Mund schob, und zurück zu Hank, der immer noch hustete und die Bierflasche weit von sich stellte.

„Was hast du denn für ein Problem?"

„Was bedeutet das, *er hat sein Büro geräumt*?"

„Na, es bedeutet, er ist zurückgetreten", antwortete Cameron mit Ungeduld in der Stimme. „Er hat seinen Job als Trainer aufgegeben. Er hat *gekündigt*."

„Du meine Güte." Hank klang heiser. „Weiß man schon, wer sein Nachfolger ist?"

„Tim Nolan", antwortete Cameron an Taylor gewandt, als hätte er diese Frage gestellt. Doch dann fuhr er wieder zu Hank herum und beugte sich in seine Richtung.

„Vergiss es", blaffte er, als hätte Hank irgendwas gesagt. „Die Sache ist gelaufen. Kein Doping mehr, verstanden?"

Hank verschränkte die Arme vor der Brust und kniff die Augen zusammen. „Komm wieder runter, Cam. Du bist total aufgebracht."

„Es ist mein Ernst. Das ist vorbei. Ich spiele auch nicht mehr den Mittelsmann für dich."

Hank presste die Kiefer aufeinander und schwieg und Cameron senkte den Kopf und fing an zu essen.

„Und unser Bowman Junior schweigt sich völlig aus", sagte Hank nach einer Weile an Taylor gewandt, der gerade seinen leer gegessenen Teller von sich schob und sich zurücklehnte. „Dabei bist du doch Schuld an dem ganzen Eklat."

Taylor balancierte die Bierflasche auf einem Knie und merkte, wie ihn eine unheimliche Ruhe überkam. Er war sich sicher, wäre jetzt sein wöchentlicher medizinischer Checkup, seine Blutdruckwerte wären endlich so, wie es sich sein Vater immer erträumt hatte.

„Du hast Cam gehört. Such dir ein anderes Operationsfeld."

Hanks Blick verfinsterte sich. „Das tue ich auch. Denkt bloß nicht, ich wäre auf euch Footballer angewiesen." Abrupt stand er auf. „Ich habe jede Menge anderer Abnehmer."

„Da bin ich mir sicher", nickte Cameron, ohne von seinem Teller aufzusehen.

„Heute Abend werdet ihr es schon sehen", sagte Hank, während er durch die Küchentür marschierte.

Taylor runzelte die Stirn. „Heute Abend?"

„Er meint seine Geburtstagsparty. Das wird was ganz Großes", sagte Cameron. „Schmeckt echt gut, dein Steak."

Taylor kippte seine Stuhllehne gegen die Wand und wartete ab, bis Cameron fertig gegessen hatte und die leeren Teller auf dem Tisch stapelte.

„Also?"

Cameron begegnete seinem Blick. „Tja." Er begann weiteres Geschirr, das in seiner Reichweite stand, zu einem Haufen zusammen zu stellen. „Heute Morgen schien noch alles ganz normal zu sein." Er zuckte die Achseln. „Der Coach kam in die Trainingshalle, beaufsichtigte mit Hanson zusammen das QB-Training. Sagte allerdings nicht viel, das war schon etwas ungewöhnlich. Nachmittags dann sollten wir statt auf's Feld in den Theorieraum. Wir dachten schon, es wäre irgendwas passiert. Noah hätte den Löffel abgegeben oder noch jemand wäre kollabiert oder so.

Der ganze Trainerstab war da und Nolan sagte uns dann, der Coach wäre zurückgetreten."

Taylor wartete darauf, dass Cameron weiterredete, aber er sagte nichts mehr.

„Wie? Er hat es euch nicht selbst gesagt?"

Cameron schüttelte den Kopf. „Die Leute wollten natürlich wissen, was los ist, aber Nolan wiederholte immer nur, der Coach sei zurückgetreten und ansonsten gäbe es keine Information. Jonathan Cole hat übrigens direkt mit gekündigt. Kelly Deneberger auch, deshalb gibt es auch erstmal kein Pressestatement dazu."

„Oh, Mann." Taylor sah es genau vor sich und war einen Moment lang überwältigt von den Konsequenzen, die das alles mit sich brachte.

„Die Leute haben sich natürlich die Mäuler zerrissen. Die meisten denken, er ist wegen Noah gegangen. Und manche denken, er ist gegangen, weil du gegangen bist."

„Und was hast du gesagt?"

„Ich habe gar nichts gesagt. Ich bin zu seinem Büro hoch. Die Tür stand offen und er hat sein Zeug zusammengepackt. Er hat mich gesehen und noch ein paar nette Sachen zum Abschied von sich gegeben." Cameron machte eine Pause, leerte seine Bierflasche in einem tiefen Zug und stellte sie zu seinem Geschirrhaufen in die Mitte des Tisches. „Mit was für einem Pack ich hier hause. Wie ich zulassen kann, dass du auf dem Sofa vegetierst. Warum ich es eigentlich nicht hinbekomme, dich morgens zum Training mitzubringen…"

Taylor hob eine Hand, um ihn zu stoppen. „Ich kann es mir vorstellen."

„Dann hat er gesagt, dass er es für dich tut. Dass er alles immer für dich getan hat. Und dass er deshalb aufhört."

Cameron verstummte und eine Weile sahen sie sich einfach nur an.

Er hat es getan, dachte Taylor. Er hat seinen Chefcoach-Posten aufgegeben, den er mehr als acht verdammte Jahre innegehabt hatte. Acht Jahre, die er ihn, Taylor, an der Aldridge unter seinen Fittichen gehabt hatte.

„Okay", sagte Taylor, die Stille durchbrechend, und stand auf. „Dann kann es ja weitergehen."

Epilog

Neun Monate später

„Taylor, ich schwöre dir, wenn wir da oben sind, bringe ich dich um." Taylor tastete mit dem linken Fuß so lange im Fels, bis er sicheren Tritt hatte, dann drehte er den Kopf.

Morddrohungen dieser Art hatte er sich in der letzten Stunde zwar schon mehrfach angehört, aber jetzt hatte es geklungen, als wäre Peyton zurückgefallen. Taylor sicherte sich an der Felswand und wartete.

Er hörte Peyton unter sich keuchen.

„Los, weiter", rief Taylor mit Blick auf die Felskante, die zum Greifen nahe schien. „Wir sind fast oben."

Es war ein windiger, kalter Apriltag und sie kletterten seit fast vier Stunden. Ihre Finger schmerzten, ihre Hände und Unterarme waren vom Abrieb des Felsens weiß verfärbt und Peyton konnte seit einer Stunde nicht mehr hinunterschauen, ohne dass ihm schlecht wurde. Er wurde immer langsamer und fiel immer wieder zurück, aber er kämpfte sich verbissen weiter, Höhenmeter um Höhenmeter.

„Wie geht es PJ2?", rief Taylor nach rechts unten, wo Peyton sich an den Felsen klammerte, während der Wind seine schweißnassen Haare zerzauste. Unter ihm befand sich nichts als die nackte Felswand, die sich irgendwo in der Tiefe verlor. Von den letzten Baumspitzen hatten sie sich bereits vor einer Stunde verabschiedet.

„Bestens", presste er zwischen den Zähnen hervor. „Du hast aber immer noch nicht begriffen, worum es überhaupt geht, Taylor, wenn du dich nach dem Befinden einer Prothese erkundigst anstatt nach dem, der sie trägt."

Taylor nickte und verdrehte die Augen gen Himmel. „Ist angekommen."

Er beobachtete Peyton, wie er seine Hände in das Gestein krallte und seinen künstlichen Fuß mit bemerkenswerter Präzision auf den Felsvorsprüngen platzierte. Der Mount Clamont war kein schwerer Berg mit genügend großen Vorsprüngen, aber er war mehr als zweitausend Meter hoch und Peyton war noch nie einen Berg diesen Ausmaßes mit Prothese erklettert. Es war die Feuerprobe seiner selbstkonstruierten

Hochleistungsprothese. Das Endprodukt seines Abschlussprojektes, an dem er jahrelang gearbeitet hatte. Für das er überhaupt nach Aldridge gekommen war. Er hatte sie erst letzte Woche fertiggestellt, zusammen mit ihrem Vater. Der hatte sich, nachdem er seinen Chefcoach-Posten an der Uni aufgegeben hatte, mit all seiner Energie in Peytons Projekt gestürzt.

Taylor dachte, dass sich Peyton eher die Zunge abbeißen würde, als zuzugeben, dass PJ2 diesen Berg nicht packte.

Taylor wartete noch eine Weile, dann ließ der Wind nach, der Himmel klarte auf und er wurde unruhig. Er löste die Seilblockierung seines Sicherungsgerätes.

„Na los, es ist nicht mehr weit."

Er konnte es jetzt nicht mehr erwarten, den Berggipfel zu erreichen und zog beim Weiterklettern das Tempo an. Er achtete nicht mehr auf Peyton, legte die letzten Meter zurück und erreichte die obere Felskante. Sie stand einen halben Meter vor und war schwer zu überwinden. Taylor sammelte seine verbliebenen Kräfte, packte den Vorsprung und hing einen Atemzug lang in der freien Luft, bevor er sich auf das Gipfelplateau hinaufzog.

Sein Mund war trocken, seine Arm- und Beinmuskeln brannten und seine Finger schmerzten so sehr, dass er sie fast nicht mehr bewegen konnte.

Er spähte über den Abgrund, als er Peyton herannahen hörte.

„Scheiße, wie bist du über diese Kante gekommen?"

Taylor kniete sich hin und streckte eine Hand nach unten aus. „Komm, ich will dir etwas zeigen." Er packte den Unterarm seines Bruders und zog ihn über die Felskante nach oben.

Erschöpft ließ sich Peyton auf den felsigen Untergrund sinken und lag eine Weile wortlos da. Seine Gliedmaßen zitterten, sein Brustkorb hob und senkte sich heftig.

Taylor setzte sich neben ihn und holte seine Trinkflasche aus dem Rucksack. Er wusste nicht, was er sagen sollte, so stolz war er auf seinen verdammten Bruder.

„Scheiße, war das anstrengend", stieß Peyton irgendwann hervor. „Dagegen war unsere Raftingtour ja die reinste Aufwärmübung."

Taylor reichte ihm seine Wasserflasche und sah ihn an. Peyton sah völlig fertig aus, aber er lächelte. „Habe ich dir schon mal gesagt, dass ich dich hasse?"

„Schon hundert Mal."

„Warum muss ausgerechnet ich einen Bruder haben, der mich einen Zweitausender hochjagt?"

Taylor lachte nur und nickte in die Richtung, in die er sah. Peyton rappelte sich auf und ließ die Wasserflasche sinken.

Sie saßen nebeneinander auf dem Felsplateau, die Luft war klar und hell und sie sahen kilometerweit. Irgendwo in der Ferne glitzerte das Wasser des Carrow Lake blauweiß in der Sonne.

„Wir sind fast hundert Kilometer bis hierhin gefahren", durchbrach Peyton die unglaubliche Stille, die hier oben herrschte. „Und vier Stunden lang diesen Berg hochgekraxelt. Und jetzt können wir Aldridge von hier aus sehen?"

Taylor lehnte sich auf seine Unterarme zurück. Er spürte das Ziehen in seinen Schultern und Beinen und genoss das Gefühl und den Ausblick. Und seinen Bruder neben sich. Es würde die vorerst letzte Tour sein, die sie gemeinsam unternahmen. In ein paar Tagen würde er gemeinsam mit Cameron nach Nevada fliegen und am Draft teilnehmen. Und danach von hier wegziehen. Von Emilia wegziehen.

Peyton kniff die Augen gegen das Sonnenlicht zusammen. „Wie verdammt klein das Footballstadion von hier oben aussieht."

Taylor nickte. „Erinnerst du dich an den Tag, an dem ich von Zuhause weg bin?"

Peyton sah ihn von der Seite an und zog eine Augenbraue hoch. „Als du dich so mit Dad angelegt hast?"

„In dieser Nacht wollte ich unbedingt was unternehmen. Ich wollte diese ganze Mühle hinter mir lassen. Nichts mehr davon sehen. Ich bin die halbe Nacht durch die Gegend gefahren und im Morgengrauen hier angekommen. Ich bin diesen Berg hochgeklettert. Ich war ohne Ausrüstung und musste den halben Berg umrunden. Es hat ewig gedauert. Und dann, als ich endlich oben war…"

Er spürte Peytons Blick auf sich und stockte. Er hatte das Gefühl gehabt, die halbe Welt hinter sich gelassen zu haben. Und dann stand er hier oben. Und da war sein Zuhause, vor dem er die ganze Zeit davongefahren war. Das Stadion, die Uni, das alles war da. Winzig klein und vertraut. Es war die ganze Zeit da gewesen.

Seitdem hatte er mit Peyton hierher zurückkommen wollen.

Er wandte sich zu seinem Bruder um, der ihn ansah und grinste. Taylor konnte immer noch nicht glauben, dass er heute mit ihm hier oben saß.

„Du hast es geschafft, Pete."

Peyton legte ihm einen Arm um die Schulter und zog ihn an sich. „Wir haben es geschafft, Bruder."

Ende